新 潮 文 庫

ゆかし妖し

堀川アサコ著

目次

ゆかし
妖《あやか》し

YUKASHI
AYAKASHI
BY
ASAKO HORIKAWA

一一五条河原

秋分の夜。

上空を流れる雲が、早い。

都の端まで連なる低い板葺の屋根の群れが、暮れ方までの雨を吸い、一面の墨色に染まっている。

雲間に明滅する星明かりは下界の濡れた闇に吸い取られ、家並みも街路も川の流れさえも、ただ平板な黒い広野のように見える。

そんな夜だった。

京は、季節を違えたようなひどい寒気に見舞われていた。

街中がその度外れた寒さに仰天し、往来からは人の気配も消えている。

身を寄せ合って細い火で暖を取る人々の気配が、どの軒先からもひっそりと洩れ、宿無しのゴロツキたちでさえ悪党仲間を慕って昨日のねぐらへと急いだ。寒さが人恋しさを募らせる分、暗く侘びしいものは彼らの視界から締め出された。

それゆえ、鴨川の岸を定まらない足取りで歩いて来た女の姿を見かけた者はあったとしても、だれも気にはとめなかった。女の姿は人のぬくもりや懐かしさとは無縁で、むしろ鬼火や霊魂の漂うありさまにこそ似ていた。

実際、その女は死にかけていた。

十年もかけて旅をしてきたが、その目的地がどこにあるのか、女自身もついにわからなかった。

(くやしい)

思えば、病に罹って救護所などに身を寄せたのが、間違いだった。

そこにはひどい悪党がいて、こちらも気付かないほど巧妙に女の命を奪おうとした。

敵の目を盗んで逃げ出したのは今朝のことだが、むしばまれた体に、この冷気は過酷だった。

(あんな親切ごかしを信じさえしなければ……)

いや、運命の選択を間違ったのは、もっと別のときだったのかもしれない。

故郷を離れたことが、そもそもの間違いだったのかもしれない。

(それよりも)

むかし、遠国からいくさと共にやって来た男となど、夫婦になったのが間違いだったのかもしれない。

女を案じて旅立ちをとめようとした優しい者たちは、口をそろえていったものだ。

——あの男たちは、イナゴの群れのようなものだ。去ってくれたのを喜びこそすれ、追いかけて行くなどハンカくさい真似はやめろ。

（ちがう）

あの男と通じたのが間違いならば、女の唯一幸福だった時間こそが間違っていたことになる。

（ちがう、ちがう。わたしは一つも間違っていない。あの人に出会ったことも、あの人を追って来たことも、ただ、えにしの深さゆえのことだ）

だが、その長い旅が間もなく完全に終わってしまうことを、女自身も認めないわけにはいかなかった。いくらうち消そうとしても、女の胸には、まるで枯れ草のようにだれにも知られず死んでゆく自分の姿が、はっきりと像を結ぶのだ。

（一人で死にたくないよ——一人でなんか死にたくない）

そんな願いとは裏腹に、五条大橋の手前、悪名高い薙王《なぎおう》の遊里の灯りが見える辺りまで来ると、女はとうとう倒れ込んでしまう。

岸に寄せるさざ波が、冷えた体をさらに凍えさせた。

しかし五感はとうに機能を失いかけ、痛みや寒さすら感じなくなっていた。

反面、心ばかりは死にゆく体にあらがうように、強烈な悲しみに哮《たけ》る。

なん年もなん年も念じ続けてきた愛しい者との再会が果たされないまま死ぬ無念が、黒い炎のようにどろどろと燃えた。

（くやしい）

大きく見開いた二つの瞳にはなんの光も力もなく、それはまるで顔の中に開いた絶望ののぞき穴のようだった。

その眼がとらえたのは、薙王の廓で浮かれ騒ぐ男女の姿である。浮気男と遊女のふざけた逢瀬だが、その楽しげな風情に、女は狂うほどの嫉妬を感じた。

ただの遊びで睦み合うあの者たちでさえ、たった一人で死んでゆく自分よりも強い縁で結ばれているというのか。

「……」

襟を掻きむしる手に、かさりと触れたものがある。彼女のたった一つの荷物である、絵の軸だった。

「大変だ……」

絵が川の水に濡れることを恐れ、女は岸まで懸命にいざった。

絵についた水しぶきを拭おうと濡れた指でなでたため、絵はよけいににじんだ。それを惜しんでぽろぽろとこぼれる涙が、描き込まれた小さな人影の上に降り、目鼻の様子を完全に消してしまう。

女は絵を掻き抱き、もう一度、遊里の赤い灯りに目を凝らした。

彼女の弱った視力ではとうてい判別できない場所にいる遊客の顔が、今度はなぜかはっきりと見えた。

（あ……）

女の表情が、凍った。

濃い眉も、笑う唇の形も厚い胸も、彼女の記憶にあるままの男が、そこにいたのである。

「ここで見つけようとは。猪四郎《いしろう》――」

低い恨めしい声でつぶやく。

それが、最期の言葉となった。

女は前のめりに上体を地面に倒し、それから二度と動かなかった。

*

野犬の群れが女の遺骸を見つけたのは、夜半近くのことである。

久しぶりの獲物に巡り会ったこの犬たちもまた、随分とやせていた。尾根のように背骨の浮き上がった体を怒らせ、のらくらとした用心深さで死骸を囲み始める。

闇は濃い。

犬たちも女のなきがらも、この世の森羅万象とは随分とかけ離れた陰気な存在であったためか、すっかりと深夜の死角に溶け込んでしまっていた。

遊里の客も遊び女《め》たちもだれ一人として、間近で起きているそら恐ろしい出来事に気付く者はない。

だから、河原を北の方角へとそぞろ歩いていた男が獣たちの動きに目をとめたのは、やはり彼もまた陰気な世界の住人であったせいかもしれない。

細い星明かりの下で、男は怪訝に目を凝らした。

犬の群れが、倒れた女を取り囲んでいる。髪や紅い着物が風に吹かれる他は微塵の動きもないことで、彼は女がすでに死んでいると察した。

男は流木を拾うと、恐れる様子もなく犬の群れに近付いて行った。他人に誇れるほどの正義漢でないことは自認するところだが、死者が犬に食われるのをうっちゃっておける性分でもない。加えて、彼はこうした場を治める術をよく心得ていた。

男は双眸を細くして、一帯を眺め渡す。

(おかしい)

野犬たちは、目当ての獲物との距離を、どうしても狭めようとしない。

この獣たちの飢えが極に達しているのは、見るまでもなくわかった。しかし、それでも彼らは死骸を遠巻きにして、うろうろと逡巡を繰り返すばかりなのだ。

犬たちにとって、この死骸には飢餓に勝るほど忌まわしいものがあるのか。そう思った男が河原の砂利に足を踏み出すと、犬たちは不満げな目で一斉にこちらを見た。

男は威嚇を込めた目つきで、群れの長らしい一頭をにらみ返す。とたん、犬たちの非難がましい表情は暗い諦念へと変わってゆく。

ぞろぞろと寒い暗がりの中に去ってゆく獣たちを後目に、男は死骸を見おろした。

星明かりとさざ波に反射するわずかな光だけでも、死骸の容貌をうかがい知るには充分だった。

髑髏と変わらないほどやせた女は、それでいて不思議なほど美しい。

しかし、その美しい死に顔には、整った目鼻と同じほど、頬や首筋に浮いた紫斑が目立っていた。

(毒だ)

この女は毒を盛られて死んだらしい。

犬たちがこの女の肉を食おうとしない理由をそう理解して、男は思わず顔をしかめた。

やせ細った容貌から察するに、毒物を与えられていたのは随分と以前からなのかもしれない。あるいは、ここまで病み衰えた身を嘆いて自らあおりでもしたものか。

なんにしても、野犬にすら忌みきらわれる死にざまである。

なきがらの顔立ちの美しいことが、むごい死因をなおさらに際立たせているように思えて、男はいたたまれない気持ちになる。

「観自在菩薩――」

口の中で念仏を唱えるうち、女の手がかたくなな恰好で握っている絵に気付いた。

「これは、東風《こち》の桃源郷ではないか」

わずかな夜の灯りに照らされた風景画を、男はその死者の存在以上に驚き、ひたすらに見入った。

*

二条から鴨川に向かった辺りに、悲田院《ひでんいん》と呼ばれる貧者や病人の救護所があった。

居合わせた旅の法師が、ろれつの回らない調子で経を上げている。

清輔《きよすけ》はあやふやに流れる経文を聞きながら、この僧はいったいどこの宗派であるものかと、首を傾げた。たとえ同じ寺で得度した僧とて、彼の唱える経文は意味が取れないのではないかと思いつつ、そもそもこれが本当の出家であるものやらと疑いも湧き始める。

そんないい加減な読経で野辺の送りをされるのは、昨夜、清輔が五条河原で見つけたむくろだった。五条からここまで担ぎ込むのには骨が折れたが、行き倒れの無縁仏を快く引き受けてくれる寺は少ない。結局のところ、河原伝いに二条まで上って来てしまったのである。

（人と人との出会いに違いはないが、最初から相手はむくろだった。――おかしな縁だ）

清輔はそんなことを考えながら、横たわるむくろを見おろす。

毒殺をうかがわせる斑点が全身に浮いていることや、骨と皮ばかりにやせ細ったありさまを差し引いても、美しい女だ。

「こんなに綺麗な女が死んでしまうなんて、もったいないよ」

同僚である蚕児《さんじ》という若者が、生命の息吹を失った女の顔をのぞき込んで、悲しそうにいった。

清輔も蚕児も、検非違使の下で働く放免である。

検非違使庁は平安時代初期にできた朝廷の警察組織で、いさかいや殺人、強姦、窃盗などの追捕や裁判を司っていた。疫病がはやるたび、火事水害のつど往来に転がる死骸は、獣も人も彼らの手にゆだねられる。

放免とは、その検非違使の手先となることと交換に、罪を許された凶状持ちだ。そもそも検非違使は都市の暗黒面を管轄する官署だが、前身が罪人である放免たちの任務は、とりわけても過酷なものが多い。そんな彼らにとって、無縁仏の葬送も日常の仕事だった。

「この仏さん、薤王の廓にいる一等の別嬪に似ているのに。――ねえ、アニキ。あの妓《おんな》、名はなんていったかな」

「笙《しょう》だろ」

使庁では朴念仁で通っている清輔は、即座に返答するのが罪であるかのように、小さなしゃがれ声でいった。

「そうそう、笙だね、笙。河原御殿であんな綺麗な妓と一晩過ごせたら、おれなんかもう死んでもいいや」

「仏前で不謹慎だぞ、蚕児」

清輔もその有名な美女を、遠目には見たことがあった。表情は暗かったが、確かに並はずれて美しい姿をしていたのを覚えている。細面で華奢なところも、その美しさをくれた天にも親にもまるで感謝していないような陰気さも、このなきがらにどこか似ていた。

「それじゃあ、おれ、土車を引いて来るね」

蚕児が常の快活さで飛び出して行くかたわらで、たった一人の会葬者である若い女が声を上げて泣いていた。

「おまえさんは、この人の身内かね」

別にその答えが知りたかったわけでもないし、この死者には身内などいるまいとは思いつつ、清輔は訊いた。

「いいえ」

案の定、若い女は首を横に振り、一層激しく泣き始める。突き刺さるような悲しい嗚咽には閉口したが、これほど嘆いてくれる者がいるのだから、死者も少しは浮かばれるだろうという気もしてくる。

「この人は、病気で担ぎ込まれてから、ずっと悲田院にいたんです」

亡くなった女は元々、一年ほど前からこの悲田院に身を寄せていたのだという。それからも健康は回復せず、外出などほとんどしたことがなかった。

「それが、昨日の朝にふらりと消えたと思ったら、夜中にはなきがらとなってここに帰って来たということか」

姿が見えなくなったのは、昨日の夜明け前のことだったらしい。

女の病は寝たり起きたりという程度のものだったが、それでも遠出に耐えられる体力はないはずだ。そう心配して探したものの、とうとう見つからなかった。

折り悪しく昨夜の寒さでは、健康な者とて屋外で夜を過ごすことはできなかっただろう。

「一年前に病気で担ぎ込まれたといったが、そもそもどういう素性の者なんだ」

「くぐつ芸人ですよ。奥州の出だといっていました」

くぐつとは、人形操りをして諸国を歩く旅芸人のことである。

くぐつ女《め》の中には、遊女の真似事をする者もあれば、櫛の行商などを兼ねる者もいる。亡くなった女も、以前は櫛を売りながら長く旅をしていたが、病になってこの寺に救済を求めたらしい。

ただの疲労だとばかり思っていた体の不調は、それ以降も快癒の兆しがないまま、空しくときばかりが流れた。

「それでも、具合が良いときなどは、この寺の雑用を手伝っていました。あたしも似たような風来坊稼業なので、ねえさんとはよく話が合いました。いえ、あたしの仕事は近所をほっつき歩く程度なんですけどね。だから、ねえさんから聞く遠国の旅の話は、楽しいやら怖いやらで胸がおどりましたよ。体が良くなったら今度は一緒に旅をしようとあたしがいうと、ねえさんは黙ってにこにこ笑っていましたっけ。――とても、優しい、良い人でした」

「おまえさんとは、仲良しだったようだね」

「ねえさんは皆と仲良しでした。皆に親切だったもの」

「しかし――」

しかし、こうして死を悼んでくれるのはおまえだけだ。

清輔はそんな皮肉をいうのをためらって、話題を変える。

「ところで、ちょっと思い出してみちゃくれないかな。仏さんは、ここでいさかいやら仲違いやらに巻き込まれているってことはなかったかね」

「どうして、そんなことを訊くんです。ねえさんに限って、人といさかいなんか起こすわけありませんよ」

相手のひどく驚いた反応に、清輔はあいまいにかぶりを振った。

「この女が毒を盛られていたことに、おまえは気付かなかったかい。体が治らなかったのは病じゃなく、毒を飲まされていたせいかもしれないんだ」

「毒ですって――」

清輔の問いが強烈すぎたのだろう。相手は絶句した後、両手で口を覆ってふたたび泣き始めた。

「こんなにも優しい人に毒を盛るなんて、たとえ間違いでもあっちゃならないことですよ」

「わかった、わかった。おまえの知る中では、そんなことはなかったんだな」

清輔は目を逸らした。この娘からは、これ以上の証言は引き出し得まい。

そう思いつつ、改めて眺める悲田院の雑然としたたたずまいは、女の死がいかにも日常の出来事の一つに過ぎないとうそぶいているように見えた。

怪しげな経文を聞き流しながら、清輔は懐中から軸に仕立てた一枚の絵を取り出した。昨夜、この死骸が握りしめていたものを、そのまま持ち帰ってしまったのである。

＊

「アニキ、それはなんだい」

蚕児が、子どものように目を輝かせて近付いて来た。

今では検非違使の手先になって働いてはいるが、蚕児はつい最近までスリで暮らしを立てる浮浪児だった。まだまだ遊びたい盛りの少年なので、大人のなん倍も好奇心がある上に、すこぶる口が軽い。死者の持ちものをくすねたなどと白状しようものなら、悪気はなくとも使庁中に触れ歩くのは間違いない。

「古道具屋で見つけたんだ」

清輔は、嘘をついた。

「ふうん。綺麗だね」

絵の題材となっているのは、木の切株に似た輪郭を持つ城郭都市だった。

大きくもない紙本の上に、山河を巡る広範囲の様子が、深紅の顔料で描き込まれている。

空には月と日が同時に昇り、新緑と桜花が細密に描かれた不思議な景色を淡く照らしていた。和やかな風景の中には、庶民や武士に混じって、獣の毛皮を着た異形の風采の者たちもいる。

その楽しげな群像の丁度中央に当たる部分が、水しぶきの痕でにじんでいた。汚れ方が新しいところから見て、昨夜の川縁で濡れたのかもしれない。

「お経が終わったよ」

清輔の持ちものならば、くすねるわけにはいかない。そんな理由で、蚕児は絵から興味を無くしたらしい。形ばかりの供養が終わったのを見て、女のなきがらを土車に乗せにかかる。

「おれ、使庁の仕事は飯にもありつけるからきらいじゃないけど、鳥辺野《とりべの》に行くのだけはどうにも辛抱できないんだよな」

蚕児はぼやいた。

「そうだな」

相棒の愚痴にうなずきながら、清輔は鳥辺野の寒々しい風景を脳裡に浮かべた。

東山のふもとに広がる鳥辺野は、古くからの墓地である。

平安のむかしには、鳥辺野は当然のように死体を遺棄する場所だった。土にさえ埋めず風雨や禽獣の食うに任せるのだから、壮絶なありさまが広がっていたという。時代が下って、ようやく供養塔や石仏が建てられはしても、とうてい生きた者の馴染める場所ではない。

「あの——」

ごとごとと動き出した土車の後ろから、さっきの若い女の声がした。今しがたまで子どものように泣いていた顔は、涙で腫れて朱鷺《とき》のように赤くなっている。

「あたしもお弔いに付いて行っちゃいけないでしょうか」

「鳥辺野が怖くないのかい」

「これがねえさんと最後のお別れだし、検非違使さんたちが一緒だから怖くないです」

「そういうことなら、付いて来て構わないよ。仲良しのおまえが見送ってくれるなら、仏さんも浮かばれるだろう」

「ありがとう、恩に着ます、検非違使さん。——それなら、少しだけ待ってくださいね」

若い女はそういい残して、暗い土座の向こうに駆けて行った。

その言葉を違えず、ほんの少しの間を置いて、同じようにお転婆な調子で駆けもどって来る。近ごろの娘たちがよくするように懐になにやら荷物を仕舞い込んで、まるで孕み女のように懐中をふくらませていた。

「随分と荷物を持ったようだな」

「商売道具ですよ」

若い女はそういって、被衣《かずき》代わりに頭から被った小袖の襟をはにかむように囓った。

紅地に飛鶴模様の派手な小袖で、こんな貧しい救護所には似合わない豪華な代物である。

それが、昨夜亡くなった女の着ていたものだと、清輔はすぐに思い出した。

(美しい小袖だから、形見代わりに貰うことにしたのだろう)

自分では絵を盗んでおきながらも、ものいえぬ死者の着物を当然のように羽織る娘に、清輔は心のどこかで寒々しさを覚える。

実際、その小袖を除けば娘のみなりはひどく粗末で、稚かった。昨夜のような寒さの後だというのに足には履きものさえなく、化粧のない顔は子どものような面立ちをさらに若く見せている。それでいて、紅色の婀娜《あだ》な上衣が不思議と似合っていた。

「やあ、すごく可愛いな。薙王の遊里で一等の別嬪だって、あんたと並べばただのおばさんに見えちまうよ、きっと」

蚕児がそういってほめると、若い女は泣いた赤い頬のまま、照れくさそうにほほえんだ。

「おまえも旅の稼業といったが、普段は行商でもしているのかい」

「いいえ。あたしは白拍子で、謡や占いをしているんですよ」

そういって、懐の中に仕舞ったものを取り出して見せた。

小さなてのひらに余るほどの、つるりと丸い物体をのぞき込み、二人の放免は驚いて顔を見合わせる。

古いものらしく黄ばんでひび割れているが、それはほぼ完全な形の人の髑髏だった。

「外法頭《げほうあたま》か」

「はい」

女は、お気に入りの毬でも持つような恰好で、にっこりとした。

「なんなんだい、その外法頭って」

「占いに使うんですよ」

流れ者の白拍子や巫女の中には、人の髑髏の霊験に頼って占術を行う者がある。

けれど、そもそも髑髏などおいそれと入手できるものではない上に、外法使いが占いに用いるのは頭頂部の大きな異相の頭蓋骨であることが条件だ。そうした骨格の人を見つけると、生きているうちからおまえの髑髏を譲れとせがむ術者もあれば、もっとひどい場合は死骸の頭を盗む者までいるらしい。

「大層な占い道具を持っているんだね」

「はい。この髑髏を懐に入れておくと、いろんなことを教えてくれるんですよ」

「髑髏がしゃべるのかい」

「しゃべりゃしませんよ。でも、確かに教えてくれるんです」

白拍子はくつくつとのどの奥で笑う。

「それにしても、話には聞いたことがあるが、外法頭というのは初めて見るよ。こんな珍しいものを使いこなすのだから、おまえはさぞや腕利きの占い師なんだろう」

「いいえ。あたしは占いよりも謡や踊りの方が好き。――そういや、着草《つきくさ》ねえさんも、本当は人形操りなんかちっとももうまくなかったっけ」

しんみりとなる白拍子を見て、蚕児は精一杯に明るい声を出した。

「おれも髑髏の占いよりかは、謡を聴く方がいいよ。ねえ、なにかうたって聴かせておくれよ」

「蚕児、無理をいうな。白拍子の謡は、生きてゆくための糧なんだぞ。ただで聴かせて貰おうなんて、虫のいい了見だ」

「ああ――そうだよね。ごめん、ごめんね」

清輔がたしなめると、蚕児は自分の頭をぽかぽかたたいて見せる。

そんな思い遣りが嬉しかったのか、白拍子は笛のような可愛らしい声で、ふっと口ずさんだ。

「――秋風になびく浅茅のするごとに置く白露のあはれ世の中」

白拍子の謡特有の、か細く柔和な声だった。

丁度、上空から舞い降りた秋風が、一同を包むようにしてくるりと渦巻いてからふたたび天に昇る。そのただなかにいて、二人の放免は葬送という暗い任務のことも忘れ、放心したように聴き入った。

「すごい、すごい」

蚕児はしきりとそう繰り返し、清輔も感心したようにてのひらをたたいた。

「それは新古今集の蟬丸の歌だな。平安のころの琵琶の名手だ。琵琶法師の祖ともいわれている人で――」

「アニキの講釈なんか銭にもならないが、今の謡には聴き惚れたよ。おれは生まれてから一度だって、あんな綺麗な声は聞いたことない」

蚕児のほめ言葉に、白拍子の娘ははにかむ笑顔を被衣で隠した。

「でも、あたしなんか、まだまだ謡も踊りも下手くそだから、いつまで経ってもこの悲田院から出て行けないの。赤ん坊のときから、ここにいるんだもの」

「へえ、おまえさん、ここで生まれたのかい」

「いいえ」

母親が罪人だったから、自分は牢《ひとや》で生まれた。

そんなことをいって、白拍子の女は小さな声を上げて笑った。

＊

「こんな可愛い道連れがいるなら、鳥辺野へ行くのもそんなに悪くないね」

小さな丸顔でにこにこと見上げてくる白拍子の様子に、蚕児はすっかり気を良くしている。彼女の生い立ちが、自分とおっつかっつの悲惨なものだったことにも、共感を持ったらしい。

それでも車を押すうちに、やはりいい慣れた愚痴をこぼし始めた。

「弔いの仕事は、いつも放免ばかりなんだもんな。下っ端はつらいよね、アニキ」

「そういうな。悪党でいるうちは世の中のクズだゴロツキだとののしられるが、放免はちがうぞ。放免の仕事はなくちゃならないものだ」

「ところで、検非違使さん。ねえさんが毒を盛られたって話、本当なんですか。だれかに殺されたんですか」

「うん――」

蚕児に説教を聞かせ、若い白拍子の問いを受け流しながら、清輔はわれ知らず別のことを考え込んでいた。

死んだ女の持っていた絵のことである。

（おれが仏さんから絵を盗んだと知ったら、この娘はどんなに怒るだろう）

かたわらを歩く白拍子の横顔を盗み見た。

（しかし、あの絵は――）

東風の桃源郷と名付けたあの絵は、十年近くもむかしに清輔自身が描いたものなのである。

絵の注文主は、賭場で知り合ったふざけた遊び人だった。

(あのときは猪四郎と名乗っていた)

清輔の絵描きの特技を知ると、猪四郎は彼に絵を描いて欲しいとねだってきた。

――幸せな町の絵を描いてくれよ。今までおれはちっとも幸せじゃなかったから、せめて絵の中だけでもそういうのが見てみたいんだよ。

猪四郎は性分の軽薄さに反して、古い物語の英雄のように美しい男だった。たとえボロを着ていても、少しも下卑て見えない。そんな男が自分は不幸せだといったところで、まるで実感が湧かない。

そう清輔が笑うと、猪四郎は真顔で自分の不遇について事細かに語って聞かせたものだ。そして、せめて絵の中に幸せを描いて人生の帳尻を合わせたいのだといった。

――おれはね、この胸の中に、欣求《ごんぐ》の都ってのを持ってるんだ。そこじゃ、人は死なねえ。いくさも起こらねえ。周りの皆は親切で、おれには可愛い女房がいる。どうだ、悪かないだろ。

その欣求の都というのが、東風の吹く桃源郷なのだという。

猪四郎が、その桃源郷の絵にこだわる偏執狂じみた態度には、清輔も辟易したものである。しかし、猪四郎の尋常ならざる執着が乗り移ったかのように、絵は描き手の清輔自身が予期していたよりはるかにうまく仕上がった。

幸福な絵の中で最も印象的だったのは、中央辺りに描いた人物像だった。旅人らしい若い武士と、その桃源郷に住む娘が、睦まじく並んでいる姿である。

——これはね、おれとおれの可愛い女房なわけよ。色白で細面で、首がひょろりと長くてさ。なあ、綺麗だろう。いつもおれだけを頼ってくれて、ほめてくれて、おれには絶対に逆らわねえ。こいつは、そんな女なのさ——。

そんな空想をしている猪四郎を呆れるべきか哀れむべきか、清輔は当惑気味に眺めていたものだ。

その猪四郎が絵もろともに清輔の前から消えたのは、全く不意のことだった。

絵の代金も払わずに行方をくらましたことから、清輔としては相手がこの借財を踏み倒すために逃げたのだと思った。

（描き代を受け取っていないんだから、この絵はまだおれのものなんだ）

痛む良心を慰めるように、清輔は胸の内でそう唱えてみる。

その同じ胸の内には、久しぶりに彼の元に返った絵の図柄が鮮明に浮かんでいた。

水しぶきに濡れて顔料のにじんだ人物像が、ひりひりとした痛みのように彼の意識に刺さる。安穏で幸せに満ちた風景画の中で、今ではそこだけ影が射してしまったように汚れていた。

（しかし、猪四郎がこの絵を手放していたとは、解せないことだ）

考え込む清輔の後ろから、押し殺したような無声音で蚕児がしきりと彼を呼んでいた。

「アニキ、アニキ」

土車のかたわらに付いて来る白拍子の娘も、蚕児の呼びかけを助けるように指先で彼の肩をたたいている。

「アニキったら、なにをぼんやりしてるんですよ」

非難がましい言葉もそこそこに、土車を押す手をとめて蚕児が駆け寄って来る。

とたん、死骸を乗せた車は後ろに滑り、清輔はあわててわれに返った。

弾みで、死骸を覆った筵が落ちる。

土車に積んだなきがらがあらわになり、通行人たちが逃げるようにその場を離れた。

「蚕児、突拍子のないことをするな」

叱りつける清輔に若い放免はぺろりと舌を出して見せ、次の瞬間には真顔になって眼下の河原をさした。

「見てよ、アニキ。あいつ、評判のゆすり屋だよ」

蚕児の視線は、雑然と並ぶ遊女屋の一角に向いている。

そこには、ちょっとした人だかりが出来ていた。

だれかの双六勝負に、野次馬たちが賭けを始めたらしい。

蚕児が指差すのは、そのかたわらで地味な青色の直垂を着た男が、野次馬の一人を相手にしきりと話し込んでいる姿だった。

「侍所《さむらいどころ》の望月一綱《もちづきかずつな》か」

相手の正体を見定めると、清輔も反射的に鼻の上にしわを寄せた。

侍所とは幕府による治安機関で、その役割は検非違使と競合している。

平安のむかしからこのかた、都の治安を預かる最高機関としての立場を誇ってきた検非違使庁だが、足利幕府の成立によってにわかにその土台が揺るぎ始めていた。幕府の勢いが朝廷を凌駕しつつあるのと同様、検非違使の役割は幕府侍所に持って行かれようとしているのだ。

検非違使庁に所属する者ならば、たとえ末端の放免といえども、侍所と聞いて穏やかならぬ気持ちになるのは無理のないことだった。

取り分け、相手がゆすり屋の望月一綱とあれば、敵意はいや増す。

「幕府のお役人がゆすり屋なんですか。随分とご立派なお侍に見えますけど」

放免たちと一緒に橋の下をのぞき込みながら、白拍子は不思議そうな声を出した。

女のほめ言葉に、蚕児はむきになる。

「駄目、駄目。人は見かけによらないんだから、気を付けなくちゃいけないよ。あいつはちょっとばかし見てくれはいいが、性根は腐りきった悪党なんだぜ。偉そうな恰好しているが、身分だっておれたちとさほど変わらない下っ端なのさ――」

望月という男は、幕府侍所の小舎人《こどねり》だった。

小舎人とは雑用や獄吏を役目とする低い身分だが、望月一綱は昨今流行の婆娑羅な風貌も相まって、ひとかどの武人の気配さえ漂わせている。風采は地味でも、華やいだ面立ちと堂々とした身のこなしが、恐らく本人の意志に反して随分と目立っていた。

「あいつは、役目にかこつけて人の弱味を嗅ぎ回っては、ゆすりまがいのことをしているんだ。望月が弱味を探る相手ってのは、大概は堅気で地位の高い連中だ。世間体だの地位だのを質に取って、脅しをかけるんだな。脅される方は今の暮らしを守るために、なんでもいいなりになっちまうのさ」

「まあ、それはひどい」

望月一綱の良からぬ評判については、使庁の人間ならだれでも聞き知っている。才覚に似合わない低い地位も、低い地位に似合わない貫禄も、望月のとかく悪い風評のあかしに見えた。

「あいつは、人の世の鬼門みたいな男だ。できることなら捕まえてやりたいが、望月はとんでもないお偉方たちの首根っこを押さえて味方に付けちまってるのさ。そういう連中は、望月が捕らえられてなにもかもしゃべったら困るから、なにがなんでも追捕の邪魔をしようとするだろう。やつがその気になれば、侍所の頭人《とうにん》をも動かすことができるんじゃないかって話だぜ」

「頭人さまって」

ひおむしが訊く。

「幕府の侍所で一番偉い人だよ。検非違使でいうと別当さまみたいな人」

「ところで、望月の話の相手はだれだろう」

蚕児の言葉を聞きながら望月一綱の様子をうかがっていると、その空恐ろしい威風がいよいよ際立って見えてくる。

片や、彼と対面している男の、まるで仔鼠のように卑屈にしているのが、哀れでもあり情けなくもあった。

「治部省の使部《つかいべ》で、蛭井《ひるい》小次郎ってやつだ」

「よく覚えてるな」

感心したように清輔がいうと、蚕児は得意げにはなをすすった。

「前に、不良たちに絡まれていたのを、助けてやったことがあるからさ」

使部とは下級役人の息子が就く見習職のうちの、最下位の役職である。

「それは、宮城のお役所なんですか」

白拍子の娘がたずねた。

「治部省ってのは、お公家や坊さんたちの氏素性を書き留めて整理しとく役所なんだ」

「なんだか、退屈そうな仕事だわ」

「そりゃ、退屈には違いない」

「あたしたちみたいな身分のない者には、さっぱり関わりのないお役所なんですね。でも、そんな退屈なお役所に勤めていて、あの人なにか楽しいのかしら」

「食べてくためには、楽しくなくても働かなきゃ」

「きっと仕事がつまらないから、ゆすり屋なんかと付き合っちゃうのね」

白拍子は同情気味な顔色でいった。

「全く、望月一綱と関わるなど、よくよく阿呆なことだ」

清輔が呆れてつぶやいたとき、まるでその低い声が聞こえたかのように、望月一綱と蛭井小次郎の二人が同時にこちらへと視線を移した。

＊

鳥辺野まで来ると、秋の陽はようやくほのかな暖かさを地上に投げ始めた。くぐつ女の埋葬を済ませたころには、土掘りの重労働のせいもあって汗を流すほど暑くなっている。

気安かった者の弔いという悲しい作業でも、体を動かして働くうちになにかしらの楽しさが生まれるらしい。放免たちの仕事を健気に手伝っていた白拍子の娘は、土饅頭の上に墓碑代わりの大きな丸石が置かれると、安堵したようにほほえんだ。

「ねえさん、もう苦しいことなんかないんですよ」

地中に眠る者にそう呼びかけると、被衣にしていた飛鶴模様の美しい小袖を脱いで丸石の墓標にかけた。

「あんた、それを墓に置いて行く気かい」

驚く蚕児に向かって、白拍子は優しい笑顔を返す。

「だって、これはねえさんの着物だもの。これから雪もちらつくようになるってのに、着物もなしじゃ可哀相ですよ」

「死人に着物など要りゃしないよ」

娘が死者の着物を勝手に取り上げたものと思いこんでいた清輔は、相手の正直さに呆れ半分、感心したような声を出した。

「おまえが着ていた方がいい。よく似合っているから」

ここに置いて行ってもどうせ盗人に取られるだけだといって、清輔は墓石の着物を外そうとする。

その手をあわてたようにとめると、白拍子はなじるように清輔を見上げた。

「死人に盗みを働く人など、きっと罰が当たるんですよ」

二　凶兆

くぐつ女の埋葬から半月ほどが経った夜、都の空に怪光が現れた。のどかな秋のひよりが続き、あの度外れた寒気もようやく人の口の端に上らなくなっていたころだった。

全く不意のこと、夜半の暗闇に亀裂が入ったかのような強い光が射したのである。上空を流れていた雲の断片は掻き消え、代わりに不思議な光の弧が出現している。その光は昼の太陽にこそ及ばないものの、満月をいくつも並べたほどの明るさがあった。夜働きの悪党も宵っ張りの遊び人たちもわれを忘れて空を見上げ、街のあちこちでだれともなくこの怪異に注意をうながす大声が上がった。おかげで、京の住人たちは例外なくこの稀なる凶兆を目の当たりにしたわけである。

空の異変が地上の災害を予告するものだとは、古来からの常識である。ひと月足らずのうちに起こった、異例の寒さに続く白虹《はっこう》の出現は、その光の届く場所にあまねく不安の種を降り注いだ。

結果、不要な小競り合いや自殺騒ぎや急病人が一晩の内に洛中にあふれ、ちまたはなにかの節句を迎えたかのようにどよめき立った。

清原龍雪《きよはらたつゆき》は、大きなてのひらを息であたためながら、目ばかり動かして天を仰いだ。いまいましい白虹とやらは、現れてから一刻ほどで消えてしまい、空はただの闇夜にもどっている。

＊

龍雪は、検非違使の少志《しょうさかん》である。

検非違使の役人たちは、犯罪捜査や追跡を任務とするにふさわしく、官位などあってもも粗暴な者が多い。中でも清原龍雪の風貌は、官人《かんにん》よりも盗賊の用心棒の方がよほどに似合っていた。

東大宮大路を左に折れ、鴨川の方角に向かって三条を歩く。

「はあ」

強面からため息が出た。

息は憂鬱な気持ちが結露したように、顔の前で白くにごった。

市街の東端近く、鬼殿《おにどの》と呼ばれる魔所がある。

平安のむかし、そこに中納言藤原朝成《ふじわらのともなり》という男の住まいがあった。

朝成は摂政への恨みにより、生きながら怨霊となって敵を取り殺し、そのまま自宅で憤死したという。

その場所が昔人の恨みの心が染みついた土地であることは、京の住人ならばだれもが知っていた。

——鬼殿からただならぬ気配がいたします。おちおち休んでもいられないから、使庁のお役人さまに見廻って頂くようにと……。主人より、そう仰せつかってまいりました。

鬼殿に隣接する屋敷から雑色が遣わされ、すぐに調べて欲しいと懇願されたのは、夜半過ぎのことだった。

気のせいだろうといって追い返そうとしても、雑色はかたくなに検非違使庁の門から離れようとしない。

——白虹を見た後で、不安な気持ちになるのも無理はない。しかし、平安のむかしならいざ知らず、この世に鬼などというものがいるわけがなかろう。

龍雪はそういって笑ったが、内心では少しもおかしくはなかった。

使庁では指折りの乱暴者として知られる龍雪だが、実は一番の怖がりでもある。

妖怪幽霊の類がなにより怖いのだ。

同僚や上司たちがそれを出しによくからかってくるのは、龍雪としてはあまり愉快なことではなかった。

――鬼などを恐れているんじゃありませんよ。子どもでもあるまいに。

雑色は呆れたような声を出した。

――あんなあばら屋は、盗賊だの人殺しだの恐ろしい連中がねぐらにしているに決まっています。こういっちゃなんですが、あんな化けもの屋敷をいつまでも壊しもせずに放っておくから、悪党やゴロツキの温床になるんですよ。街で大袈裟な捕物騒ぎをするのも結構だが、鬼殿みたいなあばら屋は早々に取り壊して欲しいものだね。

――なんだと。

――と、主人が申しておりまして。

――おまえの主人とは、どなたなのだ。

――民部卿町尻惟久《まちじりこれひさ》さまです。

雑色はそう告げて、不敵な笑いを浮かべた。

町尻卿は、民部省の長官を務める有力者である。

ごろりとした独特の風貌から蝦蟇《がま》卿という滑稽なあだ名を付けられているが、実際には辣腕と短気で知られた男だ。逆らえば鬼や妖怪より怖い祟りがあろうとは、容易に察しがつく。

ただし龍雪にとっては、その鬼や妖怪こそが恐ろしいのだ。

けれど、もっと恐ろしいのは、自分の子どもじみた弱点を他人に笑われることである。

──わかった。これより清原龍雪が鬼殿に乗り込むゆえご安心召されよと、そう町尻卿にお伝えしろ。

悪いことに、その夜は白虹騒ぎのせいで宿直《とのい》の仲間は皆出払っていた。従って、雑色に向かってヤケ気味に宣言したとおり、龍雪は単身で鬼殿に行かなくてはならなかった。

かくして、鬼殿は目の前にある。

「……」

藤原中納言の生き霊が殺人を犯したとされるのは、四百年近くもむかしのことだ。

それにもかかわらず、問題の場所は町尻卿の苦情どおり恐ろしげな廃屋になっている。

朽ちかけた門の向こう、立ち枯れた草むらが闇を背に踊る中から、一際冷たい風が龍雪の顔に吹きつけた。

(いっそ鬼火の一つも点っていたら、まだしも陽気に見えるものを)

大きな息を吸って厚い胸板をふくらませ、凍えた手をもう一度あたためる。

「唵阿毘羅吽欠蘇婆訶《おんあびらうんけんそわか》、唵阿毘羅吽欠蘇婆訶」

それより知らない大日如来の真言を二回つぶやくと、勢いをつけて、今にも落ちそうな門をくぐった。

鬼殿は、寝殿造の広い廃屋だった。

庇の内側を囲む蔀《しとみ》の大方が壊れ、吹き曝しになっているせいで、風も夜気も月光も、全て等しく入り込む。

その冷たい光に照らされた室内は、荒れ果てた外観同様、狐狸妖怪のすみかにふさわしいありさまだった。

しかし、隣家の町尻卿のいうような、怪しい者の気配はどこにもなかった。

龍雪にしてみれば、盗賊だろうが殺人鬼だろうが少しも怖くはないのだ。早々に見つけ出して引きずって帰りたい。

数える気も失せるほど床板を踏み抜いて、そのたびごとに肝を潰しながら、ようようにして母屋《もや》までたどり着いたときには、空想の中の鬼に内臓まで食われた心地になっていた。

「しかし、これは確かに怪しいな」

松明代わりに持参した雪洞《ぼんぼり》の頼りない灯りを高くかざして、龍雪は自分を鼓舞するように口に出してつぶやいた。

鬼殿の内部は予期したとおりに荒れ果ててはいたが、場所によっては塵や埃が掃き清められ、不思議と片付いている。鬼や妖怪がすみかを掃除するなど聞いたこともないから、これはやはり悪党連中が出入りしている証拠だろうと、龍雪は胸をなで下ろした。

(そうとわかれば、怖いことはない)

壁に開いた穴に雪洞の柄をかけて、侵入者の手がかりを探そうと見渡したときである。

風に吹かれてべらべらと揺れる几帳の向こうから、こちらをうかがっているものの気配を確かに感じた。

龍雪は太刀に手をかけながら、その方角に目を凝らす。

わだかまったような闇の中、ぼろぼろに塗りのはげかけた蒔絵の唐櫃が置かれていて、龍雪の感じた気配はその辺りから発していた。

こんな恐ろしい場所まで出かけて来たのだから、悪党の一人も捕らえて帰らなければ気分が治まらない。そう思って憤然と足を踏み出したとき、風で几帳が倒れた。

「――」

けたたましい音が上がり、その向こうにいる人物の姿があらわになる。

それは、朽葉色の袿《うちき》を羽織った女だった。

黒漆のはがれかけた唐櫃の上にどっかりと腰をおろし、大柄な上体を前のめりにした女の顔には――鼻と口がない。

のっぺらぼうなのである。

ほほえんだような細い目だけが、じっと龍雪を凝視しているのだ。

――カンロのヨイにぞ、出てござる。ココノツここなる悪所が御殿――。

か細く、頭の天辺から抜けるような歌が聞こえた。

田楽の囃子に似ているが笛や太鼓の鳴りものもなく、滑稽な節回しがかえって気味悪い。

　わずかばかりに湧いていた龍雪のカラ元気は、瞬時に掻き消えてしまった。

（冗談じゃないぞ――）

　人の悪党ならば確かに検非違使の自分が捕らえてみせようが、化けものならば受け持ちがちがう。陰陽寮《おんみようりよう》の博士でも呼ぶがいい。

　龍雪は、悲鳴とも怒号とも付かない大声を上げて、逃げ出そうとした。

　その足場が、めりめりと音を上げて崩れる。

　あわてる龍雪は懸命に身をよじって逃れようとしたが、無駄だった。

　床板は破れ、そのまま胸の辺りまで埋まってしまう。

　恐怖と絶望で、龍雪は気が遠くなりかけた。

　のっぺらぼうの妖怪は、侵入者が動けなくなったのを見届けたらしく、ぎしりぎしりと足音を上げて歩いて来る。

（あ――阿毘羅吽欠蘇婆訶、南無阿弥陀仏、急急如律令……）

　龍雪は乙女のように身を固くして、知っている限りの魔除けの祈りを唱えた。

「龍雪さま」

　破れた床にしがみつく龍雪の腕に、氷のような冷たい手が触れる。

　龍雪はいよいよ観念して、閉じてしまった両眼を、なおさら固くつむった。

「龍雪さま。こんなところでなにをしておいでです」

かたわらまで迫った妖怪は、呆れたような声を出した。

「え」

それは、龍雪のよく知った声だった。

「――清輔か。清輔ではないか。清輔、清輔――」

龍雪は泣くように繰り返す。

「気をつけろ、清輔。ここには顔のない女の鬼が居るぞ」

「はい、はい」

清輔と呼ばれた相手は、夜泣きする子をあやすようにほほえむと、大柄な龍雪を苦心さんたんして助け上げた。

「もうそんなもの居りませんよ」

清輔は雪洞で周囲を一巡り照らすと、からかうように龍雪を見上げてくる。

この男は、龍雪の手先として働いている放免である。

放免たちはかつて悪事に手を染めていたせいで、乱暴な者が多かった。しかし清輔は、腕っ節も弱ければ体もやせている。切った張ったの場面では、子どもより当てにならない男だ。その反面、下手人の正体を突きとめたり、居場所を捜したりの段になると、人一倍に活躍する。加えて、なんの足しになるのかわからない様々なことを、実によく知っていた。

「顔のない女の鬼というと、こんな具合でしたかな」

懐中から筆を取り出すと、陽に焼けて色の消えた屏風の上に、龍雪が見たと主張する妖怪の絵を描き始めた。

清輔は特技の多い男で、この落書き同様に追捕に必要な絵図なども巧みに描くことから、使庁では重宝な存在だった。つまらない博打で銭をなくすのを除けばいたって真面目なこの男が、なんの罪を犯して放免などになったものか、龍雪は知らない。

「まあ、ここは鬼殿といわれるくらいだから、鬼がいてもいいでしょう」

清輔の慰めるような口調が気に障って、龍雪は憤然と脇を向いた。

「おまえこそ、どうしてこんな場所に来たのだ」

「龍雪さまが鬼殿で苦戦していると聞いて、加勢に来たのです」

「この夜中に、使庁に行ったのか」

このところ清輔はなにかと理由を付けて夜勤を怠っているのを、龍雪は知っている。

「白虹を見て不安になり、急に龍雪さまのお顔を見たくなったものですから」

清輔は、見え透いたでたらめをいった。

この陰気な放免は、学者顔負けに博識で、おまけに悪趣味なのだ。白虹だろうが妖星だろうが、内心では興味津々といったところだろう。

つまりは、白虹に怯えているはずの龍雪を心配して官衙《かんが》に出向いたところ、彼が一人で鬼殿に出動したと聞き、ますます同情して駆け付けてくれたわけである。

「おれの顔を厄払いにしてくれるとは、ありがたいことだな」

「龍雪さまのお顔は、不動明王に似ていますから」

そういって清輔は、彼のくせで陰気に長い息をついた。

とたん、さっきの戯れ歌が暗闇のすみから、ふたたびひたひたと聞こえ出した。

――カンロのヨイにぞ、出てござる。ココノツここなる悪所が御殿、大路のかたより呼ぶ声よ、天狗の踊るを見参らせ。

これにはさすがの清輔も肝を潰したらしい。

「た――龍雪さま、これは――」

逃げ出そうとして足がもつれた龍雪の巻き添えを食い、今度は二人でそろって床板の穴に落ちてしまった。

＊

「昨夜の白虹には驚いたねえ。あんな具合に空に異変が現れるのは、得てして厄介事の兆しである場合が多いんだよ。そんな中でも白虹なんか、不吉も不吉。唐土《もろこし》の劉向《りゅうきょう》さんって人がいうには、白虹がお天道《てんと》さまをつらぬけば君主は謀叛に遭うんだとか。――どんな根拠があるんだか知らないけど、剣呑だよねえ」

検非違使の官衙で天変地異の逸話を披露しているのは、陰陽寮で漏刻《ろうこく》博士を務める大江義時《よしとき》である。

綿の花のようにふくふく太っていかにも文官然とした義時の姿は、使庁の殺伐とした官衙の中ではやけに浮いていた。

漏刻とはときを刻む水時計のことで、義時はその管理責任者だった。

少年のうちから『ときつかさ』の役目を嘱望され、元服の際にはその期待を体現したかのように義時と改名した。実際、身の内に漏刻を持っているかのように、いつでもそのときの刻限を正確にいい当てる。

「だから、こんな場合はすぐにも占いをして、被害の予測を立てなくちゃならんわけ。占いの結果を見て、御修法《みしほ》やら厄除けやらの祭事で予防措置が講じられるんだ。白虹の他にも、出て困るのはほうき星とか旗雲とか。反対に消えられたら困るのがお月さまやお天道さまだね。もしもそんなことになったら、陰陽師や天文博士なんかもうてんてこまいさ」

「それにしては、義時さんは暇を持てあましているようじゃないか。こんな所で油売っていていいのか。陰陽師や天文博士ではなくとも、あんただって陰陽寮の役人だろうに」

茶々を入れるのは清原龍雪で、この小太りの漏刻博士とは幼馴染みの間柄である。

「心配ご無用だよ、龍ちゃん。あと半時はここでおしゃべりしてても大丈夫。午刻からその厄祓いの祭事があるけど、わたしの受け持ちじゃないから手伝いも要らんそうだ」

義時は福々しい顔で笑った。

「しかし、龍ちゃん。怖がり屋のおまえが一人で鬼殿に入って行ったとは、恐れ入ったぞ。さっきも清輔から聞いたんだが、鬼殿で化けものに出くわしたそうじゃないか」

そういって、義時はかたわらに控えている清輔を見た。暇つぶしに使庁の官衙を訪ねるうちに、龍雪の手下や上司ともすっかり顔馴染みになっている。

「わたしも、鬼のうたう歌を聞きました。――これには肝を潰しましたよ。あわてた拍子に龍雪さまと一緒に床の穴にはまってしまいました。そこから這い上がるのには、これまた全く往生しました」

清輔はそんな失敗談を楽しげに話し始め、義時は興味深そうに目を輝かせた。

「鬼の歌とは、どのようなものなのかね」

そんなものは覚えていないと龍雪が答える前に、実際には彼の記憶にも鮮明に残っている滑稽な節回しの歌を、清輔が真似て謡い始めた。

「カンロのヨイにぞ、出てござる。ココノツここなる悪所が御殿、大路のかたより呼ぶ声よ、天狗の踊るを見参らせ――」

「わあ、そいつは怖い。——夜の鬼殿でそんなものを聞くとは、怖がりの龍ちゃんならずともたまらんよなあ」

義時は龍雪に同情し、思案げな面持ちで清輔に向き直る。

「ところで、カンロとは天から滴るっていう、あの甘露のことだろうか」

「寒露の節句のことかも知れませぬ。——ああ、してみれば今日が寒露ですな」

「だったら、カンロのヨイとは今宵のことだね。悪所が御殿とは鬼殿のことだろうから、今宵の九ツ時、鬼殿に化けものが出る——そんな意味合いかな。天狗のお先棒を担いで、鵺《ぬえ》かなにかが鬼のうたげを報せに来たのかも知れんぞ。寒露の宵にぞ、出てござる——」

義時は聞いたばかりの戯れ歌を自分でも口ずさんでいる。

そんな不気味な歌などもう耳にもしたくない龍雪は、取り合わない素振りで脇を向いた。

「怒るな、怒るな、龍ちゃん」

義時はふくふく太った手で、龍雪の肩をたたく。

「わたしが思うにさ、鬼殿には鬼なんかいないね。おまえたちが聞いたのも鵺の声などではないよ」

「そうでしょうか」

理屈屋のくせに妖怪の類に惹かれる清輔は、義時の唱える説には不服げである。

「しかし、隣家の町尻なにがしさまが騒いで居られるように、悪党のすみかになっているなんて単純な話でもないと思う」

「それでは、大江さまは鬼殿の怪異をいかようにお考えで――」

「うん。龍ちゃんが鬼殿で見たのは、わたしは狐だと思うよ。顔のない女なんて、いかにも狐が化けそうななりじゃないか。すぐに消えてしまったところもまた、狐らしいね」

「馬鹿馬鹿しい。義時さん、あんたのいう方がよっぽど単純じゃないか」

龍雪はことさら大きく笑った。

「平安のころでもあるまいに、今時の狐がのっぺらぼうの女なんかに化けるもんか。あそこには確かに悪党が潜んでいるんだよ。おれが見つけたのは、その悪党の一人だったに違いない。顔がないように見えたのは、なにかの見間違いに決まっている。町尻卿のいうとおり、あんなあばら屋をいつまでも放置しておくのがいけないのだ。すぐにも取り壊すべきだ」

「おいおい、滅多なことをいうもんじゃない。おまえ、狐のすみかを奪ったらそれこそ祟られるよ」

「鬼殿にいるのは、鬼でも狐でもない。魔所のうわさにつけ込んだ悪党たちだ。いや、悪党が身を隠すために、わざと怪談を触れ回っているのかも知れん」

「そうまでいうなら、龍ちゃん、今宵わたしと二人で鬼殿に確かめに行こう」

義時は、とうとうそんなことをいい出す。

その福々しい笑顔に、龍雪は慄然と振り返った。

実のところ鬼殿の怪異について、それが超常現象のなせることと、だれよりも固く信じているのは龍雪自身なのである。

「それは面白い。肝試しですな」

はやし立てる清輔に向かって、義時は真顔でうなずいた。

「うん。幸い、先方は寒露の九ッ――すなわち今夜の子刻と知らせて来たんだ。迎え討つにしても好都合じゃないか。天狗だろうが狐だろうが、陰陽寮に勤めるわたしが一緒なら怖くはないだろう、なあ、龍ちゃん」

勝手に決めるなと怒る龍雪の声には、だれも耳を貸さない。

「しかし、悪霊退治に長けた陰陽師ならともかく、漏刻博士がかたわらで時を計っていても大した助けにはならないと思いますが」

清輔は、そんなことをずけずけといった。

「それに、大江さまは今宵は五条の美姫に大切な御用がおありなのでしょう」

「それはそうだが。臆病者の龍雪をたった一人で真夜中の鬼殿に行かせるのは、忍びないなあ」

いつの間にか、龍雪がまた一人で鬼殿へ行くことに決まってしまっている。

臆するべきか怒るべきか迷いに迷い、結局のところ、龍雪は憤然と立ち上がった。

「おう。鬼殿だろうが、三途の河原だろうが、一人で行ってやろうじゃないか。その代わり、おれを臆病者のようにいい触らす無礼千万なやつは、今後いっさい許さんぞ――」

龍雪が怖い声を出したところに、放免の蚕児が急き込んで駆けてきた。

開け放った半蔀《はじとみ》の窓の方をさして、揚げ足でも取るような調子で注進する。

「龍雪さま、大変だ。侍所の行列がやって来るんですよ。幕府のやつら、使庁に攻めて来たのかな」

当人は真剣なのだが、いくさ遊びで斥候を任された子どものようである。

報告を受けた龍雪たちは、のんきな野次馬よろしく、半蔀に雁首を並べて外をのぞいた。

「侍所の頭人《とうにん》が、うちの別当さまの所に表敬に来たのさ。同じ京の町で同じ悪党退治の仕事をしているんだから、侍所と検非違使が仲良くするに越したことはないじゃないか」

「また、のんきなことといっちゃって。頭人の馬のくつわを取っている男が、だれだと思うんです」

　そういわれて見やった先、先頭を行く武将のかたわらで、粗末な直垂を着た小舎人が伏し目がちにたたずんでいた。

　馬の口縄を押さえる程度の下司《げし》だが、容貌から動作の端々に至るまで、比類ない美丈夫である。駆される白馬の美しさやそれにまたがる高官の偉容まで、まるでおのれの衣装のように取り込んで見せている。

「あいつ、ゆすり屋の望月一綱ではないか。――いやなやつが来たな」

　すぐに眉根をひそめる龍雪のそばで、大江義時は不思議そうな顔をした。

「ゆすり屋とは、あの小舎人のことかい。それにしては、随分な美丈夫じゃないか」

　そんな無邪気な感想は、居合わせた検非違使たちの異口同音な反撥に掻き消された。

　苦笑する義時は、冗談半分に悪霊祓いの九字《くじ》を切る仕種をして一同を黙らせる。

「わかった、わかった。しかし、いいかね。女のいう悪口に較べて、男の悪口というのは、聞く方としちゃ少しばかり注意が必要だ。それは全く真実を語っているか、あるいは全く的外れかのどちらかだからね。

　ご一同は自覚があるかどうかわからんが、男というのは得てして嫉妬癖があるんだよ。だから、ああいう美しく立派に見える手合いは、特段の落ち度がなかったとしても、われわれ男子《おのこ》にはなにより憎い敵と映るんだ。やつに不細工で焼餅焼きな奥方でも居れば、まだ可愛げもあるが、不敵なばかりのひとり者ならこちらはもう救われるところがない。そんなわけで、望月なにがしが真に悪党なのか、単なる気に食わないやからなのか、おまえたちのかげ口を聞いただけで判断を下すのはよしとこう」

義時はいかにも学者らしく取り澄ました理屈を並べてから、にっこりと笑った。

「さて。そろそろおいとましようかな。——清輔、悪いが少し付き合ってくれないかね。目利きのおまえに見て貰いたいものがあるんだよ」

退出の挨拶を残すでもなく、大江義時は清輔の腕をつかんで唐突に出て行ってしまった。

時刻が来れば、無条件に意識が切り替わる。どんな盛り上がった場にいても、それまでの経緯すら眼中になくなるというのが、この漏刻博士の奇妙な性癖なのである。

心得ている一同は別段に気にするでもなく、義時の帰るのを見送った。

「龍雪さま、本当に今宵鬼殿へ一人で行かれるのですか——。よろしければ、わたしも同行いたしますが」

義時の後を追う清輔は、龍雪に振り返ってそんなことをいってくる。

「要らぬ。子どもの肝試しじゃあるまいに、余計なお世話だ。来たら承知せんぞ」

龍雪は内心では動揺しているのに、そんな啖呵《たんか》を切ってしまう。そうして、狼狽を取りつくろうように、そそくさと蚕児に向き直った。

「義時さんは、清輔になにをさせる気なのだ」

「買いものの手伝いですよ」

「陰陽寮の買いものに、どうして清輔の助けが要るのだ」

「いやだな、そんなはずがないじゃないですか」

蚕児はにやにやと笑った。

「義時さまったらね、五条の若い遊び女に、すっかりご執心らしいんですよ。まだ新参の素人めいた妓だけど、滅法可愛いんですってさ。今も、その美姫のご機嫌取りの贈りものを買いに出かけたってわけなんです。清輔アニキを連れて行ったのは、ほら、アニキはそんな品ものに目が利くでしょ」

「なんだと。役目を放り出して、遊び女のご機嫌取りに出かけたというのか」

「そう。陰陽寮でおっ始まる厄祓いの方は、怠けちまう魂胆じゃないのかな」

「不謹慎極まる、度し難い阿呆だ」

「そうですよね。呆れちまいますよね」

蚕児は、つい今まで侍所一行をののしっていたことなど忘れ、今度は義時の秘めごとを告げ口して、ころころと喜んでいる。

「それよか、龍雪さま、おれたちも陰陽寮の御祓いを見物に行きましょうよ」

「馬鹿。追っ払われた悪霊に取り憑かれでもしたらどうする」

「本当に龍雪さまは怖がりだなあ」

仔犬のように元気の良い蚕児は、龍雪の神経を逆なでする一言を残して、楽しげに出かけて行った。

＊

その直後に起こった椿事の最初の兆候は、南の方角からくるざわめきだった。

続く瞬間、ついさっきと同じ具合に、蚕児が色めき立った様子で飛び込んで来た。

「龍雪さま、一大事です。やっぱり、追っ払われた悪霊が暴れ出しちまったよ」

「なんだと」

龍雪の言葉を混ぜっ返したような言い種に、彼はこの子どもじみた放免がまた自分をからかおうとしているのだと思った。

しかし、それにしては顔付きが深刻である。

怪訝に思うそばから、緋色、緑、青と、色とりどりの位袍《いほう》を着けた官人《かんにん》たちが右往左往しながら走り抜けて行く。いずれも恐怖に駆られた必死の形相で、入り乱れて逃げ惑う姿は、色紙が木枯らしに翻弄されるごとくだ。

「蚕児、付いて来い」

龍雪は、反射的に騒ぎの中に駆け込んだ。

検非違使庁の置かれている左衛門府は、宮城を囲む外重《とのえ》の近く、陽明門に向かい合う位置にあった。

龍雪は、その門から遡上する魚のように一斉に逃げ出してくる官人たちと、まともに鉢合わせする。

「なにがあったんだ」

かたわらに従う蚕児に、大声で訊いた。

「御祓いの最中に、懲らしめられた化けものが陰陽寮のお役人に取り憑いたんですよ」

喧噪の中、蚕児も懸命に大声を張り上げた。

問題となっていた白虹の除災の儀式が始まって間もなく、陰陽寮の庭先にいた若い役人が、突如正気を無くして暴れ出したのだという。

乱心したのは、末席にいた二人の得業生《とくぎょうしょう》だった。

得業生とは、学生《がくしょう》の中で特に優秀と認められた者に与えられる身分である。将来、博士となって新たな人材を導くようにと期待をかけられた、学業のみならず人格や素行も折り紙付きの若者たちだ。

その秀才たちが、やぶから棒に、厳粛な祭礼の秩序を破った。

二人は全く唐突に自分のいるべき位置を離れると、しめし合わせたように中央まで歩み出て行った。

それだけでも充分に異例なことだったが、事件はそこからが始まりだった。

得業生たちは祭礼に用いる弓と太刀をそれぞれ取り上げ、ぐるりと一同を眺め回す。

両眼を皿のように見開き、居合わせた一人一人を見据えて禍々しく笑った。

その場にそろっていたのは、異常現象を分析することには長けた者ばかりである。憑きものや化けものが起こしたとされる怪奇現象の事例など、皆が皆、一通りはそらんじていた。

それでも、全員が怯んだ。

目の前でまさに進行してゆく怪異に対して知識は役に立たず、分析する猶予がないので対処の方法も思いつかない。

恐ろしさに耐えかねた一人が闇雲にその場を離れようと走り出したのが、騒ぎの皮切りとなった。

二人の得業生は、鼠に囲まれた猫よろしく、嬉々として周囲の人間たちにおどりかかる。

彼らは、人の常識をはるかに超えた力で暴れた。

弓矢と抜き身の太刀を振りかざして、手当たり次第に人を襲い始めたのである。

「その悪霊憑き共は、どこにいるんだ。陰陽寮の官衙ではないのか」

陰陽寮は、帝《みかど》の住まう内裏《だいり》の間近にある。

「ひょっとしたら、もう内裏の中に入っちゃったのかも」

蚕児は、おろおろと答えた。

「蚕児、今日の門番を務めているのはだれだ」

「看督長《かどのおさ》の繁遠《しげとお》じいさんです」

「じゃあ、行って繁遠から杖を借りて来い」

「杖ですか」

「そうだ。おれは杖を持っていないからな」

相手が曲者《くせもの》ならぬただの乱心者なら太刀で斬るわけにはいかないから、杖で殴ってやる。そう説明して、龍雪は混乱する周辺をにらみ回した。

＊

諸官庁と内裏との間には、官衙同士の通路よりも広い空間が開けている。

騒ぎが起こっていたのはその辺りからだが、蚕児の心配に反して、乱心者は内裏とは反対の方角にいた。

八省院《はっしょういん》と呼ばれる、八つの行政官庁の集合した辺りである。

八省院の付近では、いまだ逃げ惑う者と負傷して倒れ込む者が入り乱れ、駆け付けた龍雪を驚かすには充分な修羅場となっていた。

中でも最も奇妙に見えたのは、騒ぎの元凶らしい男が、八省院の外壁をよじ昇って越えようとしていたことだ。まるで、人の衣装を着けたトカゲである。

「おお……」

龍雪は、長い息をついてそれを見上げた。

(なんと珍しいものを見る)

感心しているところへ、門番から杖を借りた蚕児がもどって来た。

「龍雪さま、あいつが陰陽寮の乱心者ですよ。ちょっと憑きものが憑いたからって、いい気になりやがって、壁なんか昇っちゃって」

興奮しているせいか、壁にへばりついた乱心者を指差しながら、蚕児は変な理屈をこねて怒り出した。

「いいから、杖を貸せ」

龍雪は、軽業のような奇態から目を離さないままでいらいらという。

蚕児が杖を差し出し、龍雪がそれを受け取った刹那、細く鋭い風の音がした。

「どけ――」

蚕児を突き飛ばしながら、自分も反対方向に転んだ。

離れたばかりの地面に、ざくりと突き刺さるものがある。

矢だ。

ものかげに向かって走りながら見返ると、屋根上に祭礼の衣装を着けた陰陽寮の者がいた。弓《ゆ》はずと握りに御幣を付けた祭礼用の弓で、矢を射ているのだ。

「龍雪さま、乱心者は二人いるんですよ。一人はあの壁を昇っている野郎で、もう一人は屋根から弓を――」

龍雪たちに矢を向けたのは、屋根上の射手だ。

「それを早くいってくれ」

叫びながら反対側に遠ざかる蚕児に、龍雪も大声で文句をいった。

その間にも、矢は龍雪を追って来る。

「神事の弓矢を人に向けるとは、なんたる罰当たりか」

問題の屋根上をにらみ上げる。

「あ」

その罰当たり者の背後に人影が見えた。

検非違使の者らしい。

身を低く隠して、乱心者を捕らえる機会を狙っている様子である。

(だれかは知らんが、気の利いたことをする)

龍雪は、足下の小石を数個拾った。

壁を昇ろうとしているトカゲ者の背中に、続けざまにつぶてを投げる。

石は全て命中し、乱心した若者も、さすがに地面に転落した。

矢の的にされているのはわかっていたが、龍雪はそのまま走り出た。

起き上がりかけていた相手の背を、門番から借りた杖でしたたか打ち据える。

ぎゃ、と人離れした悲鳴が上がった。

両眼はすでに白目をむいているのに、それでもまなじりを吊り上げて龍雪を見上げてくる様子は確かに気味が悪い。

「大概にしろ、馬鹿者め」

龍雪は、雷鳴のような声で怒鳴った。

そのまま背中を蹴倒して、もう片方の乱心者が昇った屋根を素早く見上げる。

矢は、来ない。

目の前の相手を縛り上げつつ、屋根瓦が鳴るがらがらという音を聞いた。

ふたたび見上げたときには、屋根上の捕りものも完了していた。祭礼用の弓で狼藉を働いていた乱心者は、背後から来た人物に完全に取り押さえられていたのである。

「あれは、兼平判官《かねひらはんがん》どのか」

龍雪は、まだ暴れもがく学生を無造作に殴って気絶させると、屋根上から手を振っている味方の姿を認めた。

乱心した得業生は、一人は茫然自失のありさまで、もう一人は気絶したまま引きずられるような恰好で連行されて行った。

＊

逃げ惑った官人たちは、各々の勤める官衙へともどり始めていた。しかし、だれの顔も、まだ怯えたままである。

門柱にもたれ、騒ぎの収束してゆくさまを眺めている龍雪の心中にも、やはり皆と同様の胸騒ぎがあった。

(確かに、このところおかしなことばかり続いている)

まだ秋分だというのに真冬を思わせる寒気に襲われたかと思えば、天には白虹が現れ、その不吉を浄化するはずの祭事に至っては、頼みの綱である陰陽寮の者に魔ものが憑いた。

加えて、龍雪たちが鬼殿で遭遇した怪異もある。もっとも、龍雪自身は鬼殿で見た顔のない女のことは目の錯覚だったと、他人にも自分の胸にもいい聞かせてはいたが——。

(化けものなんて、いるはずもないものに怯えてどうする)

けれど、龍雪は自分の本音を知っている。

それがいないものだからこそ怖いのだ。

いないはずなのに、だれもが口にする。

本当にいないならば、皆が口をそろえて妖怪幽霊の類を語るはずがないのだ。

龍雪が怪奇事件を子どものように恐れるのは、そんなあいまいさが、えもいわれず不気味だからである。

大江義時のようなヘソ曲がりにいわせれば「この世で人ほど怖いものはない」そうだが、龍雪にしてみれば、人は化けて出ることもなければ掻き消えてしまうこともない。二、三度殴れば大人しくなる。これほどわかりやすく扱いやすいものはない。

ところが、近ごろの京を騒がせているのは、殴って黙る悪党たちの事件とは性質が違っていた。相手は、説明のつかない怪奇現象なのだ。

龍雪にとっては苦手この上なく、この次にはなにが起こるのかと思えば、不安はいやが上にも胸に迫ってくる。

「使庁にいると、妙ちきりんな騒ぎには事欠かぬ」

龍雪の憂いとはうって変わって、場違いなほど明るい声がした。

余りの屈託のなさに驚いて顔を上げると、かげり一つない笑顔で判官兼平頼貴《よりたか》がこちらを見おろしていた。捕りものの相棒となってくれた男だ。

「しかし正直なところ、今のはなかなか面白かったな、龍雪」

「はあ……」

返答に困って頭を掻くと、騒ぎで折れた烏帽子が地面に落ちた。

「判官どののおかげで、命拾いをいたしました」

兼平頼貴は、今年一月から検非違使に着任した上司である。

奇遇なことに、鬼殿の隣家に住む町尻卿とは舅と婿の間柄なのだが、親類とはいえ血のつながりがないので、似ているところはなに一つない。

検非違使に来る以前の頼貴は、父祖の領地である丹後の荘園で、土地の管理を担う荘司《しょうじ》として働いていた。

荘園の領主は本所《ほんじょ》とも呼ばれ、本所が京の貴族ならば、その管理は赤の他人である荘司に一任されることが多い。

ところが、兼平荘では本所の兼平頼胤《よりたね》が元々都の人であったにもかかわらず、荘司の役を息子に任せ、なおかつ自分も領地に移り住んで親子仲良く暮らしていた。それは、かつて頼胤が在郷の侍に領地の管理を任せて、いさかいに巻き込まれた経験を気に病んでのことだったらしい。

そんな気弱な兼平の大殿が、一念発起して息子を京の表舞台に送り出すことを決めた。

それには、兼平頼胤の決意ばかりではなく、舅である町尻卿の意志も大きく働いていた。

むかし、兼平の領地で起こった争いに、大いに助力したのが町尻卿なのである。その縁で、町尻惟久は娘の詮子《せんこ》を兼平家に輿入れさせている。

町尻卿は、婿としての頼貴をいたく気に入ってはいたが、愛娘の連れ合いを田舎の荘司で終わらせるつもりはなかったようだ。

こうして、兼平頼貴は都に来て、検非違使判官となった。

判官は、追捕の筆頭を司る役職である。

地方の荘司とて、周辺の小競り合いの仲裁をすることもあるが、頼貴という男は実際には武具に触れたことすらなかったらしい。

そんなおっとりとした者が荒くれた検非違使の侍たちを束ね、京の暗黒街にのさばる悪党を相手にするなど到底無理だと、皆は危ぶんだものだ。

案の定、やって来た新しい判官は光源氏のような美男で、才気と教養のある人物だった。正五位という位階ばかりは判官の地位に相応だが、年齢は三十そこそこの青年で、龍雪とも大した差がない。

――新任の判官どのは、太刀を持ったことすらないらしい。

――しかし、侮ってはならん。くだんの御仁の後ろ盾は、鬼殿のとなりに住む蝦蟇卿だぞ。

舅の町尻卿が内裏で少なからぬ力を持っていることもあり、出迎える検非違使の面々は変に気を使ったものである。

ところが一皮むくと、この新任の判官は、同僚のだれにも増していくさ慣れした男だった。

危急の事態に直面したとたん、常のふわふわした笑顔が消え、美しい鬼のようになる。敵と対峙すれば、歴戦の武将さながらの働きを見せるのだ。武術の腕前もさることながら、その合理的な機転と力量は、武人というよりむしろ職人的だった。

――天晴れ、天晴れ。頼貴は九郎判官の再来のようだ。

使庁の長官に当たる別当までが、彼を源義経になぞらえるほどにほめそやし、美男の判官はやはりふわふわした笑顔にもどって照れたり謙遜したりした。そんな愛嬌も人に好かれる一因で、彼は着任してすぐに温厚さと勇敢さを兼ね備えた信頼のおける人物として皆に慕われることとなった。

「しかし、白虹に続いてこの憑きもの騒動では、面白いとばかりはいってもおられんな」

兼平判官は地面に落ちた烏帽子を拾うと、丁寧に土埃を払ってから龍雪に返す。

そんな細かな心遣いに龍雪はすっかり恐縮して、自分の破れ烏帽子を受け取るために、うやうやしく両手を差し伸べた。

「加えて、おまえは三条のあばら屋で、鬼の女と死闘を演じたというではないか」

「はあ」

からかわれているのかと思ったが、判官の顔色は案外と真面目である。

怪力無双の龍雪が化けものに怯えるというのは使庁の者たちのお気に入りの話題だが、出来事が正確に伝わった例しは少ない。先日の鬼殿でのことも随分と誇張されて広まっているらしいが、吹聴したのはその場にいた清輔をおいて他には考えられない。

（清輔め）

今夜は今夜で、龍雪は一人で鬼殿に乗り込むことになってしまった。これもまた、清輔や大江義時にからかわれた挙げ句、うまく乗せられてしまった結果のことだ。その億劫な約束のせいで、龍雪はますます仏頂面になっている。

「鬼殿にいるのは、鬼ではござらぬ。平安のむかしでもあるまいに、この世に鬼の住む隙間など残っているものですか」

呪文のようにそう唱えるが、実のところ龍雪は自分の見たものが生身の人間だったとはどうしても思えずにいた。

（本当に、この都になにか異変が起きつつあるのかもしれない。白虹日をつらぬかば、君主兵乱を受ける――とかいうそうじゃないか）

漏刻博士の義時がいうように、白虹はなにかの災厄の兆候なのではないか。そうだとすれば、龍雪は鬼殿で見た顔のない女のことも、凶兆の一環と考える方が道理に適っている。

「なあ、龍雪。おまえは、先ほどの大騒ぎはなんと見る」

「え」

「あの得業生たちには、確かに鬼か邪が乗り移っていたとは思わんか」

「わたしは少しも、そうは思いませんな」

龍雪は気持ちとは裏腹のことをいって、無理にも肩をそびやかした。

「騒ぎが起きるたびにそこから鬼や邪を探すのは、陰陽師や僧侶に任せておけばよいのです。われわれは検非違使ですから、人を追捕するのが役目ではございませぬか。たとえそこに鬼や邪の気配より見えずとも、検非違使は検非違使の仕方で詮議をする他はありません」

龍雪はカラ元気を振り絞って力説する。

それを豪傑の心意気と誤解した兼平判官は、感動した様子でうなずいた。

「天晴れだ、よくぞ申した、龍雪」

その視線がふと泳いで、龍雪の背後を怪訝そうに見る。

「ところで、龍雪、あの白馬はなんだろう。使庁に武将の客人でも来ておいでなのか」

「はい。あれは、侍所の頭人が別当を訪ねて――」

そこまで答えてから、龍雪は言葉をにごした。

公明正大で性格の明るい兼平頼貴だが、ただ一点だけ、その心を尖らせるものがある。

この田舎育ちの優しい青年は、なぜか足利幕府が大きらいなのである。

＊

「それはまずいな、龍雪。先ほどの陰陽寮の失態、幕府のやから共に見られたのではないか。あの者らは、飢えた犬のような手合いだ。こちらの弱味をつかんだが最後、どう増長するかわかったものではない」

兼平判官は、苦虫を嚙みつぶしたような顔でいった。

風貌に似合って、判官は声も澄んで通りが良い。この悪口が頭人の招かれている執務室にまで響くのではないかと、龍雪はあわてた。

「このたびの騒ぎ、なにを嗅ぎつけられても、幕府の連中には滅多なことはいうまいぞ」

「はあ」

「侍所なんぞに対等づらで乗り込まれるなど、検非違使も舐められたものだ。よいか、検非違使は朝廷の機関なのだぞ。幕府の者ふぜいがわれらの別当と会見したいなら、庭先で平伏するべきだ。そうは思わぬか、龍雪」

自ら滅多なことはいうなと注意をうながした端から、兼平判官は声高に無茶苦茶なことを唱え始める。幕府のこととなると常の温厚さも公平さも消えて、かたくなな老人のようになるのだが、当人もその理不尽さには気付かないらしい。

「それはいくらなんでも――」

「いや、朝廷そのものが軽んじられているのだ。そもそもこの宮城の中にあるのは、足利どのがあつらえた朝廷だからな」

判官は暗く笑った。端整な顔が皮肉めいて歪むと、人変わりしたような冷たい迫力がある。

「平伏すべきはわれらの方なのかも知れんぞ」

兼平判官の幕府ぎらいは、九年前に崩御した吉野の後醍醐帝に寄せる心酔の裏返しでもある。

朝廷が京と吉野に分裂し、目下、兼平頼貴とて吉野の南朝とは敵対する京の帝に仕えているのだが、彼としてはそんなことは大した問題でもないらしい。兼平判官に限らず、この宮城の中には、亡くなった後醍醐帝を今もって慕う者は少なからずいた。

足利尊氏が後醍醐帝に叛旗をひるがえしたのは、今から十二年前である。

後醍醐帝による親政が開始されてから、わずか二年半後のことだった。

以来、天下は朝廷分裂という事態におちいり、各勢力の思惑を絡めながら日本のあちこちで争いが繰り返されてきた。

龍雪自身、もの心ついてから成人するまで、耳に入る世情の話題といえば、吉野の帝と足利将軍の戦いの顚末に関することばかりだった。

両者一進一退の戦乱の過程で、それでも北朝を擁する足利尊氏の勢いは増し、南朝後醍醐帝の軍隊はじわじわとやせてゆく。

新田義貞は越前藤島で命運尽き、北畠顕家《きたばたけあきいえ》は和泉で敗れ、楠木正成は湊川で敵に囲まれ自刃した。後醍醐帝を助けてきた武将たちは、こうして次々と死んだ。

帝が吉野の山中で崩御したのは、顕家、義貞の亡くなった翌年のことだった。

吉野の朝廷は今もって存在するが、それは天下のすみに追いやられた死に体となっている。

一方、足利尊氏は幕府をこしらえた。

自らを征夷大将軍としてその頂上に納まり、後醍醐帝とは別に光明帝を立てて京の御所に住まわせたのだ。

結果として、天下から朝廷の威光は薄れ、政治の実権は足利幕府に吸い取られている。北朝と呼ばれる京の朝廷は幕府のための道化であるというのが、兼平頼貴の密かな口ぐせである。

「いまわの際に楠木どのは、七度生まれ変わって足利を討つといったそうだ」

そこで言葉を切ると、判官は同意を求めるように龍雪の顔を見据えた。

楠木正成の遺言とされる一節は確かに龍雪の胸をも揺さぶったが、宮城の中でそれを口にするのはさすがにためらわれる。

「われらも、顕家卿や楠木どののように、足利と戦うべきだったと思わぬか。こうして足利を肥え太らせるための食いものとして生き長らえるよりは、戦えば良かったのだ。足利の謀叛を押さえようと戦い亡くなった方々は、彼岸にあって今日のわれらをなんと思うておられようか」

「あの、判官どの。そういったことは、この場ではいささか……」

「なんだ、龍雪。おまえのような豪傑まで、腰の引けたことを申すのか――」

兼平判官が酔客のように声を荒らげたときである。

それを掻き消すような黄色い声が、官衙に響き渡った。

「龍ちゃんというお侍は、ここにいるのかいないのか。さあ、さっさと白状おし」

紫苑の小袖にうす衣《ぎぬ》をかざした女が、下役人を相手に居丈高に訴えている。

美しい女だ。

顔立ちは少女のように稚いのだが、ふっくらとした丸顔の中できらきらと光る双眸には、浮世の憂さを見透かすような老獪さもにじませている。

「ええい。立ち去れ、立ち去れ。たちの悪いあばずれめ」

野犬を追い払うように邪険な声を上げているのは、先の騒ぎで龍雪に杖を貸した門番の繁遠である。看督長という役職に就く、年輩の男だ。

看督長は官位のない下級役人だが、この繁遠は人一倍に身分秩序にやかましい性分をしていた。筋目の卑しい者は全て悪党だと決めてかかっているので、配下の放免たちもこの老人には手を焼いている。

いわんや、朝廷の官衙に押しかけて遠慮なしの大声を上げる女など、それだけでも重罪人に見えるらしい。

「おまえのような淫売は、牢屋に閉じ込めてしまうぞ」

「淫売だのあばずれだのと、無礼な呼び方はよしておくれ。あたしの名前は着草。いいかえ、この可愛い名前を、耳ほじくってよく聞きな。あたしは、つ、き、く、さ。——おわかりかえ、おじいさん」

「お、おじいさんだと——」

「着草とは珍しい名だ」

繁遠が堪忍袋の緒を切らしたのと、兼平判官が女の名を小声で唱えたのが同時だった。老いた看督長にくるりと背を向けると、着草と名乗った女はこちらを見る。

「おや、まあ」

丁寧に紅を塗った唇が、にんまりとほほえんだ。

はっきりそれとわかる作り笑いだが、えもいわれぬ魅力がある。

「そこにいたんですねえ」

その作り笑顔を兼平判官に向けたまま、着草は近付いて来た。懐中にはなにを仕舞い込んでいるものか、一足進む毎にからりからりと乾いた音が上がった。

取り残された看督長は追いかけて誰何《すいか》することも忘れ、憤懣《ふんまん》やるかたなくこぶしで宙をたたいている。

「清原龍雪さまとは、おまえさまのことですね」

目の前まで来ると、着草は兼平判官から龍雪へと唐突に視線を移した。

その後は、まるで判官などその場から消えて見えないかのように、背中を向けてしまう。判官はだれもが見惚れる凜々しい男ぶりで、彼女もそれを目印に近付いて来たにしては、今度はなんともつれない態度である。

兼平判官が苦笑混じりに黙り込むと、着草は「ほほほ」、と小さな声で笑った。

紫色の袖が揺れて、果実の香りがする。

「あたしは、五条河原の薙王の色里で厄介になってる、しがない遊び女なんでございますよ」

着草はむしろ胸を張るような調子で、自分の素性を告げた。

「ご——五条の遊び女が、おれになんの用なのだ」

龍雪にしてみれば、陰陽寮の椿事よりけったいな成り行きだった。

「そんなに驚かないで下さいまし。おまえさまのお友だちが、あたしにいいましたのさ。着草、おまえはつくづく哀れな境遇の女だ。検非違使の官衙には、清原龍雪という豪傑がいるから、行って助けて貰うがいい。龍ちゃんは不動明王のような姿をしているから、見ればすぐにわかる——ってね」

＊

着草に入れ知恵したのが漏刻博士の大江義時だとは、聞き出すまでもなく見当がついた。

義時はこのところ遊廓の遊び女に入れ揚げて、盛んに櫛だの装束だのを買い与えているらしい。ついさっきも陰陽寮の仕事を放り出して、愛人への贈りものを買いに出かけてしまった。そんな類の品ものに目の利く清輔が、品定めに付き合わされていると聞く。

（阿呆なことだと思っていたが、こういう女に頼みにされたら、そりゃ楽しかろう）

実際、この着草と名乗る女はかけ値なしに可愛い。

「相談ごととは、なんなのだ」

龍雪は、つい優しい声になってうながした。

その一言で緊張が解けたように、着草は作り笑顔から真顔に変わる。

「あたしは奥州の生まれなんでございますよ。行方知れずの亭主を捜して、とうとう京にまで上って来たんですが、このありさま。遊び女にまで身を落としたというのに、探す亭主はどこにもいない。このままじゃあ、あたし、くやしくってくやしくって生きたまま怨霊にでもなっちまいそうですよ」

「馬鹿なことをいうな」

生きたまま怨霊になるなど、まるで鬼殿の幽霊伝説だ。

そう思って、龍雪は困ったような笑顔になる。

「その亭主を、おれに捜せというのか」

「義時さまが、龍ちゃんならそんなの朝飯前だといってましたけど」

案の定、大江義時の名前が出た。

しかし、龍雪にはそこで腹を立てる余裕などなかった。

背の高い龍雪と話すため、小柄な女は天を仰ぐほど首を曲げてこちらを見上げている。その桃の実に似て赤らんだ頬に両手で触れてみたいという衝動をこらえることに、必死だったのである。

（さっきから香っているのは、桃の香だ。この頬の香りなのか――）

ついついそんなことを考えてしまう龍雪に、桃の香りの女は甘え声で懇願する。

「ねえねえ、お聞き届けくださいますよね、龍雪さま」

「もちろんだ」

そういった自分の声に驚いて、龍雪はわれに返った。

＊

「わたしの連れ合いはね、伊賀の出なんです。伊賀国の黒田荘ってところに、立派に家も親もある人なんですよ。名は、猪四郎っていうの」

「伊賀国住人、猪四郎か」

龍雪はつぶやくように反復する。

結局のところ龍雪は、彼を名指して訪ねて来た遊女の身の上を聞くことになってしまった。

京洛を守る検非違使として行方不明者に関する情報を聴取するのは間違ったことではないが、どうにも仕組まれた企みにはまったような気がしてならない。実際、大江義時の安請け合いと着草の無邪気な色香に惑わされた挙げ句に、龍雪に御鉢が回ってきたことではある。

「猪四郎は小さなころから、随分と乱暴な子どもだったそうです。そんなだから、大人になって身を立てる手だてといったら、いくさに行くことしか思い当たらなかったんですって」

「一方のおまえは、奥州の生まれだといってたな」

「ええ。あの人ね、どういうツテを見付けたんだか、陸奥守さまの軍に入れて頂いて、お側近くに仕えて奥州まで付いてったんですよ。その時にあたしたちは出会って夫婦になったんです」

「今、陸奥守さまといったか」

「ええ。おまえさまは、陸奥守さまをご存知ですか」

「陸奥守といえば、北畠顕家卿だ」

北畠顕家の名は、ついさっきの兼平判官の話にも出た。

後醍醐帝の最強の戦力を率いた若者である。

南朝の後醍醐帝を守った顕家は、今となっては朝敵に違いなかった。

それでも兼平判官は、口ぐせのように陸奥守をほめる。

それは龍雪とて同様で、彼も少年のころから陸奥守という敗将を神のように尊敬していた。

「陸奥守さまのことは、おれもむかしから憧れていたなあ」

鎌倉幕府打倒後、後醍醐帝の建武中興において、日本の極の片方である奥州の平定を任されたのが北畠顕家だった。

顕家は十六歳で陸奥守として奥州に下り、しかし、ほんの二年後には親政に叛旗をひるがえした足利尊氏を討つため、京までの道程を戦い上ることとなる。

一度は足利の軍を九州まで追い払ったが、結局は時流の勢いに負けた。

顕家が戦死したのは延元三年、二十一の歳だった。

「猪四郎は、陸奥守顕家さまと同い年なんですって。顕家さまも大層な男前だったそうですけど、うちの猪四郎だって姿の良さじゃ負けませんよ。あの人は、神さまがどんな気紛れを起こしなすったのかと思うほど、顔立ちが良くって体格も立派で――」

着草はその面影を追うように、視線を宙に浮かせた。

その少女のような横顔を眺めながら、龍雪は首を傾げる。

（陸奥守が戦死されたのは、十年もむかしのことではないか。顕家卿と同い年の猪四郎という男が生きていれば、その年齢は三十一だから――）

しかし、その妻だったという着草は、二十歳を越えているようには見えない。

龍雪のそんな疑問に気付いたのか、着草はけらけらと笑った。

「まあ、いやな人。龍雪さまったら、あたしの年を勘定して、とんだババアだと思ってらっしゃるんですね」

「いや、そんなことは――」

「お隠しにならなくったって、いいんですよ。実際、それだけ長い間、あたしは猪四郎を追いかけてきたんですもの。若く見えるのは、年を取る暇さえもなかったせいなんでしょうかしらね」

言葉のとおり、着草は稚い顔で苦笑した。

その笑顔に責められた気がして、龍雪はあわてて話題をもどす。

「おまえの連れ合いも陸奥守さまの配下にいたなら、つらいいくさを戦ったのだろうな」

陸奥守は味方の軍勢が消滅するまで戦って死んだ。

彼が守ったのは建武中興であり、それを行う後醍醐帝だった。その一事の下には、自分の生命にも兵の生命にも重さはなかったはずだ。

「猪四郎は生きているのか」

その一言を、龍雪は苦い面持ちで訊いた。陸奥守の雑兵だった猪四郎の消息が今もってわからないのなら、生存の可能性は極めて低い。

「生きていますよ」

龍雪の同情を知ってか知らずか、着草はきっぱりと答えた。

「いくさが終わった後、猪四郎はあたしに便りをくれたんだもの」

陸奥守の軍は、奥州から遠く離れた泉州堺浦で壊滅した。

陸奥守に従った奥州南部家の武将たちは、当主師行《もろゆき》を始めとした百八人が戦死する。

着草も奥州で夫の帰りを待っていた時分には、味方の悲劇を伝え聞くにつけ、猪四郎の死を認め縁が浅かったのだと諦めないわけにはいかなかった。

しかし、その猪四郎から便りがあったのだという。

――仕えていた殿さまも討ち死にして、おまえの故郷から来た偉いお侍たちもまた、皆死んでしまった。おれは生きながらえたが、いまさらおめおめとおまえのいる奥州に行くことはできない。おまえと暮らした懐かしい町並みを思い出して、偉い絵師に絵を描いて貰った。これを送るから、せめてもの形見と思ってくれ。

各地の寺社を巡る勧進聖《かんじんひじり》と呼ばれる法師に託して、猪四郎はそんな手紙を着草に送った。

「あたしはそれを見て、もういてもたってもいられなくなっちまったんですよ。身内が皆して反対する中、逃げるようにして旅に出たんです」

着草は一人、ひたすら西へ西へと向かった。

陸奥守顕家の戦った古戦場をたどり戦死者の情報を聞いて回り、とうとう最後の泉州堺浦まで来ても、猪四郎の死は確認できなかった。

猪四郎らしい男を京で見たというおぼつかないうわさを追って来たが、二条近くの悲田院まで来てふつりと消息が消えたのだという。

「猪四郎は、悲田院にいたのか」

「ええ。あの人、食いつめて病になって運び込まれたらしいんですが、どうしたわけかふらりと消えてしまったそうなんです。ここまで来たのだから、あたしももう一息で見つかると思ったのに、そこから先が不思議なくらい、どうにもならない。まるでだれかが猪四郎を隠してしまったみたいに消えちまったんですもの」

「ふうん」

龍雪は、うなった。

（この女のいうのが本当ならば……）

疑う気はないにしろ、実感がないのも確かである。

奥州から風のうわさばかりを頼りに猪四郎の消息を手繰って来た着草は、たった一人でこの京までたどり着いた。それこそ、奇跡の一言では足りないほどの奇跡だ。

（この女のいうのが本当ならば――）

龍雪は、そう反復した。

着草が語ったことが真実ならば、彼女が今さっき、年を取る間さえもなかったといったのも、あながち誇張や冗談でもない気がしてくる。その執念を以てしても、彼女は猪四郎の気配を完全に見失った。むしろそのことの方が、不可解だ。

「猪四郎といた時だけが、あたしにとって意味のある時間だったんですよ」

猪四郎に出会う前の日々も、猪四郎が去った後も、自分にとってはただの長くて悪い夢と同じだ。着草は放心したような面持ちでぽつりとそういった。

（たとえ勝敗が決しても、いくさというのは終わるものではないのだ）

足利将軍が揺るぎなく天下を牛耳る今日でも、十年前のいくさの傷跡が市井に生きる人々の中に残っていると、龍雪も実感することがある。

　戦乱の時代が過ぎて世相が落ち着きを取りもどそうが、戦死者は生き返ることはない。無数の悲劇は、それに泣く者たちが各々の悲しみを抱いて彼岸に去る日まで続くのだ。

「わかった」

　龍雪は今度はなんのためらいもなく、着草の細い肩に両手を置いた。

「猪四郎はおれが見つけてやる」

「まあ――」

　真っ直ぐに龍雪を見上げる着草の大きな瞳から、ぽろぽろと涙がこぼれた。

「なんとお優しい、なんとありがたい」

　着草は小さな手を合わせ、来た時とは人が変わった一途な面持ちで、使庁の官衙を後にした。

（待っていろ。必ず見つけ出してやるぞ）

　そう念じてこぶしを握る龍雪の背後で、看督長が小さくかぶりを振った。

「どこぞで、聞いたような話ですな」

　十年にもわたって夫を捜し続けた着草の健気さはいうに及ばず、戦死した主君への忠義に慎ましい幸福さえも拒んだ猪四郎の心根に打たれ、その主君が他ならぬ陸奥守顕家であったことにも龍雪は強い感動を覚えずにはいられなかった。

従って、看督長の皮肉な一言が彼の耳に届かなかったのは、この老いた門番にとっても龍雪にとっても幸運だったことは間違いない。

＊

――百笥《ひゃっけ》も半笥《なからけ》も、いくらも召せ。百笥も半笥も、いくらも召せ。

伊勢おしろいを売る女の、優しく間延びした売り声がした。その声が耳の中でこだまのように反響して、猪四郎はわれに返る。

考えごとをする間に、五条大橋の袂まで来ていたらしい。ともすればそんな具合に放心するくせを、猪四郎は自分でも持てあましていた。

――百笥も半笥も、いくらも召せ。いかほどよきおしろいが候ぞ。

まるで自分の名を呼ばれでもしたようにうろうろと見回して、猪四郎は橋の真ん中にいるおしろい売りの姿を見付けた。

おしろい売りは、渡りかけた橋の真ん中で、客と対峙している。

通りすがる者が肩に触れそうになったものか、おしろいを買う女が身を捻ると、その横顔が見えた。

逆光に浮き上がったのは、整った細い輪郭だった。

（あの女は、見たことがある）

猪四郎は、思わずいらいらとかぶりを振った。

橋の中央にいる女は、どこで出会っただれなのか、見ているそばから記憶がぶれる。そのことが、ひどい失態のように思えて、猪四郎はうろたえた。

傾きかけた秋の陽光が、やけにまぶしい。

通りすがる人の声が、どうしたわけか聞き分けることができない。

(ここは、どこだ)

稜線《りょうせん》は南西の彼方に長く連なり、平野を低く舐めるようにして吹き上がる風は、潮混じりの湿気をはらんでいる。

東には海、西と南になだらかな山地を配して、町はその中ほどにあった。

東風の吹く大路は、行き交う人の喧噪と混雑とで、道そのものが脈動しているかのように見える。それでいて、風景は描き出された絵よろしく完全に調和し、けんかを始める子どもたちの甲高い声や露店に並べた畑作物の色合いまでが、まるで計算されたように周囲に調和していた。

(ここは、どこだ)

猪四郎は、おろおろと周囲を見回す。

たった今までいた五条の風景は、どことも知らない町並みに姿を変えていた。

「ここは――」

人の服装も顔付きも、京の都とは様子が違っている。

日射しが強いわりには気温が低く、そのせいか人々は随分と着ぶくれていた。

重ね着する衣類はだれも彼も垢抜けがせず、しかし、やけに生地の質が良い。中には、毛皮の背当てをまとった者たちも多く混ざっていた。彼らの顔立ちは目鼻の輪郭が深く、明らかに異文化の血脈を感じさせる。

(京の都ではないのか)

遠い後ろには町の外郭を守る柵が、前方には領主館が見えた。

(京の都ではない)

猪四郎は、訝しむより諦念に似た気持ちで、辺りを眺めた。

彼はつい今しがたまで、こことはまるで別の場所、五条河原の遊里に向かって歩いていたのだ。

しかし、ほんの束の間のうちに町並みは一変し、辺りには春盛りの日射しと海風が充満している。

家々のかまどから上る煙が一斉に西に向かってたなびくのを見やりながら、猪四郎は木偶《でく》のように立ち尽くした。

(東風が、寒い)

天を仰ぐと、南中した太陽を白い虹が横切っていた。

「この辺りでは見かけぬ御仁だが、いずかたにご奉公のお侍さまかな」

呼びとめてくる声がした。

猪四郎は振り向くが、相手の姿が見付けられない。

ふたたび進みかけた足を、今度は棒切れではばまれた。

腹立ち紛れに見下ろすと、ボロを着た若い男がうずくまり、杖代わりの壊れた弓で猪四郎の行く手を塞いでいた。

すっかりやせこけて立ち上がることすら、ままならないようだ。唯一の持ちものらしい弓は、弦も取れ漆も籐もはがれかけ、若者のみすぼらしい様子に拍車をかけている。

それでいて顔立ちは美しく、声には落ち着きがあった。

「あ——あれは、いずれの殿さまの館でしょう」

猪四郎は無意識にもそんな問いをつぶやき、おずおずと指で示した。

蛇行する大路の行きどまりに、口を広げる領主館の門がある。

「わが館だ」

病人はのどの辺りを染める乾いた血の染みをなでながら、平然と答えた。

ふざけたにしても気が利かない言い種に、猪四郎が返答の言葉を探していると、彼方から思わぬ喧噪が上がった。

病気の若者は鋭く猪四郎をにらみ上げてから、その後方に視線を移す。

つられたように振り返る猪四郎は、棒や太刀を持って怒る男たちと、恐慌をきたし逃げ惑う年寄りや女たちの姿を見た。

彼らの非難がましい視線が向く先は、一人のいくさ装束の人物である。

「あの男は、なぜ追われているのだろう」

「さあて、どうして追われているのだろうな」

病人は、とぼけるような口調でいった。

「乱暴な者もいるものだ」

騒ぎの元凶である甲冑の男は、露店を壊し、追い立てる町衆を蹴散らして、逃げ惑いながらもこちらの方角へと近付いて来る。

子どもが遊ぶような毬を懐に抱え、それを奪われまいとでもするように、ひどい形相でだれ彼構わず斬りかかっていた。

「わあ」

男は猪四郎たちのいるそばを駆け抜けようとしたが、やはり猪四郎と同じく弓に足を取られ、どさりと転がった。

追って来た者たちが、わっとばかりに飛びかかる。

けれどすぐに甲高い叫び声が上がり、皆が一斉に男から離れた。

赤黒い液体がじわりと地面に広がって、流れ出す。

一同の飛びのいた場所には、甲冑の男と追っ手の一人が、折り重なって倒れていた。覆い被さる方の背中からは、切っ先を赤く濡らした刃が突き出ている。

追っ手のぐったりとした体を押しのけると、甲冑の男は上体を血染めにして起きあがった。

自分が殺した者の胸から刀を抜き取り、強張った視線を周囲にはしらせる。

取り囲む一同は穴の開いたような暗い目で、男の一挙手一投足を見守っている。

その無言の均衡が崩れたのは、一瞬の後だった。

たった今、一同の前で事切れた者の体が、びくりと一つ大きく引きつった。背中を染めた鮮血が、この短い間に乾燥して茶褐色に変わり始めている。

「――」

追われていた男は、声を上げて後ずさった。

しかばねが目の前で起き上がったのだ。

けれど、周囲の者たちは驚く様子を全く見せなかった。ただ、死人の起き上るのを合図と見たように、ふたたび男を囲む距離をじりじりと狭め始める。

「ここはいったい、なんなのだ」

東から吹く海風が寒くてたまらない。

猪四郎はがたがたと震えながら、かたわらの病人に訊いた。

「争いも苦しみもない、死ぬこともない。ここは、欣求の都だ」

憔悴した面立ちの中で、見上げる病人の眼はいきいきと光っている。

一方、追いつめられた男は、言葉にならない声を上げて走り出した。

そのむせび泣くような怒号が、猪四郎の緊張しきった意識を攪乱する。

彼もまた、逃げる男に追いすがるようにして、遮二無二走り出した。

向かう先は大路の一極、町の際を囲む柵の門である。

前を行く男の抜き身の切っ先からは、乾いた血糊が鱗粉のようにはがれ落ちてくる。

（苦しみも死もないのなら、生者の住む場所ではない。生者でない者が暮らすのなら、ここは地獄だ）

いくさ装束の男は恐怖に狂った形相で重い門を抜き、体重をかけるようにして門扉を開く。

きしみ音を上げて広がり出す外の風景は、柵より内の塗り込められたような春景色とは違い、日差しのたぎる真夏だった。

開ききった門の前で、男は凝固したように立ち尽くす。

猪四郎は漠然とした恐怖に捉われながら、男の背中に身を隠すようにして前方をのぞいた。

敷石に足をかけたとたん、流れ込む強い腐臭が鼻を突く。

「あ」

門から先、ただ一面に広がるのは、合戦を終えた死者と重傷者が地層のように折り重なる地獄のありさまだった。

甲冑に身を固めて息絶えた者の群れは、なにかまるで別の生きものの死骸の山にも見えた。

土塀一枚を隔て日射しは屍肉を焼くほど熱く、血膿の腐乱した臭気が熱風になって吹き付けてくる。

生きたまま蛆と鴉に食われていた者の目が、どろりとこちらを見た。

門が開いたことに気付いたらしい。

その目に、渇望と異様な生気があふれる。

甲冑から血をあふれさせながら、恐ろしい勢いでこちらに這い上って来た。

低い石段を越え門柱を横切ったとたん、重傷者はまるでなにごともなかったかのように背筋を伸ばした。折れていた手脚がつながり、虫の湧いていた傷は見ている前で塞がってゆく。

たじろぎ半分の笑い声を上げてはしゃぐ重傷者を見つめてから、猪四郎は自分をここまでいざなって来た男の姿を改めて見やった。

彼もまた、門の外に蠢くむくろや重傷者と同じく、いくさの甲冑を身に着けている。

「おまえ――おまえはここから来たのか」

男は顔を背け、猪四郎の問いには答えなかった。

その手から、さっきまで後生大事に抱えていた毬が落ちる。

「逃げられない。――もうどこにも逃げ場がない。もう逃げられない」

毬は鈍い音を立てて地面にぶつかり、弾みもせず少しだけ転がり、猪四郎の足に触れた。

「――」

猪四郎は短い悲鳴を上げて後ずさる。

それは毬ではなく、切り離された人の頭だった。

生首は切り口から血を流し、半開きにした目を猪四郎に向けている。

その年若く端整な面立ちは、病んで往来に座り込んでいた若者の顔だ。

猪四郎は混乱して、いくさ装束の男に振り返る。

しかし、そこには男の姿はなかった。

代わりに、男の着ていたはずの鎧を猪四郎自身が身に着け、血糊の乾いた刀を抜き身のまま手に提げている。

「あああああ」

猪四郎は美しい若者の首級《しゅきゅう》を持ち上げて門前の地獄を凝視し、酸鼻極まる光景に耐えかねて、今度は背後にある東風の里を返り見た。

そのどちらもが、ひどく恐ろしかった。

いずれにも、彼の身の置く場所はなかった。

「もうどこにも逃げ場がない」

猪四郎は、さっきまで一緒にいた逃亡者と同じ言葉をつぶやく。

黒い絶望が胸を満たし、猪四郎は息苦しさによろめいた。

――百筒も半筒も、いくらも召せ。いかほどよきおしろいが候ぞ。

＊

五条大橋の真ん中で、おしろい売りが歌うような口上で商売をしている。

猪四郎は震える両手で欄干にしがみつき、おしろいを買う女の横顔を見ていた。

昼日中、目を開いたままで夢を見る。

たった今まで見ていた東風の吹く欣求の都の悪夢が、果たして真に夢だったのか、あるいは今こうして見ている五条大橋の眺めが夢なのか、猪四郎にはわからなくなっていた。

三　寒露九ツ

弓の形に割れた月が、西の地平線近くにあった。

(そろそろ子刻だ)

鬼殿の鬼に、歌で予告された時刻である。

(寒露の宵にぞ、出てござる。九ツここなる悪所が御殿、大路のかたより呼ぶ声よ、天狗の踊るを見参らせ)

龍雪は無意識にも、口の中で問題の戯れ歌をうたっていた。

(寒露は今日。九ツは今。つまり化けものが出るのは、今このときなのだ)

自分を鼓舞しているのではない。

恐ろしいと思うことを、繰り返し唱えずにはいられないのだ。

転んでつくった傷口を、始終眺めている子どもと同じである。

東大宮大路を左に折れ、鴨川の方角に向かって三条を歩く。

——鬼殿だろうが、三途の河原だろうが、一人で行ってやろうじゃないか。その代わり、おれを臆病者のようにいい触らす無礼千万なやつは、今後いっさい許さんぞ――

昼間切った啖呵が胸の内によみがえったときには、龍雪は東洞院《ひがしのとういん》大路にのぞむ角までたどり着いていた。

鬼殿は、目の前にある。

「……」

あるいは清輔が待ってくれているのではという期待も空しく、暗い往来には、おぼろに伸びる龍雪自身の影の他には人の気配もない。

（寒露の宵にぞ、出てござる。九ツここなる悪所が御殿、大路のかたより呼ぶ声よ、天狗の踊るを見参らせ――）

覚えてしまった歌は、胸中で繰り返し鳴り続ける。

（おれは、この静けさがいやなんだ）

白虹の夜には、となりに住むうるさ型の町尻卿の屋敷でも煌々と灯りを点していたが、今夜は鬼殿にならったように暗く静まり返っている。もっとも、それは吝嗇《りんしょく》の町尻卿には常のことで、空に白虹が現れるだのとなりのあばら屋で胡乱なもの音が続くだのしない限り、一家郎党日暮れと共に床に入ってしまう。

（いっそ、蝦蟇卿がまたなにがしか騒いでくれれば、気もほぐれるだろうに）

龍雪は胸の内でぶつぶつと唱えると、往来の右と左を憂鬱そうに見やった。

(清輔め)

要らぬときにはやって来るのに、来て欲しいときには現れない。

(あの夜とて、選りにもよって、居もしないものの気配に驚いて床を踏み抜いてしまったときに現れるなんて)

思い返すと、頭の中が熱くなる。

それにしても、と龍雪は考える。

(歌などだれでもうたえるとしても、顔のない女というのは――)

あのときに自分が見たものは、いったいなんだったのか。

彼自身がいい張るように、ただの錯覚だったのか。

しかし、あの顔のない女は、本当に彼の目前にいたのではないのか。

人間の女よりはるかに大柄な姿だった。朽葉色の袿を羽織り、ぺろりと凹凸のない顔の中、にんまりと笑う両眼だけがこちらに向いていた。

目の錯覚などを、こうして脳裡に思い描くことができるものなのか。

(ああ、やめだ、やめだ)

そこまで考えて、龍雪はあわてて気を取り直す。危ういところで、全身が総毛立つまで想像をふくらませるところだった。

「鬼殿の手入れならば、昼間に大勢で来ればいいのだ。なにもおれ一人が、こんなことをする義理などないわ」

遊び半分の鬼殿探検など、生真面目に実行する必要はない。そう念じつつも、もどるべきか踏み込むべきかと鬼殿の門前で二の足を踏んでいたときである。

女の悲鳴が聞こえた。

それを号令としたかのように、怒号と騒音と悲鳴とが、たたみかけるように響き始める。

鬼殿の中からではなかった。しかし、遠くからでもない。

(女捕《めと》りか)

とっさに騒ぎの方角を探った。

喧噪の聞こえてくるのは、鴨川に近い東京極大路からである。

*

凍てつく三日月に照らされた大路の現場は、大変なありさまとなっていた。

賊は、ただ一人だった。覆面をしていて顔はよく見えないが、案外と小柄な男である。くたびれた水干に包まれた体軀は、龍雪より頭一つ分近く小さい。しかし、その暴れ方は派手なものだった。

襲われた一行は牛車に乗った女主人と、それに従ういずれも年寄りの侍女と郎党である。

老いた従者二人はそろって腰を抜かし、息も絶え絶えの様子だった。

牛車はくびきと車体が離れてしまい、解き放たれた牛が興奮して右往左往するのが、混乱をいや増している。

その中で不思議と威勢が良いのは、襲われた女主人だった。

「――往《い》ねや、この悪党」

半壊した牛車の中から抗う女の脚と破れた裳裾がばたつき、龍雪が到着したときには、その脚が気丈にも賊の腹を蹴飛ばしたところだった。

賊は平衡を崩して尻から転ぶ。

その額に、びしゃりと銭の束が当たった。

「銭が欲しくば、くれてやる」

吠えるような黄色い声が、まるで簾を切り裂くように響いた。

(なんと気丈な女だ。おれが出るまでもないではないか)

感心半分、龍雪は太刀を抜き、威嚇の声を上げた。

「そこまでだ。さあ、立て」

しりもちをついた賊は、龍雪を見上げる。

月の下を雲が走り、その顔の上に影と光を交互に投げた。

明滅するような目まぐるしい月明かりの中、覆面からのぞく細い双眸が、ニヤリとまなじりを下げて龍雪を見据えている。

「わ」

龍雪は思わず刀を引いて後ずさった。

彼が対峙する賊は、鬼殿にいた顔のない女と同じ形の目をしている。

この状況でなにがおかしいのか知らないが、こちらの胸の内を見透かすようなうす笑いを浮かべているのだ。

(間違いない。こいつは、鬼殿にいたやつだ)

してみれば、男と女とでは体格の基準に相違があるのは当然だ。

鬼殿の暗がりの中に浮かび上がった姿は随分な大女だと思ったが、男のみなりとなれば龍雪よりははるかに小柄であるに違いない。

ともあれ、あばら屋にいた者がこうして賊として出現したのだから、やはり鬼殿には幽霊なしと結論付けるのが筋道ではある。

けれどいくら頭で打ち消しても、龍雪にはこの賊が超常世界の住人のように感じられ、からめ捕ることができないのだ。

そんな隙を、相手が見逃すはずがなかった。

覆面の賊は起き上がりしなにつかんだ砂を龍雪の顔にかけ、女に投げ付けられた銭束までつかんで逃げ去ってしまった。そのあざとさは、どう見ても幽霊とは異質のものだ。

「待たぬか」

いまさらのように猛り立つ龍雪は、月明かりに透かしてその影を追おうとするが、すばしこい相手はまたたく間に姿をくらましてしまった。

龍雪はなすすべなく、闇をにらんで立ち尽した。

(おれとしたことが、なんとした不覚だ)

ところが、龍雪の無念さとは反対に、被害者たちは人心地付いたように自分や主人の無事を喜び始めた。

「あっぱれ、勇ましい御仁かな。みごとに賊を追い払いなさった」

牛車の軒から脚だけ出していた女主人も、動揺と興奮が治まったのか、ようやくその脚を引っ込めた。

「助かりました。地獄に仏とはこのことじゃ」

一行の主は破れた簾からわずかに顔をのぞかせ、頭から抜けるような細い声を出した。

「わ」

龍雪はふたたび身を凍らせる。

上等の衣に身を包んだ可憐な声の持ち主もまた、鬼殿の賊と同じ形の目で、にたりと笑いかけてくるのである。

「なにを驚いておられるのじゃ。わたしの顔が、さほどに怖いのですか」

そういって女は、しとやかな声で笑った。

その四角く大きな顔は紛れもなく不美人と呼ぶべき面相で、そのことに気付いた龍雪はあわてて目を伏せる。

（女性《にょしょう》の顔に驚くとは、無礼にもほどがある。おれの臆病は、そんな分別までなくすほどひどいのか――）

そう思うと、情けなさで言葉につまる。

「な――なんと申しましても、かような夜道でございますから」

「夜道で出会うと怖い顔とな」

御簾の向こうから、細い声はなおもおかしそうにまぜっ返す。

「よろしければ、検非違使のわたしがお屋敷まで警護仕りましょう」

非礼をごまかすように、龍雪はそう提案した。

＊

相手が検非違使庁の役人とわかり、女主人は自分が少なからず不釣り合いな場所にいたわけを説明した。

「悲田院に、施しものを届けに参った帰りだったのです」

河原の周辺や悲田院の建つ界隈は、素性のしれないゴロツキたちがはびこる怪しげな場所としても知られている。

「薬草に詳しい者が興味深い話をするもので、ついついときを忘れてしまいました」

「悲田院をお訪ねでしたか」

悲田院と聞いて、龍雪は使庁を訪ねて来た五条の遊女のことを思い出した。

着草と名乗ったあどけない風貌の遊び女は、外見の屈託のなさに反して、随分と重たい運命を生きてきた女だった。

着草は、古戦場跡をたずね歩いて夫の消息をたどって来た。その執念をもってしても、悲田院で旅を中断せざるを得なかったとは、かえって不自然なことだ。

龍雪は着草の話を聞くうちに、なにかの事情で夫の猪四郎が悲田院から行方をくらまし、その消息も故意に抹消されたのではないかという疑いを感じていた。

「悲田院も孤児や病人を養っている分には良いのですが、事情のある者たちが駆け込む場所だけあって、悶着も絶えますまい」

悲田院は追われる者や身分を無くした人の行き着く救護所である反面、素性の怪しい者たちの隠れ場所となってしまっているのも現実だ。都会の必要悪までも抱え込んだ慈善施設なのである。猪四郎の身になにかが起こったとしたら、悲田院のそんな側面が関係している可能性もある。

「ええ」

御簾の奥で、女は嘆息した。

「悲田院と似たような救護所は京の他にも様々あると聞きますが、いずれも良い場所に建った例しがないとか。ああした寺には、行き場を無くした小さな子らも多くいるというのに、困ったことだと胸を痛めております」

「ことほどさように、河原の近くは物騒なのです。このような遅い時刻に、高貴な女性が立ち寄る所ではございませんぞ」

御簾の中に向かって、龍雪はたしなめた。

女が名乗らないため正体はわからなかったが、牛車の様子からしても、夫の身分は四位五位は下るまい。

「ところで、御方さまは、先ほどの賊になにか心当たりがおありでしょうか」

「いいえ、一向に」

「実は、わたしはあれによく似た者を、鬼殿の中で見かけたことがあります」

「まあ、鬼殿とは、あの三条のあばら屋ですか。検非違使も大変なことじゃ。あそこには、幽霊が出るともっぱらの評判ではないですか。そのような場所に行くなど、怖うはないのですか」

「検非違使は、その程度のことをいちいち怖がっては居られません。しかし、御方さまのような女性ではそうはゆきません。かような物騒な夜道を、みやびな女車で歩くのはいかがなものかと思います」

龍雪は、美しい着物の裳裾を垂らした牛車を眺めながら、繰り返し説教口調になる。

さりとて、別に怒りたかったわけではないのだ。どうも、鬼殿で怖い思いをしてからというもの、調子が狂いっぱなしである。そんな気持ちをごまかすためか、見ず知らずの高貴な女に八つ当たりをしている。

ところが、顔の不細工さを驚かれ八つ当たりまでされても、牛車の中の女はいたって鷹揚だった。

「わが殿も同じことを仰せになる。一度などは侍所の者にも叱られましてね」

か細い声でいうと、品良く笑った。

「随分と冒険を重ねておいでらしい。なんと、お転婆な御方さまだ」

侍所への悪態を無理に飲み込んだせいか、龍雪はまたしても八つ当たり気味な声を出した。

しかし、それがかえっておかしかったのだろう、牛車の中からはそれまでの作り声とはちがう「いひひひ」という風変わりな笑い声が聞こえた。

(無理に取りつくろわずとも、こちらの声の方が人相に合っている)

龍雪は悪意もなくそんなことを考えながら、東の方を見やる。

五条河原の一角、薤王の遊里の灯りが、ぼんやりと浮かび上がっている。夫を捜してはるばる奥州から来た着草は、今はあの灯りの辺りで遊女稼業をしているのだ。

(さほど必死に探し求める者があるというのに、なんの事情があったのかは知らないが、心ない生業に身を沈めているのはさぞやくやしかろう)

威勢のよい着草が、相談ごとの最後に見せた泣き顔が、龍雪の胸から離れない。

(猪四郎とは、つくづく馬鹿な男だ)

ああした可愛い妻を、どれほどの薄情さがあれば見捨てることができるのだろう。

そう思って、龍雪はふと自分の胸の熱さに気付いた。

(おれは、あの女に惚れてしまったのか)

着草が大江義時に奨められて検非違使まで来たと知ったときには、龍雪はあの幼馴染みの脳天気さに腹も立ったものだが。今では義時に、感謝の気持ちさえ湧いていた。妓に惚れ込んで役所の仕事まですっぽかす気持ちが、わかるような気までしてくる。

(とすれば、おれと義時さんは恋敵ということになるなあ)

大真面目にそんなことを考え、五条河原の灯りの群れに目を凝らした。

その視線の彼方、当の大江義時にそっくりな妓が、粗末な遊女小屋の一軒からしずしずと姿を現したのには、龍雪も驚いた。女にしては広すぎる背中に紫苑の薄衣を羽織り、そろわない髪の毛は厚く化粧した顔を隠しきれずにばらばらと揺れている。

(間違いない。あれは義時さんだ)

龍雪は、目を疑った。

義時に似た遊女などではない。

義時が遊女に化けて、五条河原を徘徊しているのだ。

しかも、彼が被っているのは、着草の小袖に違いない。

今夜、義時が妓への土産を抱えて遊里にしけ込んだとは、放免たちが仄めかしていたことではあるが、これほど奇怪な姿で居ようとは想像もできないことだった。

(なにをやっているんだ、あの人は)

近くには河原御殿と呼ばれる遊廓随一の建物があり、義時はおぼつかない足取りでそこに向かっているところだった。

(陰陽寮の者たちは、そろっておかしくなってしまったのか)

そう思って見ていると、走る雲が意地悪く月を隠した。

がたり、と車が揺れる。

「いかがなされたか」

「……」

あわてて我に返った龍雪の耳に、返答もなく身じろぎの音だけが聞こえた。

訝しく思ったとき、ようやく従者の気弱な声が応じた。

「お許し下さいませ。暗さに紛れて、車が石を踏んだようで――」

その声に呼ばれたように月はふたたび現れ、御簾の中からおかしそうな声がする。

「検非違使どのは、河原の灯りが気になるようですこと。あなたも廓通いなどなさいますのか」

「使庁の者は、役目があればどこへでもまいります」

「これまた調子の良いことを」

牛車の女はまたおかしそうに「ひひひ」と笑い、そして黙る。

それからしばらく、一行は沈黙のまま歩いた。

御簾の中からまた声がしたのは、京洛の南の端、九条辺りまでも来たときである。

「あなた、名はなんと申されますか」

「清原龍雪、と」

「ほう。あなたが、あの暴れ者の龍雪さんなのですね」

「なぜ、わたしのことを――」

返事の代わりに牛車がとまって、門の開く鈍い音が響いた。

そびえるように巨大な構えの屋敷を見上げ、龍雪は啞然とする。

(なんと……)

女が彼の名を知っている理由が、わかった。

そこは検非違使判官、兼平頼貴の邸宅だったのだ。今日の憑きもの騒動を、龍雪と協力して治めた上官である。

すなわち、この牛車の主は兼平判官の奥方であり、蝦蟇に似た町尻惟久卿の実娘ということだ。それならば、賊を蹴り飛ばす気丈さや美貌には遠い面相もうなずける。

（なるほど、似合わぬ夫婦だ）

兼平判官の美男ぶりを思い、ついひとりごちた。

兼平判官の妻のことはその夫や実父と並んで、よく人のうわさに上っている。名は詮子《せんこ》。

辣腕の父親を持つだけでもいわれのないかげ口の的となるものを、夫の兼平頼貴がまれな美男子であることが、彼女への風当たりをさらに強くしていた。

――父親が蝦蟇なら、娘の面相は蟹の甲羅だ。

詮子を嘲るそんなかげ口は、龍雪でも知っている。

その反面、詮子は知恵者としても世間に知られていた。貴人の姫にあるまじき切れ者で、算用や資材のやりくりにかけては名うての商人も舌を巻くほどだという。

それで付けられたあだ名が、銭姫だった。

――かの銭姫が、丹後の田舎で大人しく荘司の妻などに納まっておられるものか。

――父親の蝦蟇卿をたきつけて、頼貴殿を都に引っ張り出して来たのは、他ならぬ銭姫の画策に違いない。

——なにしろ蟹の甲羅によく似たご面相だもの。忙しく立ち働くのは本性であろうよ。

彼女の才気をねたむ者は、容貌の悪さを徹底的に攻撃した。

反対に、その不美人さに同情する者たちは、詮子の才気をことさらに誇張した。

——かの銭姫さまは、もう十年早く男として生まれていたら、足利将軍を出し抜いて征夷大将軍として世を統べる者となったに違いない。

——後醍醐帝のおそばに銭姫が居ったなら、世の中は今とは違っていただろうに。

——北畠顕家卿もなし得なんだことを、銭姫ならやり遂げたはずだ。

詮子が後醍醐帝の味方をすれば、南朝北朝のいさかいも、全く逆の結末となったろうというのだ。仮に詮子が男であったなら、これ以上の賛辞はない。

しかし、詮子は女性である。

改めてそう思うと、龍雪はおかしいような気の毒なような、複雑な気持ちがした。

「銭姫を襲うとは、因果な賊もいたものだ」

つぶやきつつ、龍雪は冷えた鼻の頭に手を当てた。

＊

「寒露の宵にぞ、出てござる。九ツここなる悪所が御殿、大路のかたより呼ぶ声よ、天狗の踊るを見参らせ――」

大江義時は頭の天辺から出すような甲高い声で、そんな歌を謡っている。

小太りの体を紫苑の小袖で包み、垂らした髪をくしけずり、まるっきり女の扮装である。

実のところ、この漏刻博士の密かな楽しみとは、遊里の妓との密会などではなく、こうした女装なのだ。

まるで客のつかない薹の立った遊女や、廓のイロハも知らない新参妓の馴染みとなり、彼女たちの着物や化粧道具を借りては、こっそりと変装を楽しんでいる。

もちろん、女装の楽しみなど他人に知られたくはない。

そのために、義時は色ぼけた遊客の素振りを周到に演じてきた。

放免の清輔や蚕児が義時の遊里通いを冷やかすのは、彼のそんな偽装工作に惑わされてのことである。

実際、この密かな趣味を満喫するには、廓ほど便利な場所はなかった。

遊女といるのだから、邪魔をしに来る者もない。家人《けにん》に見つかる心配すらない。義時にしてみれば、思いを遂げるにはどこより安全な場所なのだ。

一方、付き合わされる妓としても、着物と紅おしろいを貸すだけで一夜分の稼ぎになるのだから悪い話ではなかった。呆れながらも、この秘めごとを胸の内に仕舞っておくことを約束し、むしろ嬉々として義時の奇癖を引き受けている。

ところが、今夜ばかりは勝手が違っていた。

「変てこな歌ですこと」

かたわらで義時の酒を黙々と呑んでいた妓が、怒ったような声を上げた。

瞳の色が暗く薄幸そうな影がある他は、絵巻からでも抜け出て来たような美女である。

「どうせなら、もっと気の利いた歌を聞かせて下さいましょ」

妓はふて腐れていたが、それも無理のないことだった。彼女は、義時が重宝にしている味噌っかすの年増でも新参でもなく、遊廓随一の売れっ子なのである。

呼び名は、笙。

五条遊里の笙といえば、京洛では美女の代名詞のようなものだ。その美しさゆえに、随分と以前から宮城に勤める羽振りの良い貴公子からひいきにされていた。〈割菱《わりびし》の君〉と呼ばれる美丈夫だという。

ところが、その美しく金離れもよい客が、笙に見切りを付け、新参の妓に乗り替えてしまったらしい。

「ああ、気持ちがくさくさしてたまらない」

新参者の名は、着草といった。

着草は遊里で働き始めて日数も少なく、笙の上得意である割菱の君に気に入られる前は、義時の女装に付き合わされても文句さえいえず、けらけら笑っていたものだ。

「着草め、わたしから割菱さまを横取りしたばかりか、わがもの顔で河原御殿の主みたいに振る舞っているんだよ。あの山出しが、まるでお姫さま気取りなんだから」

笙はぞっとするような低い声でいった。

河原御殿というのは、遊里を牛耳る薤王が酔狂で造った寝殿造りの建物だった。義時のいる粗末な小屋とは、生垣一つ隔てて、すぐとなりに建っている。

河原御殿は、割菱の君のような上客にあてがうための特別仕立てで、そんな金ヅルをつかまえた妓が、事実上の女主人のように振る舞うことができる。昨日までは笙の独壇場だったが、割菱の君の心変わりで、にわかに風向きが変わった。

「その割菱さんとやらが、本当に心変わりしたわけじゃあるまい。きっと、おまえにやきもちを焼いて欲しいだけなのさ。京随一の美女が、そう怖い顔をしなさんなよ」

そんなことをいってみるが、われながらただの気休めに聞こえ、義時は気まずさをごまかすようにまた同じ歌を謡う。

「寒露の宵にぞ、出てござる。九ッここなる悪所が御殿、大路のかたより呼ぶ声よ、天狗の踊るを見参らせ」

「耳障りな歌ですねえ。なんなんですよ、それは」

「検非違使に勤める友人がね、三条の鬼殿で聞いたお化けの歌なんだそうだ。変に調子が良いので、つい口から出てしまう。――それ、九ツここなる悪所が御殿……」

変な作り声で繰り返しうたいかけたとき、となりの建物から届く高らかに澄んだ歌声が、義時の戯れ歌を黙らせた。

――秋風になびく浅茅のするゑごとに置く白露のあはれ世の中。

割菱の君がそらんじて聞かせている新古今の和歌だ。歌も良ければ、声も良い。間髪をいれず、それをほめる着草の嬌声が響いてくる。

「ああ、もう我慢がならない」

笙は憤然と立ち上がった。

「これ、笙や、笙や。落ち着きなって。相手はほんの小娘じゃないか。おまえさんほどの美姫がさ、うわなり打ちなんてみっともないと思うよ」

光源氏のむかしから、前妻が後妻《うわなり》をねたんで、女だてらに暴力を振るうという話がよくある。

けれど、男に見限られて怒り立つ女に、同情する者など居はしないのだ。

義時がそんなことをいってさとすと、笙はいよいよまなじりを吊り上げた。

「わたしがいつ、あんな山出し娘をねたんだとおいいだえ。だれがおまえさまに味方になってくれと申しましたかえ。割菱さまは、元よりわたしのお客なんだ。あんな小娘を追い出したところで、うわなり打ちだなどといわれた筋合いはありませんよ」

憤然といい放つと、笙は筵戸を引きちぎるような勢いで出て行ってしまった。

＊

取り残された義時は、肌寒い遊女小屋でもの悲しさを味わっていた。

肥満した体を包む紫苑の着物を、ふくふくとした指でさすってみる。

「立派にうわなり打ちじゃないか。あのやきもち女め」

割菱の君とやらがいかほどの男かは知らないが、義時はこれほどないがしろにされなければならないものなのか。そう思って自分の奇っ怪な扮装を眺めると、なるほど笙ほど売れ筋の妓ならば、義時を厭《いと》うのも無理がない気がした。

（おれは、つまらなくて醜くて情けない男だものなあ）

そんな彼にいやな顔もせずに一張羅を貸してくれた着草は、今頃は笙に意地悪でもいわれているのだろうか。

（こんなときこそ、黒刀自《くろとじ》がいてうまく取りなしてくれればいいのだが……）

黒刀自というのは、この遊里で一番に年嵩の遊女である。

色が黒く薹が立っているので、そう呼ばれていた。

年齢のせいで他に客も付きはしないから、義時の女装遊びに付き合うのは、もっぱらこの妓だった。

それでも、笙の元に割菱の君が通って来たときなどは、酒を運んだり閨を整えたりと二人の逢瀬の手伝いをするので、常に暇だというわけでもない。

気性の激しい笙の扱いを心得ているのは、この廓の中でも黒刀自くらいのものである。半月前に着草がやって来てからは、義時の敵娼《あいかた》はこの若い妓の役割になっていた。桃色の頬をしたまだあどけないような着草は、いつもけらけらと笑いながら義時の前に現れる。義時の女装がよほどおかしいのか、なにかというと大笑いされるのには閉口したが、それを差し引いても着草は全く感じの良い妓だ。

その着草が、実は生き別れた夫を捜して物語顔負けの苦労を重ねて来たと聞いたときには、義時は心底から同情した。そこで、検非違使の龍雪に助けて貰えと、すすめたのである。

おかしなことに、義時は困りごとを相談する先として、自分の勤務する陰陽寮の者たちを少しもあてにしていなかった。散々に運命に翻弄されてきた着草には、占いなどという不確実なものより、検非違使の捜査という実体のある成果を与えてやりたかったのだ。

（着草は遊女などに身を落としてなお、稀なほど無垢な魂の持ち主なのだ。だから、おれの女装遊びを笑っているくらいが丁度いい。なまぐさい男女の営みに身も心もおちぶれてしまう前に、さっさとこんな稼業から足を洗うべきだ）

そう考える義時は、自分こそが着草のひいきの客となり、彼女を助平な男どもから守ってやらねばと決心していた。

ところが、着草の無邪気な可愛いらしさが、割菱の君の目にとまってしまったのだ。

挙げ句、笙から着草へと乗り替えてしまったらしい。

これは、だれにとっても全く寝耳に水の一大事であった。

着草は美しいが、まだまだ垢抜けないところがある。

片や、廓随一の上客を新参者に横取りされた笙は、廓を経営する薙王すらも一目置くというほどの美姫なのだ。それが、義時の馬鹿げた女装などに付き合わされたのでは、癇癪の一つも起こしたくなるのも無理はない。

しかし、割菱の君の心変わりに憤慨しているのは、義時とて同じだった。

(着草はおれの馬鹿に付き合って笑っていれば、生き別れの亭主に操《みさお》も立てられるのだ。笙とて、悋気《りんき》など起こさずに居られる。そうして、このおれだってささやかな楽しみを守ることができるのに――)

義時の奇癖は、なるほどほめられた趣味でもないが、だれを傷つけているわけでもない。それなのに、割菱の君とやらに振り回されて、遊女の身の上を案じたり、袖にされた妓に八つ当たりされたりしている。

割菱の君こそが、全ての番狂わせだった。

それにもかかわらず、名さえ名乗らぬ割菱の君だけがちやほやと持てはやされる。皆を気遣う自分は、こうしてないがしろにされている。

「寒露の宵にぞ、出てござる。九ツここなる悪所が御殿、大路のかたより呼ぶ声よ、天狗の踊るを見参らせ――」

どんどん惨めになってゆく気持ちをごまかそうと、耳に残るその歌を義時はヤケ気味に繰り返した。

（しかし、おかしな歌だよなあ）

陽気な田楽舞いの囃子に似た節回しだが、いかにも奇怪な歌である。

義時はいくら阿呆な女装嗜好者といえども、さすがに陰陽寮の学者だ。検非違使庁で龍雪たちからこの歌を聞かされたときには、即座に類似する凶兆のことを思い出していた。

かつて鎌倉幕府が滅ぶ直前、田楽一座に身をやつした怪しげな者たちが出現して、天下の異変を戯れ歌で予言したという。

（よもや、龍雪の聞いたものが、それと同類ということもあるまいが――）

普段ならば怖がりの龍雪の幻聴と決めつけるところだが、この歌に限っては清輔も一緒に聞いている。加えて、近ごろたて続く怪現象のせいもあり、どうにも気にかかって仕方がない。その結果、無意識にも口ずさんでしまうのだ。

（待てよ）

――九ツここなる悪所が御殿。

（悪所が御殿とは、鬼殿ではなく河原御殿のことではないのか）

義時は、そう思って目をぱちくりさせた。

河原御殿という通り名は、元々は堅気の町衆が揶揄《やゆ》して呼んだのが最初だった。鴨川に限らずとかく河原の近くというのは、胡乱な者たちのたむろする場所と相場が決まっている。

折しも一帯は、悪党の元締めが建てた色里だ。その中にたたずむ豪奢な妓楼など、堅気の者たちに目くじら立ててきらわれるのも無理はなかった。

河原御殿という呼び名は、人の道に外れた伏魔殿、河原に建った乞食御殿、そんな意味のかげ口なのである。

ところが、いつの間にやら遊里の元締めである薤王ですら、河原御殿の名を美称のごとく呼び慣わしていた。

遊女や客たちにとっても、河原御殿は嘲りの対象などではない。むしろ、彼らなりの見栄と格式の象徴なのだ。義時のような変てこな女装嗜好者など、廊下を歩いただけでも摘み出されてしまうに違いない。

(寒露は、今日のことだ。もしも、『悪所が御殿』というのが河原御殿のことだとすると、この辺りから大路の向こうを見ればなにかがいるってことなのかな——)

そう思うと、義時はぞくぞくするような気味の悪い好奇心を覚える。

(しかも——子刻といったら、丁度今じゃないか)

漏刻博士の義時は、水時計などその場になくとも、正確に時刻を察知できるという才能の持ち主だった。

(今、このとき、河原御殿に行って往来を見渡せ——そういう意味だとしたら……)

歌のとおり、確かに河原御殿は薙王の遊里の中央に鎮座し、そこまで行けば碁盤の目のように整った京洛の東端、東京極大路が間近に見渡せるのだ。

(本当に天狗が踊るのが見えたら、なんとしよう。天狗は人を神隠しにするというから、龍雪が見たという鬼殿ののっぺらぼうなんかよりよほど怖いぞ)

そんなことを考えながら義時は女もののうす衣を夜風に舞わせて、そろそろと河原御殿近くに歩いて行った。

上空では雲が走り、月が目まぐるしく見え隠れする。

果たして。

まだら模様を描いて踊り回る光と影の中、奇しくも歌の文句のとおりに、大路を行く行列を見た。

しかし、それは天狗のような不気味なものではなかった。

女ものの牛車と、それを警護する不動明王のような大男である。

義時はあわてた。向こうを歩いているのは、彼の幼馴染みの清原龍雪なのだ。

「た——龍雪だ」

(龍ちゃんは今頃、鬼殿で肝試しをしているんじゃなかったのか)

悪いことに、その龍雪の顔がこちらを向いた。

(まずいぞ、まずいぞ)

義時が逃げるように身を屈めると、都合良く濃い雲が月を隠した。

周囲は完全な闇に覆われ、義時はものかげに身をひそめる。

往来を行く車が南の方角に遠ざかって行くのを、義時は視界の利かない中でじりじりと待った。うす寒い秋風に吹かれてなお、義時は頭の中が熱く沸騰している。

こちらは頭から爪先まで女の扮装をしているのだから、よもや正体はわかるまい。

しかし、今夜、薙王の遊里に来るとは、検非違使庁の中で盛んに吹聴してしまった。

しかも、こちらが先方の姿を見定めたのだから、龍雪とて気付かぬはずはない。

ならば、次に顔を合わせたときには、なんといってごまかしたものか。

(こんなたわけた道楽のことを知られるくらいなら、むしろ天下の大罪人として捕らわれる方がよっぽど恰好がつくというものだ)

そんなことをくよくよ考えているうちに、ふうっと月光がよみがえった。

往来には、検非違使の龍雪を従えた一行の姿はすでにない。義時は胸をなで下ろしながら、灯りの煌々《こうこう》ともれる河原御殿の蔀《まど》を見上げた。

情夫《まぶ》をとられたくやしさに、笙が河原御殿にねじ込んで行ってから、かなりの時間が経っている。

（もめごとを治めてくれる黒刀自も、今夜は留守なのだ。笙のやつ、無茶な真似をしていなければいいんだが……）

着草は笙に憧れて懐いてはいるが、逆らったためしなどないではないか。今ごろは気をもむ義時をよそに、仲直りして皆で彼の女装趣味を笑っているかもしれない。

義時はそんなことを考えて、無理にも楽観的になろうしていた。けれども、どうにも胸の内がざわついて、まるで悪い酒に酔ったように気持ちが滅入ってゆく。

それは、彼なりの虫の知らせでもあったものか。

ものかげから身を起こし、元いた小屋にもどろうとしたときである。

着草の声がした。

「さっさとお帰り。おまえなんか、この人の女房じゃない」

邪険なわめき声だった。

この新参の遊女は、ときたま声を荒らげるくせもあるが、義時の知る限りそれは無邪気さの裏返しなのである。これほど悪意をむき出しにできる女だとは、思ったこともなかった。

危惧したとおり笙の乱入が穏やかならぬ事態となっているのだと考え、義時は狼狽した。

けんかをとめに駆け付けるべきかとも思ったが、現場には当事者の男とているのだ。割菱の君のこしらえた修羅場など、義時が治める義理はない。

しかし、当の割菱の君が妓たちを仲裁するような言葉は、一つも聞こえて来なかった。

(案外割菱の君とやらは、美女二人が自分を巡って争うのを楽しんで見ているような、そんな手合いなのかも知れぬ。いや、きっと、そうなのだ)

あの男が二人をとめようともしないのが、なによりの証拠に思える。

(なんという見下げ果てた男だ)

義時の身が、怒りで火照った。

これ以上割菱の君などに、着草の無邪気さや笙の一途さを汚させてなるものか。そう思って、しかし義時はふたたび躊躇する。

(問題は、おれのこの姿よ)

垂れ髪に小花模様の紫苑の小袖。小太りの体を包むのは、着草から借りたとびきり乙女趣味な着物なのである。

義時がやきもきと身悶えしていたとき、河原御殿の中から言葉にならない怒号が上がって、彼は飛び上がった。

それは、野太いが確かに女の叫び声であった。

間髪を容れず、笙の泣くような悲鳴が上がる。

「おやめよ。女同士で殺し合うなんて、浅ましい——」

声はそこで途絶え、辺り一面を引っ繰り返すような大騒動が起きた。

逃げているものか追っているのか、激しい足音が重なり、怒号とも悲鳴ともつかない呼吸の音までが聞こえて来る。

しかし、それはほんの束の間のことだった。

河原御殿は、全くの無音となる。

まるで動けずにいた義時は、ようやく立ち上がった。

女装を見咎められるという危惧はすでに眼中にもなかったが、薙王の手下たちを呼びに行くことにも頭が回らず、彼は剣呑な静寂をたたえた河原御殿へと単身踏み込んで行った。

「これ、二人とも。けんかはやめなさい——」

妻戸をたたくようにして開けた先、割菱の君も争っていた二人の遊女の姿もなかった。

それでも、うす暗い視界に映るのはやはり散々なありさまだった。

几帳も屛風も食い散らされたように千切れ、鬼にでも襲われたかのようだ。
義時が茫然と立ち尽くす中、目に映る荒れた光景も凝固したように動かない。
（……）
開け放たれた蔀から、冷気が吹き込んでくる。
その風が、部屋の片すみにある濃密な空気のわだかまりを、義時に気付かせた。
そこは、帳台の内部が臥所《ふしど》になっていた。
床には黒い液体がこぼれている。
義時は横目で、その場所を見た。
（怖い、怖い、助けてくれ）
とばりの内をのぞいてはいけないと、彼の中のなにかが激しく警告する。
けれども、足は操られるように前に進んだ。
板間を伝う黒い水がかかとを汚す。
それはやけに温かく、光に透かして見ると、黒から濃い赤色に変わった。
「これは、血だ」
鼓動と呼吸が騒ぎ、めいめい勝手に胸を掻き乱し始める。
咳き込むと、胃の中のものまで込み上げそうになった。
片手で口を押さえ、もう一方の手で錦のとばりを掻き分ける。

「……着草かい」

女が一人、眠っていた。

(ちがう)

そこに横たわっていたのは、割菱の君と着草の逢瀬に腹を立て、河原御殿にねじ込んで来たはずの笙だった。

「大丈夫か、笙。いったい、なにがあったのだ」

あるいは、騒動に巻き込まれて怪我でもしたのかもしれない。

そう思って、おずおずと女の肩に手を触れた。

その弾みで、ころり、と笙の頭が転がった。

眠るように横たわる妓の頭と胴体は、まるで戦場の敗将のように完全に切り離されていたのだ。

「――」

義時は大声を出したが、それをうち消すほどの大音声で「人殺し人殺し」と絶叫した者がある。

他の小屋から騒ぎを聞いて駆け付けた遊女たちが、酒のこぼれる瓶子《へいじ》を振り上げ、義時を指差してそう叫んでいたのである。

＊

五条の河原御殿は、すみずみまで唖然とする装飾に満ちていた。

婆娑羅絵を描き殴った扇が床に散らばり、鎮西の海賊が異国より掠め盗ってきた高麗版の大蔵経が積まれた上には、男女の性愛秘術を臆面なく描いた軸がなん本も壁にかけられ、そのとなりには美しい仏画が並べられ、絢爛たる立花がちぐはぐに供えられ――。

まるで浅い眠りの中で見る目まぐるしい夢のようだ。

「こちらでございますよ」

大男の龍雪を案内したのは、薙王のけばけばしい趣味とは相反した、妖精のように儚《はかな》げな女だった。

細面に浮かんだ笑顔がうすい。

昨夜ここで殺された笙という美姫にもどこか面影が似ているが、こちらの方が浮世離れしてなんとも可憐だ。

「清原龍雪さまでいらっしゃいますね」

姿のわりには、低く響く声で女は問う。

そうだ、と首肯すると、龍雪の高い背丈をまぶしそうに見上げた。

「龍雪さまは、検非違使のお役人の中でも、一等にお強いんですってね」

「そんなことはない。使庁の連中はだれしも荒くれた連中ばかりだからな」

「もっと強い方がいらっしゃるの」

「新任の兼平判官などは機転も利いて、追捕の術に長けているよ」

その兼平判官は風邪にかかって、今日は九条の自宅で臥せっているらしい。

龍雪としては力技で解決できる追捕ならまだしも、謎だらけの殺人事件の詮議を任せられるとは、なんとも心細いことだった。

「もしここに兼平判官がいれば、下手人もたちどころに捕らえられるだろうな」

そんなことをつぶやくと、女はちらりと横目でこちらをうかがった。

「兼平判官さまは、いくさ下手ですよ」

「おまえは兼平判官を知っているのか」

「さあ、どうでしょうかしらね」

女はあいまいにいって、まなじりを下げた。

ほほえんだのだろうが、まるで泣いたように見える。

色里で働く女というのは、だれもがこんな具合に薄幸そうな面立ちをしているのだろうか。

龍雪はそう考えた直後に、胸中でそれを反証した。

（いや、着草などは、放たれた仔犬のように元気一杯だったではないか）

着草が使庁の龍雪を訪ねて来たのは、つい昨日のことだった。

まだ少女のように稚く見えたが、実は龍雪よりも年嵩で、十年も前に生き別れた連れ合いを捜しているのだという。

それを聞いた後でもやはり、あどけない印象は変わらなかった。

着草の訪問以来、龍雪は気付けば彼女のことばかり考えている。着草が遊女にまで身を落としたという事実に龍雪は心底から同情したが、遊女ならばこちらからも気安く会いに行けるだろう——そう考えて密かに胸をおどらせてもいた。

その矢先、着草は人殺しの騒動に巻き込まれて、消えてしまった。

客を巡って仲間内のいさかいがあったというが、そのけんかのもう一方の当事者である遊女が殺害され、こともあろうに大江義時が下手人としてからめ捕られた。

もっとも、捕らえたのは検非違使や幕府侍所の役人ではない。

義時は遊里を牛耳る薙王の手下たちに取り押さえられて、検非違使に引き渡されるのを待っているらしい。

「お待ち下さいましね。もうじきにまいりますから」

女は、ほんのりとほほえむ。

紅地に飛鶴模様の派手な小袖が、化粧のない顔に似合っている。

「着草の居所は、まだわからないのか」

龍雪は立ち去る女の背中にそう問いかけるが、相手はそのまますっと気配を消した。

代わりに姿を現したのは、一帯の裏町を統べる薤王である。

手先のゴロツキたち、色里で働く妓たちをしたがえている。

悪い具合に、検非違使の龍雪よりも先に到着していた侍所の武者たちが一緒だった。

さらに悪いことには、侍所に捕われて、文字通り簀《す》巻きにされた大江義時が連れて来られる。

「龍ちゃん。わたしはなにもしていないんだよ、信じておくれ」

「信じるもなにも――」

信じるもなにも、義時の風采が目を疑うありさまなのだ。

着ている女ものの小袖は、着草が使庁を訪ねて来たときのものと同じであるらしい。

してみれば、昨夜の子刻、東京極大路からこちらをのぞいたときに見えたのは、やはり女装した義時その人だったのだ。

しかし、なぜこの男が遊女の扮装をしているのかもわからなければ、こうして小太りの頬をこけさせて縄目に付いているわけもわからなかった。

＊

凶事のあった河原御殿はすでに幕府方の手で一通りの検証が済み、それでも現場が保存されていたのは、後から来るであろう検非違使への仁義であると、龍雪は説明を受けた。

——後は、ごゆっくり。

検非違使が彼らをきらうように、侍所には侍所のいい分がある。

朝廷と幕府。異なる政権の下にある治安組織が同じ都の中に存在するのだから、互いに協調できるはずもなかった。同じ現場に居合わせれば、敵対する猛獣のように手柄を奪い合うこととなる。

いわんや、今回のように京洛でも評判の美姫が殺害されたとあっては、侍所が張り切るのも無理はない。駆け付けるのが一歩遅れた龍雪は、侍所に出し抜かれてしまったことになる。

(兼平判官に知れたら、さぞや残念がられるだろうな)

筋金入りの幕府ぎらいである上司のことを思い、龍雪は情けない顔で宿敵たちの撤収を見送った。

龍雪の到着前に尋問と検証を済ませてしまった侍所の者たちは、有力な容疑者と目される大江義時をねめ付けながら、ぞろぞろと引き上げて行く。

龍雪はいまだ腰を抜かしている義時を配下の者たちに任せて、遅れ馳せながらの現場検証に向かった。

笙の遺体は頭部を切断され、臥所《ふしど》に横たわっていた。

義時が揺り動かして転がり落ちた首は、困惑したような表情のままで硬直している。ふざけたように過剰に飾り立てられた座敷の無惨な荒れざまと、殺害の様子を彷彿させる生々しい血痕の対比が、差し込む陽光の中ではなおさら禍々しく映る。

龍雪は乾き始めた血溜まりの前に屈み込み、帳台の中の臥所を見返った。

(ここで斬り殺して、臥所までずるずると引きずって行った、か)

なぜ、首を切り落としたのか。

なぜ、臥所まで運んだのか。

その問いを胸の内に唱えてみるが、答えが浮かんでくる気配はない。龍雪は大きな犬のように頭を左右に振り、弾みで落ちた烏帽子を拾った。

「笙には割菱の君という上客が付いていた。その割菱の君が、昨夜になって急に笙から着草へと乗り替えたために、二人の妓の間にいさかいが起こったというんだな」

事件の前置きとして聞いたその一事を、龍雪は自分にいい聞かせるように、繰り返した。

「いさかいといっても、着草の方は本気で笙に逆らったりすることはありませんでしたよ。あれは気持ちの優しい娘ですからね。片や、笙の方は容赦がないんですよ。死んだ者のことをあれこれというのも気が引けますが、笙の剣幕はわたしでも恐ろしいと思うことがたびたびありましたねえ」

詮議の場に最初に呼び出されたのは、黒刀自という年嵩の遊女だった。

昨夜は留守にしていたが、普段は笙の付き人のような役割をしていたという。

黒刀自は名のとおり色の浅黒い中年女で、市中の警護で日焼けしている検非違使の男たちよりもまだ黒い。龍雪はその面相を眺めつつ、この女は鉄漿《おはぐろ》をして闇夜に居れば、だれも気付かないのではないかと本気で思った。

そんな無礼な考えに気付いたのか、黒刀自は龍雪の大きなてのひらのかたわらに、自分の浅黒い腕を並べて見せる。

「検非違使さまは、色白ですこと」

龍雪の無言の皮肉を読んだように笑ってから、自分や遊女仲間の説明を始めた。

「わたしは、器量も好くないし年もいっているから、ここじゃすっかり味噌っかすなんですよ」

黒刀自は滅多に客も付かないので、実際には遊女仲間の世話人のような仕事ばかりしているらしい。

「笙はなよなよしていかにも優しげなんだけど、ああ見えて気位が高くて性格のきつい妓でね。もちろん、根っからの性悪じゃないんだが、新参の妓のことは、よくいじめるんですよ。ことに、着草は大事な割菱さまを横取りした相手なわけだから、随分と憎んだでしょうね」

「そんなことが、ずっと続いていたのか」

「いえいえ、わたしの知る限り割菱の君は笙に首ったけでしたよ」

そこが問題なのだといって、黒刀自は膝を乗り出す。

「昨夜に限って、わたしはここに居ませんでしたけどね。もどって来てから、割菱さまが笙をそっちのけにして着草をお呼びになったと聞いて、そりゃもうびっくりしましたよ」

割菱の君の急な心変わりは、笙が殺害されたのと同じくらいに予想外なことだった。

黒刀自はそういって目を丸めて見せた。

その態度に針小棒大のきらいはあるにしても、まるで笙の下女のように働いていた黒刀自の目をもってしても、かの上客が着草に乗り替える気配は察知できなかったらしい。

「つまり、割菱の君の心変わりは、昨日からだというわけだ。それじゃあ、二人の妓の間にいさかいが起こったとしても、それは昨日に始まっただけなのだな」

「そこは、わかりゃしませんよ。なにせ、笙は新参者をいじめる性分だから。——それに、わたしの目の届かないところで、笙と着草と割菱さまの間になにかあったのかも知れませんよ」

「新参、新参というが、着草はここに来て間がないのか」

「ええ。着草がこの遊里に現れたのは、秋分のころですからね」

「秋分といったら、まだ半月より経っていないじゃないか」

「ええ、昨日が寒露の節句でしょ。だから、丁度半月ですねえ」

随分と几帳面に記憶しているものだと感心すると、黒刀自は憤然とうなずいた。

「そりゃ、忘れませんともさ。こないだの秋分の夜は、馬鹿げて寒かったもの。着草が現れたのは、確かにあの二日ほど後でしたよ。——全く、縁起の悪い妓じゃありませんか。本当に、もう、あのときの寒さときたら……」

その寒さで幾人もの妓たちが高熱を出し、皆の世話する自分はどれだけ苦労をしたことか。黒刀自はまるで着草が異常気象を連れてきたかのような恨みごとを並べ始め、龍雪は両手を上げて相手の早口を制した。

「着草がここに来てたった半月しか経ってないとは、意外だよ。当人の話しぶりからして、もっと以前からいるものと思っていたんだが」

「おや、検非違使さまは着草を知ってなさるので」

「まあな」

使庁を訪ねて来た着草が「遊女にまでおちぶれた」と語ったときの様子からして、龍雪はこの稼業が随分と続いているものだとばかり考えていた。

「前は別の色里にいたのかな」

「どうでしょうかねえ」

着草は器量は飛び抜けて愛らしかったが、元気が良すぎて色気がない。それでも、自分は寺の下働きをしていたこともあるからどんな仕事でもこなしてみせる、元の稼業が白拍子だから謡も舞いもできる。雇ってくれたら損をさせるつもりはない。

潑剌とした調子で懸命に頼み込む着草の姿が、街の黒幕として君臨する薙王の目にさえ爽やかな感動を与えたらしい。

「着草は薙王にも可愛がられてましたよ。ここに現れたときには着たきり雀だったんで、着物まで買ってやってさ。おまけに、おまえのような色気のない娘を女郎にするのは可哀相だから、無理に客を取ることもないって。踊りなり謡なりの座興でもしていろ、なんていわれたくらいだからね」

薙王は例の紫苑の小袖を、着草にあつらえてやったのだという。女装趣味の義時が着ていた着物である。

「そんなエコひいきが、そもそも笙には気に食わなかったわけですねえ。だから、よけいにいじめたんでしょう。一番ひどかったのは、わたしが目を離した隙に、着草の大切にしていた手箱を壊してしまったことでしたよ」

そういってから、どうしたわけか黒刀自は「ひひひひ」と笑った。

「なにがおかしいのだ」

「いえね、笙が意地悪して壊した着草の手箱に、なにが入ってたと思いますかね」

「手箱の中身かね」

漆も塗らない木地の粗末な箱を割ると、中から転がり出たのは頭頂部の大きな異形の髑髏だった。

「外法頭か」

龍雪は、わけ知りげにつぶやいた。

歩き巫女や白拍子の中には、異形の髑髏を持ち歩いて占いをする者がいる。さりとて、龍雪には着草の無邪気さと髑髏の不気味さが結び付かなかった。

「壊した手箱は木を削ったきりの粗末ながらくたでしたが、着草は随分と泣いてましたよ。だけど泣くほど驚いたのは笙も同じで、あんな怖いものは見たことがないといって震え上がっていましたっけねえ」

幸い、骸骨の方は箱とは違って傷も付かなかった。

笙としても、よもや外法頭が入った箱とは思いもせずにした意地悪だったが、さすがに祟りが怖かったものか、後になってひどく気に病んでいたらしい。

その場に居合わせた大江義時が、自分が代わりの手箱を買ってやろうといって持参したのが、昨夜のことである。

「義時さまときたら、このわたしにまで同じものをくだすったんですから驚きましたよ。

螺鈿《らでん》っていうんでしょ。光の具合で桃色だのうす紫だのに光る、不思議な細工がしてあってね。――あんな綺麗なもの、生まれてこのかた持ったことなどありゃしない」

黒刀自にはその贈りものが、よほど嬉しかったのだろう。まなじりを急に優しくして、そこにはない手箱をまるで抱えているような仕種をしてみせる。

「着草に渡してやる分の手箱がもう一つ、今朝見たらわたしの小屋にぽつんと置かれてましたっけ。――あんなことになって、筀はもちろんだけど義時さまも着草も気の毒ですよ。割菱さまさえ、罪作りな気紛れを起こさなければねえ――」

そういって、黒刀自は垢じみた袖で目頭を拭う。

「せめてわたしがそばに付いていられたら良かったものを――」

昨夜に限って自分の目が行き届かなかったと繰り返す黒刀自を励ますように、龍雪は彼女の所用の向きを訊いた。

「暮れ方からいとまを貰って、身内の弔いに行ってたんですよ」

「京の街に身内がいるのか」

「おやおや、ご挨拶なことを仰いますねえ。こんな稼業してたって、血筋のつながった者くらいは居りますよ。――もっとも、わたしと同類でござんすからねえ、世の中の毒にはなっても薬にゃならないような手合いですけどさ」

検非違使の旦那に披露したいような者ではないといって、黒刀自はその身内の素性を明かすのをいやがった。しかし、そんな具合に渋られては、逆に訊かずに済ますわけにもいかなくなる。顔付きを怖くして問うと、色黒の女はいかにもきまり悪そうに、龍雪から視線を逸らした。

「奈落ヶ辻の加蔵って因業じじいですよ。娘を廓に売っておきながら、なん十年もいけしゃあしゃあと父親面して銭を巻き上げて行きやがる。そんな因業な年寄りが迷惑にも長生きしていたんですが、こないだの寒さに当たって具合悪くして。それでとうとう、ぽっくり逝っちまいましてね――」

それがあんまり痛快だったので、どうしても死に顔を見たくて弔いに行かせて貰ったのだ。そういって黒刀自は恨みがましい低い声で、また「ひひひひ」と笑った。その笑いを聞くうちに、龍雪は不意に兼平判官の妻のことを思い出す。

「なんですよ、急におかしな顔しちゃって」

「おまえの笑い方があんまり変てこだったんで、あるやんごとない女性を思い出していた」

「いやですねえ。人の笑い方をいちいち――」

黒刀自は怒った風にそっぽを向き、不機嫌になったついでなのか、父親や身内がこれまで自分にしてきた仕打ちの数々を、立て板に水の調子でしゃべりまくった。それを耳の端で聞きながら、龍雪は苦笑する。

（兼平判官の奥方に向かって、年増の女郎と笑い方が似ているといったら気を悪くするだろうが。あの顔の奥方に似ているといわれたのでは、黒刀自の方とてかんかんに怒るだろうな）

そんな龍雪のうす笑いが気味悪かったのだろう、黒刀自は咳払い加減に話をもどした。

「検非違使さま、わたしはそんなやんごとなき方とはわけがちがうんだ。これでも暇を持てあましているわけじゃないんですからね。さっさと、お調べをお続けなさいよ」

「悪かった、悪かった」

龍雪は額を掻きながら、証言のあらましを反復する。

「昨夜の割菱の君は着草ばかりを河原御殿に呼んだというが——それ以前も、着草は謡や踊りの芸を見せにこの河原御殿には上がっていたのだな」

「そうですよ。割菱の君は座興として着草の芸を楽しんでらしたけど。でも、着草の方は最初っから割菱の君を狙っていましたね」

黒刀自はだれにはばかるというのか知らないが、声をひそめるようないい方をする。つられて、龍雪もつい膝を乗り出した。

「そうなのか」

「そりゃ割菱の君は廓一の上客ですもの、できることならだれだって自分に引きつけておきたいですよ。笙を出し抜いてね。——そんな中でもとりわけ着草の強引さは、はっきりとわかりましたよ。無邪気な素振りで、盛んに色目を使ってましたっけ」

だから、昨夜の逆転劇も着草にしてみれば狙い通りのことだったのだ。

そういう黒刀自の言葉に、龍雪は首をひねった。いくら商売ずくとはいえ、着草が猪四郎以外の男に執心していたと聞かされるのは、意外である。

「笙に首っ丈の割菱さまが、やきもち焼いて欲しさに心変わりの素振りをしただけだろう、と。そういう人も居ますけどね」

「それは、だれがいっているのだ」

「大江義時さま」

そういって、黒刀自は首をすくめる。

大江義時は殺人現場で被害者の頭部を抱いているところを、他の遊女たちに発見されたのである。わなわなと瘧《おこり》を起こしたような調子で身の潔白を主張しながら、ついさっき下役人たちに連行されて行った。

「あの方は潔白ですよ。わたしみたいな女にも、あんな綺麗な手箱をくれるんだから、悪い人なわきゃありませんよ」

黒刀自は真顔でそういってから、ため息をつく。

「だけど、昨夜、義時さまの相手を笙に任せたのは、まずかったですよねえ。よりによって、割菱の君が着草とねんごろにしているときですもの。本当なら河原御殿で愛しい人といるはずの自分は、あの義時さまのおかしな扮装に付き合わされてたんですから、腹の虫も治まりませんよ。

笙って妓はね、それを笑い飛ばせるような明るいたちじゃないんですよ。着草の魂胆がわかってるだけに、焦りと憎さで辛抱ができなくなったんでしょう」

「着草の魂胆とは、割菱の君を横取りしようとしていたってことか」

「そう。着草は笙に散々いじめられても逆らうことをしなかったのは、やはりどこかしら後ろめたかったせいかも知れませんよ」

「ふうん」

着草は、猪四郎という連れ合いを捜して奥州からわざわざ京まで上って来たのである。なにが悲しくて、色里の客に血道を上げて懸想しなければならないのか。龍雪はそう説明したいのを抑え、割菱の君とやらの人となりをたずねた。

「割菱の君というのは、もちろん、ただの通り名ですよ。いつぞや、割菱紋の入った持ちものを見て、笙が付けて差し上げたあだ名だそうです。

お勤めはどこかは知らないけど、宮城か幕府のお役人なんじゃないでしょうかね。男ぶりが良いだけじゃなく、みなりも良くってお金持ちだったから。まあ、ここに通うのも、お忍びの遊びだったんでしょ。

身分の高い殿御ってのはむかしからあちらの姫やこちらの奥方と浮気三昧するもんだ

と聞きましたけど、いくらなんでも色里通いは恰好が付かないんでしょうね。それだから、ここでは名乗りは上げずに、割菱の君ってことで通っていました」

「割菱紋かぁ――」

龍雪は、うんざりとした口調でつぶやいた。

割菱とは、四つに割れた菱形の家紋である。

家柄を象徴する家紋は、よく売買の対象となった。

割菱は源氏の紋だが、源氏の者をしらみつぶしに探すだけでも大変なことなのに、金銭ずくで紋を買ったえせ割菱まで入れれば気の遠くなるほどの人数に及ぶ。

万一それを探し当てたとしても、当人がやんごとない家柄や高い官位を持つ身であれば、廓での遊行そのものを否定する可能性も高い。

そこまで考えてゆくうちに、龍雪はだんだんと腹が立ってきた。

「いくら廓遊びを世間に隠したいとはいえ、馴染みの妓が殺されたってのに行方を消して、知らぬ素振りとは、どういう了見だ」

あるいは、手を下したのが当の割菱の君なら、逃げもするし知らぬ顔もするのが道理だろう。龍雪はその結論に飛びつきそうになるのをこらえて、一つ大きく息を吸った。

割菱の君がこの遊女殺しの一件にどんな役割を果たしているのかは知らないが、この先、進んで名乗りを上げ尋問を受けるとは考えにくい。そもそも、廓通いを隠すためにあだ名で通していたのだ。ならば、殺人を犯したのが割菱の君当人でないとしても、見つけ出すのさえ難しい仕事になるだろう。

「金と男前を鼻にかけて女を手玉にとり、身分にものいわせて追捕に力も貸さないとは、怪しからんにもほどがある」

龍雪はぼやいた。

もっとも、もし割菱の君が殺人者なのだとしたら、追捕に手を貸さないのではなく、貸せないのだ。ただし凶事に至る顚末を見る限り、割菱の君には動機がない。

もちろん、それは着草とて同様である。猪四郎という亭主を捜している着草が、遊客の取り合いで仲間を殺害するいわれはない。

殺人の動機は笙だけが持っていたのだ。

その笙が仮に返り討ちに遭って殺されたのだとしたら、彼女の殺意が向いた相手こそ最も容疑の濃い人物ということになる。

(情夫《まぶ》を横取りした着草も憎かろうが、自分を棄てた情夫も憎かったに違いない)

「しかしなあ。それほどの男なのか、割菱の君ってのは」

「ええ。割菱の君はこの色里じゃ特別のお客さまなんですよ。男前だしみなりは立派だし、第一金離れがいいもの。女の扱い方も心得たものでね」

つまり根っからの女たらしなのだ、と年嵩の遊女はいった。

「わたしらはねえ、女たらしが大好きなんですのさ」

女たらしというのは、女の気持ちというのを本能的に知っていて、言葉遣いから身のこなし一つに至るまでそつがない。

本来ならばこちらが男の客をたらし込むのが仕事なのだが、これには案外と忍耐と苦渋が要るのである。恋愛の素質のない男にとって、色里の女は歪んだ恋の対象であり、性欲処理の道具に過ぎない。そんな無粋な客をもてなすのは、いくら仕事でも大変な苦痛なのだ。それに引き替え割菱の君はこちらをひとかどの恋人扱いしてくれる上に、なんといってもけちけちしないところが良い。

黒刀自は、廓の女たちの本心をさらりといってのけた。

「だから着草だって、女あしらいを心得た割菱の君を本気で好いたとしても、当然ってもんです。着草ってのは底抜けに明るい子だからねえ、割菱の君も面白く思ったんでしょうさ。ところが、面白くないのは笙だ——」

とどめに大江義時の女装癖に付き合わされ、自他共に認める廓随一の美女は、わが身の情けなさと着草への恨みが極に達して、とうとう刃傷沙汰に及んだのだろう。黒刀自はその結論を繰り返し、困り顔で舌打ちをした。

「わたしはやっぱり、笙を殺めたのは着草だと思うんですよ。そう考えるのが一番、筋が通るでしょ」

笙はほとんど発作的に着草の殺害を思い立ち、愛しい男との閨《ねや》を襲ったが、刃物を持って揉み合いでも演じているうちに逆に自分が刺されてしまった。身を守るためとはいえ、笙を殺めてしまった着草は、いたたまれずに姿をくらましたに違いない。

割菱の君がその場から消えたのは、やはり肝を潰したか、あるいは外聞を恐れたかのいずれかだろう。

それが黒刀自の考える事件の真相だった。

(確かに、そう考えるのは妥当だな)

自分の不在が事件の一端を担ったものと責任を感じて、黒刀自なりに考え抜いたらしい。龍雪は老いの影が浮かび始めた遊女の横顔を、半ば感心した心地で見た。

(判官の奥方そっくりに全く変てこな笑い方をする妓だが、案外、あんな具合に笑う女ってのは知恵が働くのかもしれないな)

詮子のことを思い出すと、龍雪は不思議と気分がほぐれた。

「ともあれ、着草と割菱の君を捜し出さないことには――」

事件の当事者である三人のうち、笙は変死体となり、残りの二人は行方をくらましてしまった。もっとも、割菱の君の正体はだれも知らないのだから、逃げ込んだ先は彼の日常の中に過ぎないのかもしれない。けれど、着草の方はどこへ行ったのか――。

「あの女は元々旅が稼業の白拍子ですからねえ。逃げようと思えば、どこへでも行っちまうでしょう」

*

河原御殿の詮議で龍雪が一番に驚いたのは、殺人現場の凄惨さでも、容疑者とされてしまった幼馴染みの情けないありさまでもなかった。

彼の先に立って歩く薙王は、随分としょぼくれた面相の男だが、鴨川一帯を仕切る地廻りの頭目である。検非違使庁にとっては、敵とも味方ともなる存在だ。

龍雪を仰天させたのは、そのしょぼくれた男をそのまま半分ほどに縮めた人間がもう一人、案内された座敷の片すみに鎮座していたことだった。

「わあ」

心臓を鷲づかみにされたような強烈な恐怖に、龍雪は座敷から逃げ出しかける。

龍雪のあまりの驚きように、逆に薙王も面食らい、この悪党の首領を補佐するためにぞろぞろと雁首をそろえた手下たちまで理由もわからず右往左往した。

しかし、よく見ればそれは小さな人などではなく、木彫りの像なのである。

おそろしく精巧な細工で、寸法さえ同じならば本人と見紛うだろうし、その寸法が違っていたことでかえって怖がり屋の龍雪は化生《けしょう》の類と思い込んでしまったのだ。

「検非違使さま、さように驚かれまするな」

ゴロツキの元締めである薙王は、いかにもあこぎで貧相な容貌に反して、よく通る声で品の良い話し方をする。

「これは、ただの木の像でございますよ。十年ほども前にこしらえたものでございますから、今のわしより随分と凜々しゅうございましょう。――像の底をのぞいてご覧なさい」

いわれるままにその美しくもない木像を傾げると、小さく刻まれた摂津戌丸《せっつのいぬまる》という銘が読みとれた。

「なんと、摂津戌丸ではないか。うわさには聞くが、戌丸の作など初めて見たぞ」

詮議中の惨劇のことも忘れ、龍雪の顔には感動の色が浮かんだ。

その反応が満足だったのだろう、薙王はからからと得意気に笑った。

「戌丸は戌丸でも、これは天下の大器を模造したものではございませぬからな。御定法には触れますまい」

摂津戌丸とは、不世出とほめられる腕を持ちながら、なぜか贋作ばかりこしらえ続けた絵師であり仏師である。そう古くもないむかしに検非違使に捕らえられたと、龍雪も聞いたことがあった。

「薙王。おまえは、戌丸に会ったことがあるのか」

「お恥ずかしいことではございますが、わしのような外道稼業をしておりますと、様々な者に会いますよ。あの折りには、かの者があまりに見事な腕前と聞いておりましたので、ねだってかような木像をばこしらえさせたのでございます」

それが十年も前だから像もその分だけ若いのでございますよ、と薤王は鼻につく慇懃な話しぶりで説明した。

「清原さまとて使庁の方であられるから、摂津戌丸くらいは会ったことがおありでしょう」

「おれは不勉強な青二才だからな。古い悪党のことは、よく知らん」

「またまた、ご冗談を」

薤王は高笑いをした。

摂津戌丸は、名だたる秘仏や名画を精巧に模したにせものを造っては、なぜか決まって自分の銘を入れておくおかしな悪戯者だった。どこの弥勒菩薩が見つかった、焼失したはずの絵巻が現れたと世間を騒がせはしても、結局はその銘のせいですぐに贋作とわかってしまうのだ。しかし、摂津戌丸としてはそれが満足であったらしい。

たちが悪いことは確かだが、腕の良さと費やす労力を考えれば、本人になんの得があるのかわからない。あるいは、単なる自己主張のつもりだったものか。

なんにせよ、その故意の手抜かりがどこやら可愛いらしくもあり、摂津戌丸という小悪党は、尊敬されることすらあれ、世間のだれからも目くじら立てて憎まれたことがなかった。そのせいか、検非違使庁に捕らえられても、重い罪にはならなかったらしい。龍雪にとっては元服するより以前のことなので、詳細は知らない。

「さすがに稀代の名工でございましょう。まこと、運慶や快慶に勝るとも劣らぬ出来映えでございますよ」

運慶快慶がゴロツキの親分の似姿を彫ることなど決してなかったろうが。龍雪はそんな皮肉を飲み込んで、気を取り直すように一つ咳払いをした。

「それにしても大変な騒動だったようだな。殺しの現場を最初に見たときの様子を教えてくれ」

龍雪がそう問いかけると、当時の大江義時の姿を思い出した手下たちが忍び笑いをもらす。

「なにがおかしいのだ」

「いえね。あの大江さまのありさまが、あんまりものすごくってねえ」

事件直後、女装した義時は血まみれの笙の頭部を両手で抱えたまま金縛りにかかっていた。体も動かず、悲鳴も出ないまま大きく口を開き、いやというほど見開いた双眸からは、滂沱の涙を流していたという。

「笙の頭を抱えている大江さまを、うちの妓たちが見つけまして。あの者たちの大声で、わしらも駆け付けましたのでございますよ。そのときにはもう、割菱さまも着草もいなくなっておりました――」

　薙王はここで言葉をにごす。

「どうした」

「わしも少しはちまたの裏表を見て来た男でございますから、敢えて差し出口を申し上げるのでございますけれども」

　この一件に、着草と割菱の君は無関係なのではないか。俯き加減にいう薙王は、眉間に寄せたしわを指で伸ばすような仕種をした。

「着草とお楽しみだったところ、割菱の君さまはコキンなにがしとやらの歌を吟じて居られたそうですが――」

　新古今の和歌ですよ、と手下の一人がささやくのを、薙王はいやな目でにらんだ。

「わしの声も大きい方ですが、割菱の君さまもよく通る声をなさっておられる。しかも、あの御方は、見るからに文武両道に優れた勇ましい男子《おのこ》なのでございますぞ。一方の大江義時さまは、こう申し上げては失礼ですが、あまり腕っ節はお強いようには見えませぬ。しかもあの折りには――」

　その先を咳払いでごまかすと、また手下の一人が「大江さまは女のなりでした」と代弁する。

「もし割菱の君さまがその場にいたのなら、凶行をとめだてするか、大声を出すかしたでしょう。ところが、そんな様子は全くなかった。つまり――」

「つまり、おまえが思うには、割菱の君とやらは、すでにその場にはいなかった、と」

「はい。割菱の君さまがいたならば、大江さまもかような恐ろしい真似はお出来にならなかったでしょう」

「ちょっと、待て――」

それでは大江義時が殺人者だというのか、と目を丸くする龍雪に顔を向け、薙王もしょぼしょぼした双眸を精一杯に見開いた。

「そう考えるのが、妥当でございましょう。なにしろ、あのお方は笙の生首を抱えて血まみれでいたのでございますよ。それに、凶行の場をご覧になったでしょう」

興奮してもなお、薙王の丁寧なものいいには揺るぎがない。

「屛風は折れ、几帳は破れ、大変なありさまではございませぬか。清原さまには、これが女の仕業に見えまするか」

この刃傷沙汰の顚末について最初に考えられるのは、黒刀自のいうとおり、悋気を起こした笙が着草を襲い、逆に返り討ちに遭ったということだ。

しかし、割菱の君もその場にいたのだから、やすやすと女同士の斬り合いに発展するはずはなかった、と薙王はいう。仮に割菱の君が見かけ倒しの臆病者で妓たちをとめることができなかったにせよ、例のよく響く声で人を呼んだはずである。

「従って、凶事が行われたとき、あの場には笙と義時さまの他にはだれもいなかったと考えるのが、一番に自然ではございませぬか」

「では、着草と割菱の君とやらはどこへ行ったのだ」

「わしの見たところ、駆け落ちでございましょう。くだんのコキンなんとかをこの色里へのはなむけに吟じ、二人そろうて手に手を取って廓から足抜きしたのですな」

「駆け落ちだと」

　龍雪は頓狂な声を上げた。

「なんの理由があって二人が駆け落ちなどするのだ」

「そこは、男と女のことですから。当人たちに訊いてみなくちゃわかりませぬが。――しかし、騒ぎが起きたときには、二人はとうにいなかったと考える方が筋が通ります。この河原御殿にいたのは、後から押しかけて来た笙と義時さまだけだったのです」

「しかし、着草と笙の争う声がしたと――」

「確かに義時さまご当人が、そう仰せではございます。されどわしらはだれも、そんな声は聞いて居らぬのですよ」

「しかし、大江義時には、笙を殺す理由がないぞ」

「いいえ、ございますとも」

薙王は、哀しげにかぶりを振った。

「検非違使さまも、大江さまのあのお姿をご覧になられましたでしょう」

首領の薙王がそういうと、付き従う手下たちはようやく許可を得たとばかりに、腹を抱えて笑い始めた。

確かに化粧をして髪を垂らし女の着物を着た義時の姿は、もしも状況が違っていたら比類もなくおかしなありさまだった。あれを見て笑う代わりに腹を立てる者がいたとしたら、それは殺された笙の他にはいない。薙王は、そういうのである。

「割菱さまに棄てられた笙が、その割菱さまの代わりに相手をせねばならぬ男として目の当たりにしたのが、あの姿でございますよ。笙にしてみれば、義時さまの滑稽さこそがわが身に降りかかった災禍のように見えたのだと思います」

笙は口を極めて義時のことをののしったに違いない。

義時にしてみれば、それこそ災難である。

義時は義時なりに、金を払って場所を借り、自分の変装を笑って楽しんでくれる妓を相手に和やかな時間を過ごす気でこの遊里に来たのだ。

しかし、彼を待ち受けていたのは、情夫《まぶ》を新入りに取られた妓の八つ当たりだった。

それがただの八つ当たりだとわかっていても、妓の罵詈雑言が常軌を逸してくるにつれて、とうとう堪忍がならなくなる。

「確かに、恋敵の着草を恨んだ笙が刃物を持って河原御殿に斬り込んだと考える方が、ありそうなことですが。

なにせ、笙は首を落とされております。あれは、女の手でできることではありますまい。しかも、おのれで殺した者のなきがらを臥所に寝かせておくとは、人殺しの所行を悔いた詫びの気持ちの現れであるように、わしには思えるのでございます」

だれにも邪魔されず女の頭部を切り落とし、それを嘆いてなきがらを丁寧に扱う繊細さを持つ者、それは笙と二人でいた義時の他にはない。

薙王は、そういった。

「それならばなぜ、凶行の場が自分たちのいた小屋ではなく河原御殿なのだ。二人で争った挙げ句のことなら、大江義時が変装を楽しんでいた小屋の中で凶事が起こるはずではないか」

しかし、丁度犯行の行われたころ、龍雪も河原御殿のそばにいるおかしな扮装の義時の姿を見ている。

（あの時、義時さんはどうして小屋の外にいたんだろう）

考え込む龍雪のそばから、薙王はしゃがれ声で答えた。

「わしは大江さまではございませぬので、あの方がどうして河原御殿に来たのかは、存知ませせぬ。しかしながら、仮にわしが大江さまだったら、よもや自分のいる小屋で敵娼《あいかた》を殺《ばら》すような間抜けな真似はいたしませぬよ」

　そのいい方がいかにも剣呑だったので、龍雪は自分が街の黒幕を相手にしているのだということを思い出した。

「そりゃ、そうだ……」

　着草と義時。

　目下のところ容疑の向いている二人への同情と、薤王の貫禄に気圧されて、龍雪は思わずうなだれた。

　その下がった視線の向いた先、てのひらに納まるほどの錦織の巾着袋が目に入る。

　これ見よがしに飾り立てられた座敷の調度とは全く異質な、垢抜けした意匠に引き込まれるようにして、龍雪はそれを拾い上げた。

「紋が織り込んでございますな。割菱さまの持ちものでしょう」

　龍雪の所作を目敏く見つけた薤王は、離れた場所からそう指摘した。

　確かに、金糸で織り込まれた紋様は、四つに割れた菱の形。

　割菱紋である。

「これは燧袋《ひうちぶくろ》だな」

　巾着の中身を改めながら、龍雪はつぶやくようにいった。

　燧袋とは、腰刀に付けて携帯する、燧石を入れた小さな巾着のことである。

「割菱の君とやらも、ここに来るときに刀剣を持参していたという証拠になる」

「ご身分のある武人ならば、佩刀《はいとう》している方が自然なことでございましょう。ほれ、清原さまとて――」

薙王はさとすような口調で、龍雪の腰刀をてのひらで示した。

この親爺にかかっては、自分はまるで見習いの青二才の扱いだ。

龍雪はまるで良いところのない自分のありさまと、そんな彼を教え導くような薙王の親切さにいらついてくる。

「割菱の君はともかく、せめて着草がいてくれたらなあ」

ぼやく龍雪に対して、やはり薙王は見放すようなことはいわない。

「あるいは、悲田院にもどっているかも知れませぬ。あの妓は、赤子のころから悲田院で育った者でございますからな」

「着草が悲田院で育った、だと」

龍雪は目を丸くした。

使庁に訪ねて来たとき、着草はいくさに行った夫を捜し求めて奥州から来たのだと告白したのだ。そのいじらしさに打たれて、彼は着草の連れ合いである猪四郎を見つけてやると心に誓ったのである。

「おや、清原さま、あの妓に一杯食わされましたかな。いや、あるいは、騙されたのはわしの方かも知れませぬが」

着草の境遇に関する情報が、自分と龍雪とで相違していることを察したのだろう。

薙王は、色里の妓たちがいくつもの身の上話を使い分けていることを、ほのめかした。

「それにしても、清原さま。わしもなんの因果で、こんなむごい目に遭うのでございましょうか。遊廓随一の美女を殺され、これから売りだすつもりの若い着草まで、割菱めにかっさらわれてしまった。あとの妓は十人並みの者ばかりじゃ。これでは、場末の色里と区別が付きませぬわ」

「いや、そんなことはあるまい。ここは京洛の美姫がそろっているので有名な場所だ。現に、さっきも笙に勝るとも劣らぬ美しい妓が案内してくれたぞ」

「はて。清原さまにほめていただくほどの妓は、もはやここにはおりませぬが」

龍雪の言葉を世辞か慰めとでも受けとめたのだろう。薙王は、しょぼくれた顔に人の良さそうな笑顔を浮かべてなん度も頭を下げた。

引き続き薙王の手下や遊女たちの申し分を聞いた龍雪だが、彼らは河原御殿の滅茶苦茶な装飾に負けず劣らずの有象無象ぶりを発揮した。

全員の聴取を終え深夜近くに河原御殿からもどる龍雪の後ろ姿が、悪い酒に酔ったような千鳥足だったと、当の有象無象たちは笑っていい合った。

四　交叉

翌日、悲田院には放免の蚕児が同行した。

陽気で疲れ知らずな蚕児は、追捕にともなうには便利な若者だ。

ただし、込み入った謎解きにはあまり役に立たない。

悪党相手に大立ち回りをしたり追跡や探索をするのは得意だが、そんな役割のないときは通りすがりの娘たちに猥雑な言葉を投げてはしゃぎ立てるか、捨て猫を拾いたいといって駄々をこねるくらいのものである。

着草と大江義時にかかった殺人の嫌疑を晴らさなければならないという、のっぴきならない立場に追い込まれた龍雪は、いよいよ締め付けられるような重圧と孤独を感じ始めていた。

義時は幼馴染みであり、着草は彼を頼って来た憎からぬ女だ。

色里の者たちがいくらもっともらしい理屈を並べようとも、龍雪は二人の無実を疑う気持ちは微塵もなかった。二人を助けるのは、自分に課せられた正しい使命だとさえ思っている。

（だからこそ、こんなときには小理屈に長けた清輔のような男が必要なのだ）

しかし、どうしたわけか、清輔は今朝から姿が見えない。

「清輔アニキですか。アニキなら、調べたいことがあるから少し京を留守にするといってましたぜ。——龍雪さまは聞いてなかったんですか」

「なんだと」

龍雪は憤然と鼻孔をふくらませた。

「そんなに心細い顔しなくても、大丈夫ですよ。アニキがもどるまで、おれが龍雪さまを助けて働くようにいいつかってますから」

蚕児はそういうと、強い視線でうなずいてみせた。

「それより、ここもおれたちより先に侍所の連中が調べに来ていたらしいですね。あいつら、一昨夜の凶事に、やけに躍起になってやしませんか」

「河原御殿の笙といえば、知らぬ者もないからな」

京随一の別嬪とはいえ、痴情のいさかいから生じた遊女殺しである。侍所と検非違使がしのぎを削って手柄を争うのには、蚕児ならずとも首を傾げたくなる。

しかし、笙の評判こそが、二つの治安機関を血眼にさせている理由なのだ。

この追捕は、もの見高い衆生の真ん前で対峙させられた、検非違使と侍所の一騎打ちの様相を呈してきている。

「なんだ、そういうことか」

「おそらく、そういうことさ」

変てこないさかいの出しにされては、殺された女はますます浮かばれない。

第一、追捕という仕事は、そんな茶番めいた次元で行われるべきではない。

龍雪は自分こそがその茶番のただなかにいることを意識しながら、低くうめいた。

一方、かたわらを行く蚕児は、大いに納得した面持ちである。

「それじゃ、なにがなんでも、侍所なんかには負けられませんね」

＊

ボロの着物をまとった幼い者たちが、なんの遊びであるものか、庭といわず本堂といわず縦横無尽に駆け回っている。

本堂では、破れた蔀から煌々とした陽光が長く差し込む中で、僧侶が仏画を掲げて説法を行なっていた。

子どもたちは、須弥壇の脇も両手を合わせて聞き入る年寄りたちの前も遠慮会釈なく走り回り、そのたびに僧侶や庭先にいる尼僧に叱られる。それでも、腕白ぶりは一向に静まる気配がなかった。

「子どもの騒ぐのを責めるは、僧侶の修行を叱るのと同じこと」

もっともらしいことをいうのは、着草を古くから知っているという勧進聖の出羽坊《でわのぼう》である。

「はたまた、旅が生業の勧進聖に足かせをするのと同じことですわい」

勧進聖とは、日本の津々浦々を巡り、各地の寺院に雇われては、建立や修繕の費用を集めるための説法を行う旅の法師だ。

出羽坊もまた、普段は定まった住居もない。

二条の悲田院には久方の骨休めに逗留しているとのことで、ここに出入りする旅芸人たちに似て一筋縄ではいかない擦れっ枯らしな人相をしていた。

「御坊は、着草を知っておられるとのことだが」

「うん。着草のことも、あれの亭主のことも知っているよ」

「本当か。猪四郎のことまでご存知なのか」

前のめりになるような勢いで、龍雪は訊き返す。

ところが、出羽坊の目下の関心は、辺りを容赦なく騒ぎ回る子どもたちに向けられているらしい。着草夫婦とどういう関わり合いなのかと、いくら龍雪がたずねても、この法師の口から出るのは小さな者たちへの愚痴ばかりである。

「……と申すより、おとなしゅうせよといくら申しましても、耳を貸さぬのが子どもの習いだ。しつけのために庭掃除くらいはさせた方が良いのだろうが――」

出羽坊はにんまりとした笑いを浮かべて、龍雪を見上げてくる。

その視線に込められた期待を理解して、龍雪は走り回る子どもたちを呼び集めた。

好奇心をみなぎらせた小さな一同は、物語にでも出てくるような大きな侍が自分たちに注意を払ったことを喜んで、やはり騒々しく駆け寄って来る。

その小さなてのひらの一つ一つに銭を一枚ずつのせてやりながら、龍雪はなにごとかをささやいた。

とたん、子どもたちの顔色が変わる。はち切れそうな笑顔をさっと消して、一同はしおらしく肩を落とし加減に、回廊の陰に走り去った。

にやにやとそれを見守っていた出羽坊だが、間もなくもどって来た彼らがせっせと山門の落ち葉掃きを始めたのを見ると、仰天して頬を押さえた。

「これは、おどろいた。検非違使どの、あの者たちをなんといって脅したのですかな」

「脅してなどいるものか、人聞きの悪い。――おまえたちも庭掃除などつまらぬだろうから、一緒に来て検非違使の仕事を手伝ってくれといったのだ」

「検非違使の仕事」

「行き倒れたなきがらを集めてくる仕事だ」

寺で寝起きする子どもたちは、人の死骸がどのように腐爛して白骨に変わってゆくか、説法の絵巻などを見せられてよく知っている。行き倒れのなきがらと聞いて、小さな胸中には一様にその図が浮かんだはずだ。そのような恐ろしいものを実物で見せられるより、庭の落葉を集めていた方が、よほどに安全というものだ。

彼らはそういう結論に達したのだろうと、龍雪は説明した。

「いやまったく、検非違使どのとは、難儀で尊いお仕事をなさるものですな。わしもいずれ野辺に死したときにはお世話になりましょう。よろしくお願いいたします」

出羽坊の脳裡にも盂蘭盆会《うらぼんえ》の絵解きの図が浮かんだのか、龍雪に向かって合掌する。

「行き倒れの弔いは、大概は放免がするのだ。頼むのなら、あいつに頼んでおくがいい」

そういって、年寄りたちに混ざって本堂の説法に両手を合わせている蚕児を指差した。

「ご用ですか、龍雪さま」

呼ばれたと思ったのか、スリ上がりの放免は仔犬のような素早さで駆けて来る。無邪気なばかりに見える若者だが、生い立ちには人知れず重い闇を背負っている。法師の説法に感激して、まるで泣くような顔をしていた。

そんな殊勝さをほめるように、出羽坊は蚕児の頭をくしゃくしゃとなでた。

「おまえには、以前にも会うたぞ。確か、着草のなきがらを鳥辺野に埋葬してやった放免だな。つらい仕事もいとわぬ信心深いその心根、神仏は必ず見ておわそうぞ……」

「ちょっと待て。——着草のなきがらを埋葬した、だと」

出羽坊の一言に仰天する龍雪は、密教仏のような憤怒相で吠えた。

その形相に恐れをなした出羽坊と蚕児は、反射的になん歩も後ずさる。

「知らねえ、おれ、色里の妓の弔いなんて知らねえよ」

「検非違使どの、なにをいうておられるのか。着草は身持ちの堅い女子じゃ。どうして、遊女などであるものか」

「二人とも、なにをわけのわからないことをいっているんだ。着草は、一昨日の河原御殿の人殺しの場から消えた遊女だぞ」

「わからぬのは、検非違使どのの方よ。消えるもなにも、着草はとうに死んでいるのですぞ。あれは、秋分の晩でしたわ。この小僧ではなく、もう一人の放免が河原から運んで来たなきがらが着草という女なのですよ」

出羽坊は蚕児に向かって、自分を指差して見せる。

「なあ、小僧。翌日になって、おまえも埋葬の手伝いに来ただろう。あのときに弔いの経を上げてやったのが、このわしだ。覚えているかな」

「うん。もちろん、覚えてるよ。御坊さんのお経が、ちょっとアレだったからね」

蚕児はうなずいた後で、龍雪に向き直る。

「ほら、あのひどく寒かった夜のことですよ。清輔アニキが、五条河原で行き倒れの女を見つけたんです。野良犬たちに食われそうになっていたので近付いて見ると、女は死んでいたんだってさ。

行き倒れの弔いは放免の仕事だけど、なんにしたって真夜中だ。だから、ひとまずこの悲田院まで運んで来たそうなんです。ここは、どんなときでもいやな顔一つしないで、死人でも病人でも引き受けてくれるもんね。おれたち放免にしてみれば、有り難いはなしだよ。たまに、飯まで食わせて貰えることもあるんだから」

「おまえの飯の話など訊いてないぞ」

龍雪はいらいらとうながした。

「はい、はい。行き倒れの女のことね。このお坊さんがお経を上げて、おれたちで鳥辺野の墓に埋めに行きました。仏さんと仲良しだっていう可愛い白拍子も一緒に来てくれて、良いお弔いだったよ」

「そうよ、そうよ。検非違使どの、それが着草という女なのだ」

「それは、いつの話だ」

「だから、あの寒かった秋分の夜だってば」

「着草が、秋分の夜に死んでしまっていたというのか。それじゃあ、遊里にいた着草はだれだというのだ。つい一昨日だって、亭主を捜してくれといって使庁に頼みに来たんだぞ」

「幽霊」

頰を引きつらせてつぶやく蚕児の頭を、ついぽかりとたたいた。

「いったい、どうなっているんだ……」

ぼんやりと唱えながら、龍雪の脳裡には別れしなに薙王のいった言葉がよみがえる。

——あるいは、悲田院にもどっているかも知れませぬ。あの妓は、赤子のころから悲田院で育った者でございますからな。

そもそも、その言葉に導かれて、龍雪はこの悲田院に来たのである。

「御坊、おまえは着草を以前から知っていたといったな。あの女は、幼いころから悲田院にいたというのは本当か。それとも、奥州から来たという方が真実なのか」

「幼いころに悲田院にいるはずはない。着草は根っから奥州の女ですよ。わしが前に会うたのは十年前、陸奥《みちのく》の根城《ねじよう》の里でございましたからな」

「ふむ」

それならば、使庁に訪ねて来たときの当人の言葉と合っている。次々と事実が塗り変わる中、それだけの符合でも龍雪は大きな安堵を覚えた。

「あれは、たちの悪い亭主をもった女でした」

「と、いうと——」

期待を込めて眼を爛々とさせる龍雪の形相に驚いて、出羽坊は逃げるように上体を反らす。

「わしが十年前に着草に会うたのは、あれの亭主から文《ふみ》と形見を託されたときでした。わしが故郷にもどる事情ができた折りのことでございましたわ、出羽に行くなら根城に住む女房に渡して欲しいと無理やりに頼まれましてなあ」

出羽坊の生まれ故郷は、呼び名のとおり出羽国である。そこへもどる旅のついでに、奥州の根城で待つ妻に渡して欲しいといって、届けものを頼み込んできた男がいた。

「御坊にその頼み事をしたのが、猪四郎なのか」

「いかにも」

出羽坊はうなずく。

「出羽から根城ではただならぬ道のりだと断わったところ――」

旅の勧進聖など、怪しい者になればゴロツキも同然である。

実のところ出羽坊もそういった素性の者で、叩けばいくらも埃の出る身の上だった。

それを猪四郎に嗅ぎつけられ、付け込まれた挙げ句、頼みを聞いてくれないのなら二度と京の地は踏めぬようにしてやると脅された。

「御坊、いったいどんな後ろ暗いことを隠していたのだ」

「なんの、若気の至りでございます」

出羽坊は龍雪の問いをさらりと受け流すと、記憶の中にある猪四郎をねめ付けるように恐ろしい仏頂面になる。

「そんなわけで、猪四郎と着草の夫婦のことはいやが上にも忘れられぬというわけですわ」

「そんな無茶な頼みを聞いて、奥州まで行ったのか」

「行きましたよ。着草をたずね当て、預かりものも渡してまいりましたわな」

「なるほど、それでは使庁を訪れた着草が申していたことは真実なのだな」

龍雪は検非違使庁で着草が語った彼女の身の上を、出羽坊に披露した。

片手にかけた数珠をもてあそびながら聞いていた出羽坊は、顎を上げてうなずくと龍雪の顔を見据えた。

「確かに先ごろ、拙僧がここで会うたときにも、着草はそんなことを申しましたな。猪四郎を捜し求めて、はるばる奥州から上って来た、と。十年近くかけて古戦場をたずね歩いたというんだから、旅が商売の拙僧も顔負けだ。

それでとうとう京まで来たが、気の毒に、長年の無理がたたって病になってしまったらしい。この悲田院に運び込まれたのは一年も前のことで、それからなんとしたことか体が回復しない――」

「ちょっと待ってくれ。病でここに運び込まれたのは、十年前の猪四郎ではないのか。猪四郎は悲田院にいて体を治していたものの、あるときふらりと消えてそれきり手がかりもなくなってしまったと」

そういっていたのは、検非違使庁に来たときの着草である。

いくさの終わったむかし、猪四郎は悲田院に転がり込んだらしい。しかしそこから先は不自然なほどに、手がかりが途絶えていた。

「十年前に猪四郎が悲田院にいたという話、着草が知っていた風には見えませなんだぞ。そうと知っていたなら、一年間もわが身の養生などでときを費やすはずはない」

「着草って女のことは、どうにもちぐはぐですよね」

蚕児が横合いから口を出した。

「死ぬ前と化けて出て来てからじゃ、いうことがまるで違っているんだものな。自分の素性も、肝心の亭主のことも。死んでしまえば、生きているうちにわからなかったことがいろいろと見えてくるのかなあ」

一方、出羽坊ははなから検非違使たちの悩む矛盾など気にする風もない。

「十年前に猪四郎がここに来たか来ぬかなどは知らぬが、わしは近ごろあやつを見たよ」

「なんだって」

「それ、おまえさまのいう薙王の遊里ですよ。猪四郎が脳天気に遊んでいるところを、確かに見たのですわ。それだから、着草にも教えてやったのですよ」

元より生臭坊主の出羽坊は、京にもどって最初に向かったのが五条の遊里だった。

そこで猪四郎を見かけ、相変わらずな極楽とんぼぶりに呆れた。恨みこそあれ再会を喜ぶような相手でもない。そのため、声すらかけなかった。

「猪四郎とは、極楽とんぼなやつなのか」

使庁に来た着草の口振りから、猪四郎は悪く見てもただの乱暴者だとばかり思っていた。龍雪がそういうと、出羽坊は憤慨して声を荒らげる。

「なんの、検非違使どの。あの猪四郎というやから、ただの乱暴者などであるものか。確かに、気に入らなければ、地獄の鬼でも打ちのめすような恐ろしい男だが、そればかりじゃない。猪四郎というのは、心根の腐った卑怯で人情の薄っぺらな穀潰しの役立たずの——」

「わかった、わかった」

数え歌のように続く悪口を龍雪は呆れたようにとめ、出羽坊もわれに返って鼻孔から長い息を吐いた。

「ともかく、わしはね、その猪四郎を薤王の遊里で見たのだ」

ところが、悲田院に立ち寄ってみると、彼の妻の着草がいた。

猪四郎を捜して京まで来たが、一年前にここに来てから病が重くなり外出すらままならない身だという。

「ことに京に来てからの着草の境遇は、聞けば聞くほど不運続きだ。ちょっと体を壊して悲田院に来たものの、すぐに外出もままならぬほどに病がこじれてしまったという。それだから、あの女は捜し求めていた猪四郎が目と鼻の先の遊女屋で遊び呆けていることすら知らなかったらしいのですよ。この皮肉、ただの不運と呼ぶにはあまりに気の毒ではないか」

そこで一旦言葉を切ってから、出羽坊は声をひそめる。

「加えて、わしが不審に思いましたのは、着草の顔や首筋に浮いていた斑のことでござるよ」

これは病ではなく、毒のせいではないのか。

旅稼業のおかげで薬草にも詳しい出羽坊は、まずそれを疑った。

同じことは、遺体を見た清輔もすぐに気付いたらしい。

「なにせ、ここは仏法の慈悲の理想を具現した場所であると同時に、ゴロツキどもも多く出入りいたしますからな」

「悲田院の中に、着草の命を狙っていた者がいたというのか」

「はっきりとはわかりませぬが、わしはそれを疑いました。だから、早々にここから出た方が良いと勧めたのですよ。猪四郎とて同じ京にいるのだから、と。

そのことをいったとたん、着草の顔色が変わりましてな。あの優しい女が、それこそ鬼のような形相になって――」

着草は、猪四郎が京の街にいることを知らなかった。

病みやつれた両手で出羽坊の衣をむしるようにつかみ、猪四郎はどこにいるのだと詰め寄った。

それに恐れをなしたこともあり、奥州から捜し歩いて来た相手がほんの目と鼻の先にいるのを知らずにいるのも不思議に思って、出羽坊はつい先日に猪四郎を見かけたことをありのままに語った。

「そのときの着草の顔は、忘れられぬ」

着草は喜ぶというより、光を吸収するような真っ黒な眼で出羽坊を凝視し、そうして紫斑の浮いた自分の両手を見おろした。

驚愕と狂喜と憎悪。

安堵と落胆。

ありとあらゆる感情が女の顔の皮の下で蠢くのを目の当たりにして、擦れっ枯らしの破戒坊主ですら、血の気の引く心地がしたという。

「翌朝まだ暗いうちに、着草はこの寺から消えました」

着草が出羽坊から得た手がかりは、猪四郎が薙王の遊里に現れたということだけである。

また、自分の病がだれかに盛られた毒のせいだという可能性も、出羽坊から忠告された。

しかし着草にとっては、それがだれの仕業でどんな魂胆によるものかなど二の次だったのかもしれない。自分に対してそんな悪意を抱く者がいるなら逃げなくてはならないが、なにより猪四郎に会うことを優先しての逃亡だった。

着草は悲田院を抜け出し、陽の高いうちはだれともわからない敵から身を隠していたのだろう。遊里に客の訪れる夜を待って、五条河原に向かったらしい。

しかし、当夜は折り悪しく暮れ方から例にない寒さに見舞われた。

着草は、遊里の灯りの見える辺りに倒れ込み、そのまま息を引き取ってしまった。

「なんと哀れな女だ」

着草の悲運の死のありさまを聞き終えた龍雪は同情のため息を吐き、ふとわれに返ってその死の顚末が自分の知る事実とまるで食い違っていることをこぶしを振って力説した。

「けれど、着草が検非違使庁に来たのは、それより半月も後のことなんだぞ。しかも一昨夜まで五条の色里で働いていたのだ」

「だって、幽霊なんでしょ」

「あんな威勢のいい幽霊がいてたまるか。平安のむかしじゃあるまいに、この世には幽霊などあやふやなものがいる隙間などないのだ」

龍雪は言い慣れた強がりを唱えてから、出羽坊に向き直る。

「ここには、着草という名の女が、なん人もいるのか」

「そんなことはござらん。着草といえば、先に亡くなったあの可哀相な女がただ一人。なにしろ珍しい名だ、これまでだってここに着草という名の者が他にいたためしはなかろう」

それならば、使庁におれを訪ねて来た女は、だれだというのだ。

着草という女が真に一人しかいないのならば、龍雪の前に現れたのはやはり猪四郎という亭主への執着が結晶した亡霊なのか。そう思うと、背筋に寒いものを感じる。

「ねえ、龍雪さま。随分と話がこんがらかっているじゃないですか」

まるで清輔がするように、冷静な声で口をはさむのは蚕児である。

清輔はなんの調べ事に出かけたのかは知らないが、蚕児に龍雪の世話を託したというのは本当だったらしい。あるいは清輔の常の活躍を真似たいのか、蚕児は子どもたちの置き忘れて行った棒きれを拾い上げると、乾いた庭土の上に要点を書き始める。

「まずは、着草という人のことを、はっきりさせなくちゃ」

着草は奥州の女で、陸奥守顕家の兵としてやって来た猪四郎という男と夫婦になった。猪四郎はいくさと共に去ったが、彼を忘れられない着草は身内のとめるのも聞かずに、亭主を捜す旅に出た。

「十年前、猪四郎はいくさでは死ななくて、京に上ったけれど病になった。それで一度この悲田院に担ぎ込まれたわけですよね」

「使庁に来た着草は、そういっていた。——けれど、御坊がこの秋分の前に会ったとき、着草はそんな経緯は知らぬ様子だった、と」

「しかしなあ、検非違使どの。ここには病人や困り事を抱えた者が、大勢集まって来る。ことに、いくさの後ならば、そんな者も多かったろう。拙僧とて、そんな中の一人みたいなものですからな。同じように、猪四郎も食いつめた挙げ句に病にでもなって担ぎ込まれたとしてもおかしくはない。しかし、なん度もいうようだが、そんな者ばかりが来る場所だ。十年前にどのような者が来たかなど——」

だれも覚えてはいないだろう。

出羽坊は気の毒そうな顔色を作りつつも、そう断言した。

「それでは訊くが、十年前に御坊が猪四郎に会ったのはどこなのだ。奥州行きの難儀な仕事を押しつけられたのは、この悲田院にいたときではないのか」

「裏町の賭場だよ」

「賭場、か」

龍雪は呆れた声を出す。

「いや、遊女屋だったかな。ともかく、そんな所でした。懐かしいなあ、わしも若いころは無茶で罰当たりなことばかりしていたものだ」

「今もしてるんでしょ。五条の遊里に行ったんでしょ」

混ぜっ返す蚕児の言葉に、出羽坊はとぼけたように脇を見た。

出羽坊はともかくとして、猪四郎が今も京にいてそんな悪所に出入りしているのは、確からしい。

(待てよ)

着草が猪四郎を訪ねる途中で死んだのが、秋分の夜——すなわち半月前。

着草が薙王の遊里に現れたのは、半月前。

(どうして、会えないのだ。どうして、それほどすれちがうのだ)

それは生者と死者だから。互いに見えも聞こえもしない存在だから。

(それじゃあ、どうしておれには見えてしまったのだ)

使庁に来た着草の可愛いらしい面影が浮かび、龍雪の胸は熱くなると同時に凍りつくような心地もする。

「龍雪さま、龍雪さま」

呼びかけてくる蚕児の声で、龍雪はわれに返った。

「問題なのは、猪四郎がここに担ぎ込まれたことがあると、着草がだれに聞いたのかということさ。――それはだれも知らないことなんだよ。猪四郎のことは不思議なくらいだれも覚えちゃいなかったってのに、着草はそれをだれかに聞いて知ったんだ。おかしいよ」

そこが第一の矛盾だといって、蚕児は乾いた土の上に案外と達者な筆でそれを綴った。

「着草も、生きているときにはそんなことは知らなかったはずだ」

出羽坊まで蚕児の幽霊説に調子を合わせる。

「他に、着草と親しかった者はいないのか」

「着草の看病をしていた娘が、この悲田院で寝起きしているはずですけど」

「だれなんだ、それは」

「若い白拍子なんです。お坊さま、鳥辺野までお弔いに付いて来たあの娘、今日はいないのかい」

鳥辺野まで同行するうちにその娘をすっかり気に入ってしまった蚕児は、きらきらと目を輝かせながらたずねた。

「若い白拍子といったら、ひおむしのことかね」

「あの娘、ひおむしって名なのかい」

ひおむしが披露してくれた謡のことや、占いに使う外法頭の逸話などを、蚕児はさも感心したように説明する。

それをうなずきながら聞く出羽坊も、彼女の人柄をほめた。

「ひおむしは気立ての良い娘でね、病人の食事や煎薬の世話をよく手伝っているよ。だから、病みついている着草とは自然と話をする機会も多かったんだろう。可哀相に、着草が亡くなったときには随分と泣いてたものな」

「その、ひおむしという娘をここに呼んでくれないか」

龍雪は膝をたたいて、身を乗り出す。

「それが生憎と、留守にしているんですよ。着草が亡くなって、寂しくなったんだろう。あれからふらりといなくなってしまいましたな」

「行方をくらましたということか」

眉根を寄せる龍雪を見て、出羽坊は笑ってかぶりを振った。

「そんな目くじらを立てなさるな。そもそも白拍子は、出歩くことの多い稼業ですから」

「ここには、いつ帰るんだ」

「さて。今夜になるか、明日になるか、あるいは一月後《ひとつき》か。この寺にいる者はわしと同じく、気分任せの風任せだ」

出羽坊は困ったように微笑んで見せた。

龍雪は現れては消える手がかりに、ため息をつく。

「それじゃ、着草の話にもどるか。――着草は、一年前から患いついてこの悲田院で寝起きしていた。しかし、半月前に死んだ」

「死んでからは、薤王の遊里にいた。龍雪さまを訪ねて使庁に現れたのも、お化けになってから。猪四郎が十年前に悲田院にいたことを知ってたのも、天上天下でただ一人、お化けになった後の着草だけ」

蚕児はいやないい方をするが、龍雪はとうとう根負けしてうなずいた。

「ああ。付け加えるならば、あの女はここで一年も養生していたなどとはいわなかった。猪四郎に関するうわさをたどって悲田院まで来たが、それは立ち寄った程度だったようだ。他にも食いちがう点はあるぞ――」

薤王から聞いた話では、着草は幼いころからこの悲田院で育ったといっていたらしい。それならば、奥州から来たという話とはまるで別だ。もっとも、遊女が真実の身の上話を語ることがないとは、薤王も承知していたことである。

「着草はこの一年ほど悲田院にいたのかいないのか」

「そりゃいただろう、確かに。わしは当人からも寺の者たちからも聞いたのだから」

出羽坊が口を挟んだ。

「そのとおりなんだ。だからここを出て河原で行き倒れた挙げ句に死んでしまったんだものね。それから化けて出た後で、龍雪さまには嘘をいったんだ。わあ――」

幽霊出現のいい回しを楽しんでいた蚕児が、不意に短い悲鳴を上げた。

蚕児が疑問点を書き綴った地面に、長い影が覆い被さる。その影をなす相手を見上げて表情を凍らせた蚕児は、すぐに取りつくろうような笑いを作った。

蚕児の視線をたどるように振り返った先、見覚えのある四角い顔の女がいる。兼平頼貴の妻、詮子だった。

「なにやら難しそうな算段ですこと」

詮子は独特の甲高い声でそういうと、蚕児の書き綴った地面の文字を見た。

「あなた、なかなか美しい字を書く。良い師匠がおいでなのか」

「いいえ、とんでもない」

ほめられた蚕児は単純に喜んだ。

詮子は二人の検非違使の者にうなずくようなほほえみをよこした後、出羽坊に向かって会釈をした。

「出羽坊どの。先《せん》には、薬草の良きお話を聞き、非常に助かりました」

教わった通りに車前草《おおばこ》を煎じて飲ませたら、咳に困っていた年寄りの郎党が忽ち回復した。そういって、詮子は四角い顔をほころばせる。

「そのお礼代わりです。庭でこしらえた葡萄が、美味しい実を付けました。先ごろの寒さのおかげで、かえって甘みが増したのでしょうね。こちらの子どもたちに食べさせとうて、持ってまいりました」

かたわらの侍女に命じて、熟した房を盛り上げた竹籠を手渡した。

一昨日、東京極大路で悪漢から助けた折りにも、詮子はこの悲田院からの帰りだといっていたのを思い出す。ここで養われている孤児たちを案じる口振りからして、詮子は日常的にこの施設を訪れているのだろう。

世間でいわれている大仰な悪評も賛美も、実は詮子の本当の姿をいい当ててはいないのだと、龍雪は感じた。商人よりも計算高い銭姫や、軍師さながらの男勝りな知恵者というのも、うわさの作った虚像に過ぎない。詮子は、困窮し悲田院に身を寄せる弱者のために、われを忘れて慈悲の手を差し伸べるような女なのだ。

「あなたたちも、どうぞお上がりなさい」

そういって渡された実が詮子の言葉通り甘露のごとき味わいだったことと、彼女の博愛の心に打たれ、話題はついつい薬草談義へと移ってしまった。

「ところで、出羽坊どの。鼠取りに効く薬などはご存知ではありませんか」

近ごろ、屋敷内をこそこそと走り回る奇妙な気配がする。探しても待ち伏せしても姿の一つも見えないから、きっと大きな鼠でも入り込んでいるのだろう。庭の果実は食われるし、人のような足音を立てて歩き回るのが恐ろしくていやだ。詮子はそういって顔をしかめた。

「鼠取りに効くとなれば、それは薬というより毒をご所望ということになりますか。いくら経文も知らない破戒坊主とは申せ、ものの命を取るための薬は持ち合わせませぬよ」

「鼠を養うのも、功徳でございますのか」

「御方さま、大蒜《にんにく》なんかはいかがです。あいつはくさいから、鼠だってきっといやがりますよ」

蚕児がついつい口を挟み、その熱心さが健気に見えたのか、詮子は寛容に微笑んで若い放免の博識をほめてやった。

「利口な男子《おのこ》じゃ。さあ、もっと葡萄をお上がり」

尻切れに終わった詮議の帰り、思いがけない相伴にあずかった二人は、事件のこともそっちのけでついつい満足な心地になっていた。

「あのお方は、兼平判官どのの奥方なのだ」

龍雪がそう耳打ちすると、歩きながらも嬉しそうに葡萄を頬張っていた蚕児は、それをのどに詰まらせてひとしきりむせた。

「あ――あれが、うわさの銭姫ですか――。うわあ、なるほど――」

うわさどおり本当に似合わない夫婦だといった後で、蚕児は自ら額をぽかりとたたいた。

「あんな優しい人を悪くいっちゃ駄目だよね」

蚕児は殊勝に目を伏せつつ、葡萄の種は飲み込むべきか吐き出すべきかと、一人で問答を始める。

「どっちでもよい」

笑って眺める龍雪に向かって、蚕児は虚をつかれたように大きなまたたきをした。

「あああ。おれたち、一つ忘れていたことがありますよ」

「なにを忘れたんだ」

「着草は元々はくぐつ女だったんですかね、それとも白拍子だったんですかね」

葬送に同行したひおむしは、着草がくぐつという人形操りの芸人であったといっている。

しかし、薙王の遊廓では白拍子だったと名乗りを上げ、舞いや謡の芸まで披露していたらしい。

「あの坊さんに訊くの忘れちゃいましたね」

「そうだな。――ひおむしという白拍子にも話を聞けたらよかったんだが」

「あの娘は生まれつき悲田院にいるそうだよ。今度行ったら、きっと会えると思うけど――」

それがとても可愛らしい娘で謡も声も抜群に良いのだと、蚕児は自分のことのように得意げにいった。

「あと一つ、気になったことがある。着草が毒を飲まされていたってことだが……」

五条河原で見つけた女の遺体に毒殺の痕が見られたとは、清輔がいっていた話である。

「確かに、あの仏さんには紫の斑点がいくつも浮いてたよ」

「ひおむしという白拍子は、病人の食事や薬の世話をよくしていたそうだな」

「ちょっと、待っておくれよ。――だからといって、龍雪さまはあの娘を疑ってのかい。ひおむしが、着草に毒を盛ってたっていうのかい」

それは大間違いだ、と蚕児は声を荒らげた。

「第一、あの二人は仲良しだったんだよ。ひおむしは、友だちに毒を盛るような娘じゃないよ」

「そうだな」

あいまいにうなずきつつも着草の葬送に付き添ったという白拍子の存在が、龍雪の心に引っかかった。食事や薬湯を運んでいたというだけで、毒を盛った張本人だと決めつけるのは飛躍が過ぎるとはわかっている。

（しかし、そのことさらな悲しみ方は、どうも得心がいかない。加えて、いくら外回りの稼業とはいえ、葬送の後でふつりと消息がしれないことも気にかかる。第一……）

第一、それはだれの葬送だったというのだ。

に出して唱えた。

龍雪は出羽坊の話を聞いてからすでになん度も繰り返している疑問を、またしても口
「おれだけじゃない。五条の色里の者たちも、義時さんも割菱の君とやらも皆、埋葬後の着草に会っているんだ」

「うん」

堂々巡りする理屈に辟易したのか、蚕児は暗い声でうなった。

「義時さまは、大丈夫ですよね。よもや、あの御方が……」

薙王のいうように、手を下したのは大江義時ではないのか。

その問いを口にしかけた若い放免の頭を、龍雪は無言でたたいた。

二人が次に向かう先は義時の住まいなのだが、ひどく気が重いのは自分も同じ疑念を抱いているせいではないのか。

そんな考えに、龍雪はやはり無言で自分の頭もこぶしで殴った。

＊

京の都は朱雀大路を境にして、東と西が対称の構造となっている。

東の左京と西の右京をそれぞれ縦に流れる堀川の岸には古くから商家や露店が軒を連ね、庇を長く伸ばした小規模な店々に並べられる品物は、集う人の欲求と同じだけ多様

だ。

大江義時の住まいは、そうした市の賑わう七条坊門南の界隈から、さらにわずかばかり西の方角に入った辺りに建っている。

「聴けや、皆の衆。わしはかつて奥州に生まれ落ち、空と海と野ばかりの渺々《びょうびょう》たる糠部《ぬかのぶ》の郡《こおり》で育った。わしは、南部師行さまの家人《けにん》じゃった――」

広くもない庭を隔てて、ちまたのにぎわいがそのまま屋敷の中に飛び込んで来る。

そんな中でも一際響くしゃがれた胴間声に、龍雪と蚕児は顔を見合わせた。

「ああ、あれは坊門の小父ですよ」

二人を案内しながら、大江家の雑色が苦笑い加減に説明した。

「なんだ、その坊門の小父とは」

「宿無しの年寄りです」

先のいくさの残党らしいが、よほどつらい経験をしたらしく、気持ちのたがが外れてしまった。自分がだれなのかも忘れて、今では大路に開いた坊門の辺りに野宿しているのだという。

「それは、困ったものだな。帰りにでも、使庁に引っ張って行こう」

辺りはばからない大音声に顔をしかめて、龍雪は厳しい声になる。

雑色はあいまいにほほえみながら、首を横に振った。

「およしなさいませ。可哀相な男です」

雑色が庇ったそばから、当の坊門の小父は心地好さげにわめき続ける。

「わしの故郷はのう、夏でも寒い化外《けがい》の地じゃ。

なにせ、いまだ蝦夷が仰山いる。

眼のぎょろりとした毛のこわい、気性の荒い者たちじゃ。

さよう、蝦夷だけならまだしも、鎌倉が潰れてからは北条の残党もいくさを連れて落ちて来た。

陸奥守北畠さまが下向なされ、わしもその配下に入れていただき、来る日も来る日もいくさに明け暮れた。討ち取りし大将首から滴る血潮が、陣にもどるころには赤き氷柱《つらら》となっていたものよ――」

＊

外の騒音に反して、義時の屋敷は鬼殿顔負けに静まり返っていた。

笙の首を抱いているところを発見された義時は、薤王の証言を待つまでもなく容疑者の一人と目されてはいたが、事件の猟奇さがかえってこの温厚な男を助けていた。

刀剣を持ち歩く習慣もなく、口げんかすらしたことのない平和主義者である義時が、悪口の一つ二ついわれた程度のことで、妓を殺し頭部を切断するなど恐ろしいことをす

ると は考え難い。

しかし、天文の凶相がちまたをおびやかし、これを治めるはずの陰陽寮に怪現象が発生した直後のことでもある。

同じ陰陽寮で博士の称号を持つ義時が役目を放り出して色里通いに血道を上げ、よりにもよって女装に化粧というありさまで殺人事件のただなかにいたというのは、容疑の濃淡にかかわらずほめられたものではない。

義時は出仕《しゅつし》を差しとめられ、謹慎を命じられた。

「ああ、龍ちゃん。久しぶりだなあ」

龍雪たちの訪問を出迎えたこの家の主は、昨日河原御殿で会ったばかりの友に向かってそんなことをいった。生来この男の体内に備わっている時計の機能も、今度のことで完全に調子が狂っているらしい。

ともあれ、そのたった一日のうちに変わり果ててしまった幼馴染みの面相に、龍雪はたじろいだ。

「義時さん。あんた、大丈夫かい」

「大丈夫かって――」

うつろにいってから、義時は震え声で笑った。

生まれついて柔らかく太った頬は相変わらずだが、胡麻を散らしたような無精髭が点々と伸び、くまの浮いた眼窩《がんか》の中で力無くほほえむ瞳にはなんの光もない。

「血のにおいが、鼻について離れないんだ。顔ばっかりになった笙を持ち上げた軽さが、手に残って忘れられないんだよ」

蚊の泣くような声でつぶやいてから、義時はしくしくと泣き出した。

＊

「五条の遊里ではね、いつもなら黒刀自がわたしの相手をしてくれるんだが、一昨日はあいにくと留守だったんだ。黒刀自の手が空かないときは、客にあぶれた妓か、客あしらいも知らないような新参者がわたしのところに来ることになっている。

それでもこっちは文句なんかないんだよ。わたしは別に妓を買いに通っていたわけじゃないからさ――」

ひとしきり泣いた後、落ち着きを取りもどした義時は、ため息と大差のない小さな声で語り出した。いまさら隠す術もなくなった女装癖について自らを笑い、太った自分の体に両腕でしがみつくような恰好をしている。

「黒刀自に代わって、最近では着草がよくわたしのところに来てくれていた。

わたしは着物と化粧道具を貸してもらって、女の恰好に化ける。後は敵娼の妓と世間話をしたり酒を飲んだりして、のんびりとときを過ごすんだ。そうして明け方前に、顔を洗い元の姿にもどって家に帰って来る。

　それがわたしの楽しみだったんだよ」

　秋分の晩に死んだはずの女の名が、ここでも語られている。

　そのことの奇妙さに加え、義時の奇癖を当人の口から語られて、龍雪と蚕児は落ち着かなげに顔を見合わせた。

「それで——一昨日は、どんなことが起こったのか教えてくれよ、義時さん」

「一昨日の夜はね、黒刀自が留守だったんだ」

「それは、さっき聞いたよ」

　龍雪はなだめるような笑顔を作って、話をうながす。

「黒刀自が留守のときは、最近じゃ着草がわたしの相手をするのが常なのだが——」

　それでも義時はやはり同じことを繰り返し、不意に黙った。

「着草は割菱の君の相手を務めていたんだな」

「うん」

　殺された笙の上得意である割菱の君は、彼女を袖にして新参者の着草に鞍替えしてしまった。

　あぶれた笙は、女装願望を満たすためだけに通って来る変てこな客の相手をさせられることになった。その夜は、笙にとって天と地が引っ繰り返った、耐え難い屈辱の夜だったのだ。

「笙は、ひどく機嫌が悪かったよ。だけど、わたしだって災難だったさ」

姿は美しくとも暗い顔をして、なにかにつけてこちらをなじってくるような妓といたところで、なんの楽しみがあるだろう。義時は自分の受けた粗略な扱いを思い出したのか、声に力がもどってくる。

「こっちは、なにをしても八つ当たりされるんだからね。中でも一番に笙の気に障ったのが、おまえさんから聞いた天狗の歌だったらしい——」

寒露の宵にぞ出てござる——と、声の調子まで変えて義時がうたい出したので、龍雪は沢山だというように顔の横で手を振ってみせた。

「義時さん、あんな歌を遊里の妓にひけらかしてたのかい」

馬鹿らしい上に、うす気味悪い。

そんなものを聞かされたとて妓が喜ぶはずもないと龍雪が指摘すると、義時も暗い顔でうなずいた。

義時の鼻歌の途中で、割菱の君の謡う新古今和歌集の名歌が朗々と響いてきた。その美しさは、義時が再現した鬼殿の鬼の歌などとは較べるべくもない。

「それで、笙はすっかりヘソを曲げてしまったんだ」

自分が安女郎の小屋にいて妙ちきりんな客から素っ頓狂な戯れ歌を聞かされていると

きに、新参者の着草は割菱の君にしなだれかかって彼の歌声に聴き惚れている。その落差の構図がくっきりと胸に浮かび、笙はとうとう堪忍袋の緒を切らしてしまった。

──割菱さまは、あたしのお客なんだ。あんな小娘、追い出してやる。

義時にというよりは、笙は見えない敵に向かって宣言するようにそういい放つと、憤然と小屋を出て行った。そのため、彼女の客である義時は、ぽつねんと取り残されてしまったのである。

意地悪で不愉快なだけと思っていた笙でも、いざ出て行かれてしまうと義時は途方に暮れた。着草が笙に責められることも心配だが、女の恰好になって一人取り残されるほど、間のもたないこともない。

「わたしは手持ち無沙汰で仕方がないから、あの戯れ歌を一人でうたっていたんだよ。そうしているうちに、だんだんとこの歌が自分のことをいっているような気がしてきたんだ」

「それはまた、どうして」

「悪所が御殿とは、鬼殿ではなく河原御殿のような気がしてきた」

それはひどく奇妙な心地だった、と義時はいう。

──寒露の宵にぞ、出てござる。九ツここなる悪所が御殿、大路のかたより呼ぶ声よ、天狗の踊るを見参らせ──

「時刻は丁度、九ツの子刻だった。

悪所が御殿が河原御殿だとすると、大路とは東京極大路のことか。

ひょっとして、今、御殿の辺りから東京極大路を見れば、天狗の踊るのが見られるのではないか。わたしはふと、そんなことを思ったんだ」

見え隠れする月明かりばかりに照らされた暗い大路に、化生が舞い踊る様子が、ふうっと瞼に浮かぶ。

「奇妙なことだ。別々の場所にいたおれと義時さんは、同じ時刻に同じ歌のことをわが身に引き合わせて考えていたというわけだ」

「そうなんだよ。わたしは、つい怖いもの見たさから、歌の文句のままに動いてみた。まるで、歌に指図されたような按配だった。小屋を出て、河原御殿のかげから大路の方をのぞいたんだ。そして――」

おまえを見たのだ、と龍雪の鼻面を指差す。

「龍ちゃんが、女車のともをして、南の方角に下って行くのが見えたんだ」

一昨日の夜、龍雪もやはり歌にいざなわれたように鬼殿から大路に向かい、女捕りの賊に襲われた兼平判官の妻女を偶然に助けた。

義時を見たのは、彼女を屋敷に送り届ける途中のことだった。

五条の遊里界隈に差しかかった辺りで、女の扮装をした義時の姿を見かけたのだ。

（おれたち二人は、あの歌に動かされていたのか）

龍雪は鬼殿から大路を見て女捕り騒ぎを見つけ、義時は河原御殿から大路を見ようとして人殺し沙汰に巻き込まれてしまった。

歌にある〈悪所が御殿〉のことを二人はそれぞれ別に解釈して、図らずも歌のとおりに動き、やはり別々の悶着に巻き込まれたということになる。

（やはり、あれは魔物の歌だ――）

背筋にしきりと寒いものを覚える龍雪の前で、彼の友人はぼそぼそと話を続けている。

「そして、雲が月を隠した。辺りはしばらく真っ暗闇になったんだ。

ふたたび月明りが見えた時には、龍ちゃんの姿はなくて、わたしはほっとした。紅鉄《か》漿《ね》付けて女の小袖を着た姿など、おまえさんに見られたくなかったものでね」

女装は楽しいが、それは隠れてこその趣味である。二十年来の付き合いがある無骨者に、そのような楽しみを知られるなど、なんとしても避けなければならない。義時は龍雪がなにごともなく南の方角に立ち去ったことに、胸をなで下ろした。

しかし、真実の危機はその直後に訪れたのである。

――さっさとお帰り。おまえなんか、この人の女房じゃない。

怒鳴っていたのは、確かに着草だった。

しばらくの間を置いて、笙の泣くような悲鳴が上がる。

――おやめよ。女同士で殺し合うなんて、浅ましい。

「わたしは河原御殿のすぐそばにいた。女たちののしり合う声の後で、ものを投げ合う騒音とやかましく踏み鳴らす足音が響き渡り、そしてふっと静かになったんだ」

「それで義時さんは、一人で河原御殿の中に入って行ったのかい」

その後で見た光景がふたたびよみがえってきたのだろう。義時は冷水をかぶったように身をすくめ、前と同じに潮垂れた表情にもどる。

「中は争った後らしく散々に荒れ果てていたが、だれの姿も無かったんだ。着草も、割菱の君という罪作りな男も、笙も――」

ただし、笙だけはその場にいた。遺体となって、臥所に横たわっていたのである。ついさっきまで義時に悪態をついていた美しい顔は、胴体と切り離されていた。

「だけど、それはおかしくないですか」

それまで二人の官人の顔を見比べながら、おとなしく話を聞いていた蚕児が、口をはさんだ。

「お客を取られたといって怒っていたのは、笙の方なんでしょ。なのに、河原御殿でけんかが始まったら、着草の方が怖い声を出して、反対に笙が泣き声を上げて着草をいさめていたってんですか」

「確かに、そうだな。笙が義時さんの前で見せた剣幕は、なんだったんだ。わざわざねじ込んで行ったにしては、随分と腰砕けな話じゃないか」

「それは、女だもの仕方がないよ。女同士のけんかなんて、所詮は他愛ないものなんだ」

検非違使の荒くれ者の常識で女たちのいさかいを理解しようとしては駄目だ。義時はそういったが、その女たちは直後に殺し合いを演じているのだから、義時の説明には説得力がない。

「ところで割菱の君はなにをしていたんだよ。話を聞けば、みなりも体格も随分と立派な御仁だそうだが。自分のことで女たちが争っているのに、片方が命を落とすまでなにもせずに眺めていたというのか」

「案外と、面白がっていたのかも知れませんぜ」

蚕児が邪険な声でいった。

「つくづく、怪しからん男だ」

蚕児の当て推量をあっさりと納得して、龍雪は低くうなった。

確かに、割菱の君は美女二人が自分を巡って争うのを楽しんでいるような手合いなのかもしれない。笙が命を落とすまでの顚末は完全に判明したわけではないが、少なくとも義時が察した限りでは、妓たちをとめに入った男の気配は登場していない。

「割菱の君は確かに河原御殿に来ていたんだろうな」

「それは確かだよ。だからこそ笙はいきり立っていたし、わたしだって割菱の君のうたう声を聞いたもの」

「新古今の歌だといったけど、どんな歌か覚えてるか」

「うん——」

義時は無精髭のざらつく頬を両手で抱え、記憶を手繰るように口の中でぼそぼそと問題の歌を唱え始める。

——秋風になびく浅茅のするごとに置く白露のあはれ世の中。

「あれれ」

義時の力無いつぶやきが終わるや否や、蚕児が頓狂な声を上げた。

「その歌、近ごろのはやりなんですか」

「おまえはこれを、他でも聞いたのか」

「はい、悲田院のひおむしが」

秋分の翌日、着草の遺体を鳥辺野に送る途中で、白拍子のひおむしがうたって聞かせたのがこの歌だった。そういって、蚕児は自分も甲高い声を出して歌を真似る。

裏声を張り上げた奇妙な調子の歌を聞きながら、龍雪は自分もどこかで同じものを聞いたような錯覚に捉われていた。

＊

帰り道、龍雪は道端の石を蹴りながら、思案げな声を出す。

「確かになあ、気になるのは妓たちの争っていたときの文句だ」

「さっさとお帰り。おまえなんか、この人の女房じゃない」

龍雪の独り言を受けて、かたわらから蚕児が着草の台詞を真似た。

それを継ぐように、今度は龍雪が笙の言葉を唱える。

「おやめよ。女同士で殺し合うなんて、浅ましい」

「着草が怒って、笙が泣き声を出してる。それはおかしいでしょ」

「おまえのいうとおりだ。皆の話からして、笙が怒って着草がいさめるのならわかる。

しかし、義時さんの聞いたのは、全く立場が逆さまになっているものな」

「だけど、やっぱり女のけんかのことは、よくわからないですよ。殺し合うほどの修羅場になって、着草もとうとう辛抱しきれなくなって怒り出したんじゃないですかね」

「そうかなあ」

検非違使の官衙に龍雪を訪ねて来たとき、着草は大した威勢の良さで看督長をいい負かしていた。その元気な様子を思い起せば、笙の意地悪を諾々と聞いてしおらしくしているよりも、張り合ってけんかする方がよほどに彼女らしくも思える。

(しかし、人を殺すとなれば話は別だ。連れ合いを捜して奥州からの旅を耐え忍んできた着草が、客を巡るいさかいなどでそんな短慮を起こすとは思えん)

市の通りの賑わいを眺めながら、龍雪はつじつまの合わない事実の断片を持てあましていた。

「割菱の君とやらも、気に入らない。自分を巡って妓たちが殺し合いを演じたというなら、知らぬ振りを決め込んで行方をくらます道理がどこにあるんだ」

しかも、彼の素性を知る者はだれもいないのだ。そう思うにつけ、龍雪の中でくだんの謎の男の影は、さらに黒々とした像を結び始める。

「なあ、蚕児よ。笙を殺したのは、割菱の君だとおれは思う」

そう宣言した龍雪の声は、往来から上がった大声に掻き消された。

「――どなたか、わしの名をご存知ないか。わしの仇をご存知ないか。わしらの殿さまを殺した憎き男をご存知ござらぬか。怨敵の首を討ち取らぬ限り、わしは名を思い出せぬのだ。懐かしき故郷にももどれぬのだ」

白髪混じりの垂れ髪に袖無しの単衣ばかりをまとった男が、雷のような声を張り上げていた。

垢じみた顔に刻み込まれた深いしわを見れば老人に近い年のようだが、体つきのたくましさは検非違使随一の偉丈夫である龍雪に勝るとも劣らない。しかし、その目は怯えたように大きく見開かれ、瞳孔がまるで別の生きもののごとく白目の真ん中で震え続けていた。

乱心して、声も理性も制御する術を失っているように見える。

「義時さまの雑色がいってた坊門の小父というのは、きっとあれですね」

そうささやくと、蚕児はそそくさと龍雪を楯にするように後ろにどいた。

若い放免のそんな小狡い所作に龍雪が苦笑しているうちに、問題の老人が居座る店先から、店主らしい男が出て来た。

「いい加減にどかぬか、じじい。店先をふさいで阿呆な演説をするのはよせと、なん度もいうとるじゃろうが」

大声に呼ばれたように、商家の男たちがわらわらと集まってくる。

坊門の小父は、たちまちのうちに怒った商人たちに囲まれてしまった。

「あのじいさん、ここらの鼻つまみ者なんでしょうね」

蚕児が、呆れ半分、同情半分の声でいった。

異様な風体で往来に立ちふさがり犬の遠吠えのように叫ばれたのでは、道行く客たちは怯えて逃げてしまうのも無理はない。しかし、いくら頼んでもいなしても、坊門の小父はすぐに舞いもどって来るらしい。

「可哀相なじじいだ。今日もまた叱られるのかいな」

遠巻きにする人たちが、気の毒そうな素振りの下で、その実興味津々と目を輝かせながら、成り行きを見守っている。

「あああ……」

商人たちに囲まれた大男は、いよいよ落ち着きを無くした目で、自分を取り巻く悪意のある顔を見渡した。だれを見ればよいものか、怒るべきなのか恐れるべきなのか、混乱がそのまま表情に出ている。

「立ち去れ、二度とこの坊門の通りには現れるな」

怒る者たちは相手の異様なたくましさを恐れてか、手には棒やら石やら長刀まで持つ者もいた。

「許してくれ——。もう来ぬ。もう来ぬによって」

結局、坊門の小父は、いじめられた犬のように悲しい様子でうなだれる。

その素直な反応に、囲む男たちの顔にも遠巻きにする野次馬たちにも、安堵と気抜けの混ざった色が浮かんだ。

しかし、その中の一人、長刀まで持ち出して来た者が、立ち去りかけた大きな背中に罵声を投げる。

「他愛ないのう、南部さまの御家来は。かの北畠顕家さまも、もうちいっとましな手下がおありならば、惨めないくさで命を落とされることもなかったろうに」

「……」

大男の足がとまった。

白髪の垂れ髪に隠れた顔が、車の回るような動きで振り返る。

一同は、そろってたじろいだ。

つい今まで迷いばかりが浮かんでいた大男の目は、今度は魂が抜けてしまったように表情を消していた。そのすわったような双眸は、居合わせた大方の者が初めて見る不吉さをはらんでいる。戦場の、泥沼の修羅場で、感情も価値観も一つを残して全て削ぎ落とした者の目付きだ。

残したたった一つの分別とは、対峙する相手が敵か味方かということである。

巨大な体軀と相まって、ただの黒い穴のような眼は、市に集う庶民たちを怯えさせるに充分だった。

「なんじゃ、その目は」

一人、強い態度を変えないのは侮蔑を投げた商人である。

「文句があるのか、じじいめ。まこと南部の家人ならば、名を名乗ってみよ」

商人は彼自身もいくさの経験があったものか、あるいは単に引っ込みがつかなくなったのか、長刀を持った腕にことさらに力を入れて見せる。

乞食姿の大男は、相手の威嚇など今度は毛ほども気にかけない様子で、近付いて来た。

垢のにおいがする大きなてのひらが、獣のような素早さで、相手の顔を鷲づかみにする。

太い腕は、そのままぐいぐいと持ち上がった。

抗う間すらなく、商人の体は男の頭上高く掲げられてしまう。

「―――」

顔をもぎ取られそうなありさまとなっては、長刀を振り上げた威勢も消し飛んだ。商人は息絶えんばかりのうめき声を上げて、もがき出す。

周囲からは罵声やら悲鳴やら大きな声がさんざんに上がるものの、そうした連中とて、口では叫びつつも滑稽なほどの素早さで逃げ隠れてしまった。

「どけ」

わずかに残った遠巻きの人々を乱暴に押しのけて、龍雪が進み出た。

「放さねば、そいつは死ぬぞ」

老人の殺気ばしった瞳をにらみつけ、龍雪は低くいった。

「いわずもがな。殺すのじゃ」

「おれは検非違使だ。おまえがそいつを殺せば、おれはおまえを捕らえねばならん。検非違使に捕らえられれば、今度はおまえが死ぬことになるんだぞ」

龍雪は子どもに説き聞かせるような調子でいった。

「――わしは、死ぬわけにはいかぬ」

「ならば、放してやれ。たとえ賢者や名君でも、人を怒らせることはあろうよ。いちいち殺していたら、身がもたぬ」

「わしの身が保たぬのか」

「そうだ」

「…………」

短い説得の言葉のどこがそれほど相手を抑止する力になったのか、龍雪自身もわからなかった。ともあれ、坊門の小父の両眼には元の不安げな動きがもどり、大きな手がぽろりと盃でも落とすように、持ち上げていた男の顔を離す。

気絶してしまった商人は龍雪にもたれかかるようにくずおれ、地面に倒れた。その弾みで、龍雪の懐中から小さな巾着が落ちた。殺人現場で拾得した燧袋である。

拾おうとした龍雪の横合いから、坊門の小父はやはり獣じみた素早さでそれを取り上げた。

「返せ」

「ええ？」

叱りつける龍雪に哀願するような視線を投げてから、坊門は小さな燧袋を両手にのせてためつすがめつ見つめた。

して しまった。

「それ！」

龍雪が声色を強くして繰り返すと、坊門はまるで意地悪な子どものような動作で、それを道の端に投げ捨てる。

雑踏に放り出された証拠品を龍雪と蚕児があわてて追うすきに、坊門の小父は姿を消してしまった。

「返せ」

＊

朱雀大路を真っ直ぐ北に上り、二条まで来ると大内裏を囲む外重《とのえ》に突き当たる。

検非違使の官衙のある左衛門府に向かって右に折れた辺りで、かたわらにいた蚕児がこっそりと龍雪の袖を引っ張った。

「龍雪さま。あのじいさん、付いて来てますよ」

指差す先を振り返ると、枯れた柳の幹の陰から白髪を垂らした大男がこちらをうかがっていた。

「いくさとは罪深いものだよなあ。天下は落ち着いたように見えても、十年やそこらじゃだれの傷も癒えていないということだ」

聞けば、あの老人も南北朝争乱の残党であるという。

負けいくさの挙げ句、正気を無くして自分の名まで忘れ、故郷にさえもどれずに野良犬のような暮らしを続けているのだ。そう思えば、無下に追い払うことも忍びなく思えてくる。

「南部さまの配下といっていましたっけ。南部といえば、奥州勢だ。龍雪さまを訪ねて来たお化けの着草も、奥州から来たんですよね」

「お化けというな」

約束ごとのように叱ってから、龍雪は改めてうなずいた。

「あのじいさんも、陸奥守顕家卿の配下の兵だったのだろう。顕家卿の武勇譚には、おれも子どものころから憧れていたものだ。兼平判官どののもひとかたならぬ陸奥守びいきだよな——」

そうつぶやいた矢先、当の兼平判官の勝ちどきにも似た高らかな笑い声が聞こえて来た。

見れば、先日の憑きもの騒ぎに似て、陰陽寮の庭先から人があふれている。前とちがうのは、その連中が逃げまどう文官たちではなく、陰陽寮の学者と太刀を佩《は》いた検非違使の役人ばかりであることだ。彼らは一様に感心した面持ちで、しきりとうなずいていた。

「また派手な捕りものでもあったのか」

あの腕白な判官ならば、似たような騒ぎが起こっても一人で鎮めてしまうに違いない。

そう思ってのぞき込む先、一昨日の騒ぎで祭壇も白砂も踏みにじられたままの庭先で、兼平判官の振りかざしていたのは太刀や弓矢ならぬ焼け焦げた草の束だった。

「方々、ご覧なさい。これは麻です」

美々しい声を張り上げて、判官はそう呼ばわった。

昨日は風邪で寝込んでいたと聞くが、どうやら病は一日ですっかり治ったらしい。聴衆の最後尾に現れた龍雪の姿を見つけると、快活に手を振ってくる。

龍雪は恐縮して会釈をした。

「陰陽寮の得業生たちを狂わせた原因は、憑きものでも祟りでもない。ましてや、白虹や凶兆などとは関係がなかったのですよ」

麻を燃した煙を吸えば、幻覚が見えて知覚が麻痺する。まどわされた者は興奮状態におちいるため、人とは思えない力を出して暴れることがある。

「干した麻の葉を、うっかり焚き火にくべる者など居りません。なおかつ、この焚き火は祭礼とは無関係ですから、あらかじめ陰陽寮の方々に詳しく調べられることもありません。下手人はそこに付け込んだのでしょう」

判官は一同を前に、捜査の絵解きを行なっているのである。

常は怨霊やたたりといったあいまい模糊としたものを相手にしている陰陽寮の官人た

ちはもちろん、力ずくで悪党を追いかける検非違使の者たちも、判官の発見した単純明快な事実を一様に感心していた。

「片付けものを燃しにくる者を狙って、だれかが仕込んでおいたのでしょうな」

「しかし、だれがなんのためにそんなことをするのだろう」

口々にざわめき合う一同を両手をあげて黙らせ、判官の端整な顔に厳しさがもどる。

「麻の煙によりなにが起こり得るか。実際になにが起こったか。それをだれが望んだか。――その辺りが糸口となりましょう」

＊

聴衆が去ると、判官は龍雪のかたわらに来て推理の続きを始めた。

「実際になにが起こったか。それは、居合わせた者ならだれもが見て知っている。得業生たちの起こしたのは、ただの大騒ぎだ。それ以上でなければそれ以下でもない」

「判官さま、それはいったいどういうことなのでしょう」

「うん」

かたわらから無邪気に口を挟む蚕児の存在に気付き、兼平判官は気さくな様子でその肩に手を置いた。

「今朝方、乱心した二人の見舞いに行ってみたのだが――」

憑きもの騒ぎの得業生二人は、昨夜遅くなってから獄舎の中でわれに返り、自分たちのいる場所がどこかを知って肝を潰したという。

嘆き騒いでいるところに駆けつけた獄吏は、憑きものがもどって来たのかとあわてたが、よく見れば様子が違っている。

一人は自分のしでかしたことを完全に忘れていて、冷たく暗い地獄の底のような場所にいることにひたすら怯えている。もう片方は朧気にも記憶があり、牢につながれている理由も察しがついたらしく、謝罪やら命乞いやら思いつく限りの言葉を並べて泣いていた。

結局のところ、二人は正気にもどっていたのである。

「憑きものというのは、祓って初めて落ちるのだろう。しかし、連中は一眠りして治ってしまった。それじゃあ、悪酔いと同じではないか。さもなければ、食当たりか薬にでも当たったか。

そう思って一昨日の二人の行動を洗っているうちに、この焚き火に行き当たった。得業生とはいえ修行の身だからな、片付けものを火にくべるような雑用もするらしい」

そういって、判官は植物の燃えかすを持ち上げた。

大方は焼け崩れていたが、のこぎりのようにとがった細い葉の残骸が見て取れる。

「妻が薬草に詳しいので、おれもこいつを見てすぐに正体がわかったよ。あの気の毒な学生《がくしょう》たちは、なにも知らずにこの煙を吸い込み、魔ものに化けてしまったわけだ」

「しかし、なぜ」

感心半分、龍雪はそれでも釈然としない顔で考え込む。

そこへ、放免仲間が蚕児を呼びに来た。彼の馴染みの女が会いに来たのだという。

嬉々として立ち去る後ろ姿を苦笑気味に見送って、龍雪は同じ問いを繰り返した。

「どうして、陰陽寮の得業生がそのような目に遭ったのでしょう」

「さっきもいったとおり、焚き火の中にうっかり干した麻の葉を放置する者などいるはずがない。だから、これは仕組まれたことだろう。しかし、陰陽寮ではだれが焚火を燃すかなど決まってはいないそうだ。片付けものは、得業生が燃すこともあれば、下働きの者の仕事となることもある。とどのつまり、狙う相手などだれでも良かったのだろう。肝心なのは、この焚火の煙で人が惑わされ暴れ出すことだ」

「しかしいったい、だれがなんのために、さような迷惑なことを――」

「旗印たる貴人や大将を護るため、大騒ぎを起こして敵を引きつけるのは、いくさの常套手段だよな」

人差し指を眉間に当て、判官はにやりと笑った。

「一昨日の騒ぎは、別のなにごとかを隠すための目眩ましだったとお考えなのですか」

「そう考えるのが、一番に自然だ。――ではいったいだれが、と思うだろう」

「いかにも」

「一昨日、あの騒ぎのあったときに、宮城を訪れたのはだれだったろうな」

「それは――」

着草が、と答えかけ、龍雪ははっとして口を押さえた。

(幕府侍所の頭人が別当を訪ねて来た。あの悪名高い小舎人までともなって――)

龍雪の考えを読んだらしい兼平判官は、満足そうに腕組みをした。

「騒ぎが起きるたびに鬼や邪のせいにするのは、陰陽師や僧侶に任せておけばよい。検非違使は検非違使の仕方で詮議をする他はない。――おまえのその言葉に助けられて、どうにかここまで漕ぎ着けたよ。礼をいわねばならん」

それは、妖怪魔物の類が怖いあまりに、龍雪がヤケになっていったただの強がりであった。真に受けて覚えていられたのは、嬉しいというよりは決まりが悪い。

「わたしより、薬草にお詳しい奥方さまの手柄でございましょう」

「だとすれば、詮子の人助けぐせがようやくおれの役にも立ってくれたということか」

判官はおどけたようにいうと、くすくすと笑った。

「詮子さまは、本当にお優しい奥方さまですな。さきほども悲田院でお見かけしましたが、貧しい子どもたちに施す葡萄をお持ちになっておられました」

「あれにとって、弱者を助けるのは生まれついての性分らしい。庭の植木は、孤児たちに食べさせるための栗や柿の木ばかり、たまに花が咲いたといえば病人たちのために植えた薬草の花だ。うっかり摘み取ろうものなら、ひどい小言を頂戴することになるのだ。ところで――」

妻の話題にすっかりくつろいだ風の判官は、上機嫌で龍雪の肩をたたく。

「詮子がな、先日助けられた礼をしたいといっているんだ。次の庚申待ちには、是非にもおまえを招くようにといわれているんだが、不都合がなければ九条の館まで来て貰えぬか」

「庚申待ちでございますか」

庚申待ちとは、古くからある徹夜の習慣である。

六十日に一度巡ってくる庚申の夜に、体内に棲む《三尸《さんし》の虫》が、人の寝たのを見計らって這い出してくる。宿主の犯した悪事を天帝に報告するためだ。人は密告されれば命が縮まるので、虫が出歩けないように徹夜をしなければならないとされている。

起源をたどれば唐土から伝わった信仰なのだが、平安のむかしから夜っぴて余興を楽しむ格好の名目となっていた。

「詮子は、あれでなかなか執念深いたちでな。さそいを断れば後が怖いぞ。是非にも来てくれ」

判官は楽しそうにいった。

異例の厚意に恐縮して龍雪が言葉を無くしているのを察し、笑顔のまま話題を仕事へともどす。

「ところで、おまえの受け持っている五条の事件も、なにやら込み入った様子らしいな」

「はあ、なかなか」

龍雪は首筋を掻いた。

「よかったら、話してみてくれぬか。新参者のおれなど、まだまだ本格的な追捕のことなどわかりもしないが、さっきのような思いつきの一つも出てくるかも知れん」

「それが、おかしなことばかりで、難渋しております」

龍雪は烏帽子の上から、頭を掻いた。

「原因は遊女同士の客の取り合いだといわれていたのですが、どうにも釈然としないのです」

悪名高い河原御殿で美貌の遊女が殺され、その事件以来、河原御殿にいた新米遊女と客の割菱の君は姿を消してしまった。

運悪く第一発見者となった客か、あるいは行方をくらました妓のいずれかが手を下したのではないかと疑われているが、自分はもう一人の当事者である割菱の君こそが怪しいと思っている。そんな意味のことを龍雪は説明した。

「割菱とは、家紋のことか」

「遊里の者は、そういっておりました。以前、持ちものに付いた家紋を見て、殺された笙という遊女がその呼び名を付けたのだと」

「割菱とは厄介だぞ。源氏の紋だが、そんなものを付けている連中は、源氏でなくとも掃いて捨てるほどいる。そもそも、官位や紋章ほどいかがわしい代物もないからな」

乱暴ないい方をしてから照れたようにほほえみ、判官は自分の指貫《さしぬき》の袴に織り込まれた竜胆《りんどう》の紋を指でなぞった。

昨今では、家柄を証明する紋が無節操に売り買いされるのは、珍しいことではなくなっている。

「いずれにせよ、目の前で人が殺められたのを見て知らぬ振りを決め込むとは、尋常なやからではあるまい。難儀なことだろうが、やはりその割菱の男を探し出せば自ずと真相が見えような」

判官も義憤に駆られた様子で、龍雪の意見に賛同した。

五　闇の鏡

兼平頼貴の住まいは、宮城からはるか離れた九条南に建っていた。

高位の公家の屋敷の多くは一条や二条の辺りにあるものだが、この新進気鋭の判官は随分と辺鄙な場所に居を構えたものである。

前に判官の夫人を送り届けたときと同じ東京極大路を、龍雪は遅い歩調で下っていた。暮れ方だというのに、まるで初夏のように辺りは明るい。その明るさにつられたように往来が賑わっているので、ともすれば龍雪自身も季節を思い違えそうになる。

耳の端をきりきりと赤くする冷気でわれに返り、まるで狂い咲きの花になった心地がするという内容の歌を作ってみたが、その出来のまずさに一人で笑った。

そんなのんきな様子の龍雪を、離れた場所から監視している者がいる。実のところ、そのことに、龍雪はかなり前から気付いていた。

通りすがりの子どもの落とした毬を拾う素振りで、龍雪はそれとわかるぎりぎりの距離からこちらをうかがう者の姿を確認した。堀川七条の市にいた、坊門の小父である。

(おかしなじいさんに見込まれたものだ)

かつての南北朝争乱の負けいくさで記憶まで失った宿無しの老兵は、町衆とのいさかいで龍雪に助けられて以来ずっと、彼の後を付いて回っているらしい。二、三日も全く気配のないこともあれば、一日中付かず離れず追いかけて来ることもある。

これといって悪事を働くわけでもないが、追捕や詮議を生業とする身としては、わずらわしくてたまらない。はっきりと立ちどまってにらみ据えれば、岩石のように骨張った大柄な老人は、まるで仔鼠のような忙しない様子で逃げ去ってしまう。しかし、ほどなくもどって来ては、また彼の後ろにいるのである。

(なんのつもりかは知らないが、今日はこの辺りで勘弁してもらいたいものだ――)

この夜、龍雪は兼平判官のもよおす、庚申待ちのうたげに招待されていた。うたげとはいっても、追捕のことなど語りながら、共に夜明かしを楽しみたいというさそいである。

陰陽寮の憑きもの騒ぎ以来、兼平判官は折りに付け随分と親しげに話しかけてくるようになった。

文武に秀で容姿も麗しい輝くばかりの武者が、自分を朋友のごとく扱ってくれることに、龍雪は喜びもしたが恐縮する気持も強かった。

一方の判官にしてみれば、いかに周囲にほめそやされ重宝がられても、今まで経験したこともない職場にいて、案外と心細い思いをしているのかもしれない。

そんな兼平判官には申し訳ないが、龍雪はこの欠ける所のない上司といるのは、少なからず気詰まりだった。

それより、判官とはおかしなほど釣合いの取れない彼の妻と話しているときの方が、数段心やすい。詮子の不細工な面相も、真夜中に治安の良からぬ界隈を平気で歩き回る向こう見ずな性分も、この女の心根に接するうちにむしろ好ましい個性に思えてきた。

現実には、兼平頼貴をほめるうわさよりももっと多く耳にするのは妻の詮子へのかげ口だが、龍雪はいまさらのように人の評判というものの虚しさを実感している。無骨な龍雪が実は無類の怖がりであるように、詮子は蟹の甲羅のような面相の下に、人には真似のできない慈悲深い心を持っているのだ。完全無欠な兼平判官の魅力より、詮子の大らかな人柄にこそ龍雪は親しみを覚えた。

(官人の妻で、巷間の名もなき者のためにあれほど献身する人は他に見たことがない。全く、人は見かけによらないものだ。いや、そもそも世間のうわさなど全くいい加減なのだ。実のところ、あれほど釣合いの取れた似合いの夫婦も他にはいるまい)

そんなことを考えている龍雪の前に、目的の館がようやく見えてきた。

この辺りまで来れば、京洛の南端である。

以前に来たときは周囲の暗さで気付かなかったが、兼平邸は建てられて年月も浅いらしい。まだどこかに材木の香りがするようなたたずまいだった。

＊

案内に立った若い侍女は恥じらうように袖で顔を隠し、龍雪を屋内にいざなった。

「こちらでございます」

堅固で広い館である。

襖障子を幾枚も開け、座敷から書院、九間《ここのま》と進みつつも、一向に人影に出くわさないのは、使用人が少ないせいなのだろう。加えて、不要な灯りを置かないのは、吝嗇な町尻卿の血を引く詮子の気質のなせる習慣か。

広大な屋敷は暗く、おまけにひどく寒かった。

「こちらでお待ち下さいませ」

若い侍女は細い声でそう告げると、袖で顔を隠したままそそくさと立ち去ってしまう。

そこはせまい板敷きの部屋で、灯りの一つも置いていなかった。

屋敷の中を連れて来られるうちに陽は沈み、周囲は完全な闇に覆われている。あるいは、その板間が太陽の沈むのとは逆——北東の方角にでも当たっていたものか。

(つまり、ここは鬼門の方角ということか)

鬼門とは、陰陽道でいう鬼の出入り口である。

そう思ったとたん、いつもの臆病が首をもたげた。

そもそも、あの侍女はどうしてこんな座敷に自分を案内して来たものか。これほど暗く寒い場所が、本当に兼平判官の住まいなのだろうか。これではまるで、三条の鬼殿のようではないか――。

刹那、闇に慣れた視界のすみ、なにかがひっそりと座っているのに気付いた。

ざっ、と、背筋に寒気がはしる。

龍雪はおどる鼓動を片手で押さえ、もう片方の手を太刀の柄にかけて、その気配へと向き直った。

ぼんやりと浮き上がった四角い輪郭は、人の顔である。

薄く笑う細い眼は――鬼殿で見た顔のない女だった。

「――」

辺りをはばかる余裕もなく、龍雪の口から悲鳴が上がった。

背後に伸びる暗黒の迷路のような回廊を本能的に恐れ、とっさのこと庭に逃れようと蔀を蹴破る。

「こんなところで、どうなさいました、龍雪どの」

頭のてっぺんから抜けるような甲高い声が、彼を呼んだ。

いよいよ肝を潰した龍雪は壊した蔀に足をかけ、そこから差し込む残照にかざすように、背後を振り返った。

「あれ——」

出入口の襖障子を背にして、詮子が唖然と龍雪の行動を見守っていた。その手に握られた燭台が、座敷を暖かく照らし出している。

「あの——」

言葉を無くした龍雪は、身振り手振りで、妖怪の座り込んでいた辺りを示した。

「まあ、まあ、龍雪どの」

とたん、詮子は前にも聞いた「ひひひひ」という奇妙に低い声で笑い出した。その明け透けな笑顔の向く先、暗がりに沈むようにして彼女と寸分違わない形のものが、円座《わろうだ》の上に座っている。

「これは——御方さまの……像でございますか」

よく見れば、それは顔のない妖怪などではなく、詮子の姿を精巧に模した彫像だった。

「わたしが京にもどって来た祝いにと、父が作らせた像なのですよ。あまりに似ているのでわれながら気味が悪く、このような場所に放り出して置きましたの。——龍雪どのは、どうした酔狂でこんなものを探しに来たのやら」

「とんでもない。わたしはここに案内されたのです」

龍雪はまたしても詮子の姿に悲鳴を上げてしまったことと、蔀を破壊してしまったことを弁解するように、狼狽加減の大声を上げた。

「年若い御女中が、広い屋敷の中をわざわざここまで案内してくれたのです」

「なんですって」

笑っていた詮子の顔が、訝しげにくもった。

「あなた、今、年若い女中と申しましたか」

「いかにも」

詮子は破れた蔀の方に振り返る。

「この屋敷には殿とわたしの他、老いた郎党が一人とその妻なる女が一人いるきりですよ。全く、このところ屋敷の中を――」

詮子の言葉は、庭の葉摺れの音に紛れて尻切れに消えた。

＊

龍雪が詮子の木像を妖怪と間違えて怯えたという話は、兼平判官を大いに笑わせた。

「確かに、あの像は傑作だ。このおれだって、当人と間違って話しかけそうになるほどだもの」

「あなた、笑っていらっしゃる場合ではございませんよ。龍雪どのの申されるには、不気味なおなごがこの家の中をうろついているらしいんですもの」

なぜか鬼殿の不審者と間違えてしまった人影が実は詮子の木像だとわかり、龍雪の胸を凍らせた恐怖の大半は消えた。けれど、彼を鬼門の方角へと招き入れた若い女中の正体は、わからないままである。

「実は、今宵に始まったことではないのですよ」

いたく気にした様子の詮子は、夫と客に向き直って真剣な声を出した。

「どうも先から屋敷内でおかしな気配がして、わたしはてっきり鼠だと思っていたのです。けれど、鼠にしては衣擦れの音やら小さな笑い声すら聞こえていたのです。なに者かが、わたしたちの知らぬ間に屋敷を自由に出入りしているに違いありませぬ。早う捕らえて下さいませ」

「それはきっと、こってりと着飾って人のように笑う鼠たちであろうよ」

取り合う風もなく判官は冗談をいうが、言葉どおりの様子を想像した龍雪はその不気味さに首をすくめた。

同じことを考えたものか、詮子は非難がましい小さな悲鳴を上げる。

「そんな恐ろしいものなら、陰陽師に退治して貰わねば」

「いや、すっぽかしを食らわせた田楽一座に代わって、ひとつ、鼠の軽業でも見せて貰おうじゃないか」

兼平判官はそういって、今夜の余興に呼んでいた田楽舞いの一座が今になって断りを入れてきた経緯を龍雪に説明した。この小さな番狂わせも、詮子の機嫌を損ねているらしい。

「庚申の宵は面白く騒ぐのが一番というから、頼貴さまもお好きな一座を特別に頼んでおりましたのに。ほんに、芸人というのは当てにならないものですわね」

「おやおや。おまえが、芸人たちを悪くいうのは珍しいね。あの連中は、おまえの好きな悲田院に集まるお仲間じゃないか」

「そんな意地悪をおっしゃって。田楽舞いを呼ぶのが良いといい出したのは、あなたたなのですよ。あれは面白いから、龍雪どのにも是非に見せてやりたい、と」

そういって詮子の細い目が、龍雪を流し見る。

仲の良い夫婦の会話を上の空で聞いていた龍雪だが、その語らいの中に自分の名を聞いてひどく恐縮した。

「蔀のことなら気にするな、龍雪。今宵はいつぞやと違って、夜風も暖かいくらいだ。第一、検非違使判官の屋敷に忍び込む賊などいるはずもない」

「あなた、そうはおおせですが。龍雪どのの見たという若い女中。それこそ、わが家に忍び込んだ賊ではありませぬのか」

「さようなことを申せば、龍雪がますます怖がるだろう。――この男は検非違使随一の豪傑だが、どうしたものか無類の化けものぎらいなのだ」

不思議なことに、龍雪が化けものを恐れる話題になると、場が和む。このときも詮子はひとしきり龍雪の臆病話に耳を傾けた後で、なぐさめるような優しい笑顔をくれた。

「ご心配なさいますな、龍雪どの。田楽舞いの空騒ぎはついえましたが、代わりに琵琶法師を呼んでおりますからね」

詮子は土壇場で田楽一座に断られ、憤慨半分で門前にたたずんでいたところ、折良く通りかかった琵琶法師を見つけたのだという。

「龍雪どのは、平曲はお好きですか」

「平家物語の琵琶語りでございますか」

検非違使という職務柄、都にいる琵琶法師などの芸人を、龍雪は一通りは知っていた。しかし、その芸を実際に耳にする機会は少ない。そう白状すると、平曲を知らないのは自分も同じだと兼平判官は微笑んで見せた。

「清盛公が源頼朝に負けたという程度のことしか知らん」

判官はあっけらかんと宣言し、それがおかしいと詮子が笑う。

「それは心強い。わたしばかりがなにも知らないのでは、気詰まりでございますから」

龍雪は判官夫妻にならった笑顔でそういった。なんであれ、この完璧な男に不足した分野があったなど意外である。

（実際、おれも田楽舞いの方が好きなんだが）

夜明かしならば、しんみりと琵琶の語りを聞くよりも、ふざけた音曲に合わせて浮かれていたい。そんな龍雪の心残りをよそに現れたのは、当道座という惣中に属する若い琵琶法師だった。若いながら名人の誉れ高い、諫一《いさいち》という男である。

「おや。その声は、清原龍雪さまでございませぬか」

琵琶の語りをする者のほとんどがそうであるように諫一もまた盲目だったが、聴覚と勘の鋭さは視覚の不自由をおぎなって余りが出る。正確に龍雪の方に向ってほほえんだ後、諫一は彼を招いた判官夫婦の前に平伏してそつのない礼の口上を述べた。

＊

諫一は芸人の用いる小さな琵琶にすがり付くようにして、ばちを構えた。

「さて、祇園精舎《ぎおんしょうじゃ》と申しまするは――」

諫一はまず、平曲に語られる時代のことなど、あれこれと雑談混じりの前振りを話し始める。古い物語になどまるでうとい龍雪は、それを思いのほかに面白く聴いた。

「されば、一曲仕りましょう」

龍雪の興が向いたころ合いを計ったように、諫一は双眸をすっと細めた。

「――いくさやぶれにければ、熊谷次郎直実《くまがいのじろうなおざね》……」

琵琶法師の声に、魔法がかかったような生気が帯びた。

平 敦盛《たいらのあつもり》討ち死にの下りである。

幾度も主を代え、ひたすら食い扶持を得るためにいくさに加わり、獲物を狩るように名だたる敵の首級を物色する熊谷直実の様子から、語りは始まる。

「平家の君達《きんだち》、たすけ船に乗らんと汀《みぎわ》の方《かた》へぞ落ちたまふらむ。あはれ、よからう大将軍に組まばや――」

敗れた平家の残党を、直実は追っていた。

幼くして親を亡くした直実は、生き延びること、口を養うことの厳しさを骨身に染みて知っていた。反面、彼は忠節などというものはいっさい信じなかった。勝利の名誉すら、絵空事だと思っている。まして敵となれば、それは人ではなかった。畑の芋、山の兎と同じである。斬れば血が出る。それとて、魚や獣と区別もない。

直実は、より値の張る獲物を狙い続けていた。効率よく稼ぐためだ。

直実にも妻や子があり、彼らを養わねばならない。人を狩ることを稼業としながらも、直実は妻を愛し、子も愛しかった。ならばなおさら、手柄をむさぼる必要がある。妻子をいつくしむ思いがつのるほど、直実の浅ましさはいや増していった。

波打ち際に馬を歩ませつつ、とうとう直実はこの日の獲物を見付ける。

顔を見てだれと区別も付かなかったが、みなりや動作の美しさ豪華さから、位の高い者であるのは一目瞭然だった。

追おうとすると、相手は馬を海中へと向けた。

なんのつもりかと見ているうちに、馬は泳ぎ始める。

逃げられる、と直実は焦った。

「敵にうしろを見せさせ給ふものかな。かへさせ給へ」

大将が敵に後ろを見せるとは情けない。もどって、われと相まみえよ。

相手がまだ年若いと見た直実は、その瀟洒な後ろ姿に向かって挑発する。

実際、いくさなど知らぬ子どものような敵である。戦えば、百に一つも負ける気はしなかった。直実の脳裡にはすでに、相手の首がいかほどの恩賞となろうという勘定が浮かぶばかりである。逃がすまいと、彼は言葉を尽くして獲物をそそのかした。

とうとう、若い敵将は馬をとめる。

直実は、あざとかった。

雄叫びとも威嚇ともつかない声を上げ、食らいつくように襲いかかると、敵を馬より引きずり降ろした。

直実の中から人の心が完全に消えると共に、相手もただの肉となる。首を掻くのにたやすいという思いだけで、美しい兜をはぎとった。

「わが子の小次郎がよはひ程にて、容顔まことに美麗也ければ、いづくに刀を立べしともおぼえず」

組み伏せた腕の中、まだ稚い風も残る敵将の顔を見たとたん、魔ものが落ちたように直実の気持ちがなえてしまう。

直実が殺そうとしている若者は、わが子と似た年按配だった。

顔が美し過ぎて、どこを斬ってよいのかわからない。

その思いが、悲鳴のように直実の胸に込み上げた
「助け参らせん」

直実は、いった。

いいつつも自分の言葉が理解できなかったのか、言葉とは裏腹にいまだ相手を組み倒したまま、どくことも失念している。

しかし、直実を見上げる若者の目は、ただ暗い絶望を宿すばかりだった。

直実はとっさに、この若者と同じ美しいものを、今までどれほど殺めてきたのかと考えた。自分の食い扶持を稼ぐこと、家族の命を繋ぐこと。そういった理屈は、もはやどうしても浮かんで来ない。ただ、自己嫌悪で吐き気がした。

泣いていたものか、直実のにじんだ視界の中、若者は静かな無念さを双眸に漂わせ、低くいう。

「なんぢがためにはよい敵《かたき》ぞ。たゞ疾《と》く疾く首を取れ」

＊

鴨川を渡る夜風に吹かれ、龍雪と琵琶法師の諌一はとぼとぼと歩いていた。

「おかしなお方ですな、兼平の殿さまは」

琵琶法師の諌一は不満げな様子でいい、いが栗のように髪の伸び始めた頭を掻いた。

「わたしの芸が退屈ならば退屈だと、そう仰せになればよろしいものを」

諌一は普段はいたって穏和な若者だが、自分の芸に自信がある分だけ、客の反応の芳しくないときには機嫌が悪くなる。

そんな自信家の琵琶法師にとって、今夜の客は最悪だった。

われながらなん年に一度あるかないかという会心の語りを披露できたのに、彼を招いた兼平判官は、途中からすっかり眠りこけてしまったのである。

居眠りの主人に加え妻女の詮子までが中座したきりもどらず、庚申待ちの宵はおかしな具合に散会となった。

検非違使の英雄と評判の高い兼平頼貴に招かれ、張り切って出かけて来た琵琶法師の諌一は、駄賃すら貰えないまま龍雪ともども兼平邸を追い出されることとなってしまったのだ。名手と謳われる諌一としてはよほど納得がいかないらしく、九条の屋敷を出てからずっと文句を垂れている。

「殿さまがお好きだから、『敦盛』を語って聴かせてくれとお申し付けになったのは、あちらさまなのでございますよ」

「それは変だな」

琵琶法師の愚痴を上の空に聞き流していた龍雪は、ふと口をはさんだ。

「判官どのはおれと同じで、平曲のことなどまるでわからないとのことだったぞ」

「ご冗談を」

諫一は、美しい声で高らかに笑った。彼の語りの中で、勝ち鬨を上げる若武者のような声色である。

「さすがに当道座随一の語り部は良い声で笑うものだ」

龍雪が世辞をいうと、諫一はいくらか機嫌を直した。

「なんであれ、兼平さまのお屋敷からわざわざお使いが来て、殿さまがご所望だからこのわたしに敦盛を語ってくれと請われた。これは本当ですよ」

「おれが聞いた話とはちがうぞ」

龍雪は首を傾げた。

(余興に呼んでいたのは田楽一座で、それに断られて憤慨していたところを、たまたま琵琶法師が門前を通りかかったと——)

詮子は、確かにそういっていた。蒸し返して騒ぎ立てるほどのこととは思えないが、矛盾だらけの事件に頭を悩ませているせいなのか、そんな細かいことが気にかかった。

「当道座におまえを呼びに行ったのは、どのような者だったのか」

「若いお女中でしたよ」

目が見えないのになぜ若いとわかる、などというのは愚問である。この男は聴覚と気配だけで、相手の風貌や、ときとして胸中の企みまで看破してしまうのだ。

「あれは小柄ですが、まめまめしく働くたちの女ですな。あのような吝嗇に過ぎる家に仕えているから、着物の一枚もあつらえることが出来ずにいたわけだ。気の毒に――」

若い女なのに、着物からは土くさい臭気が漂っていた。諫一はそういって、悲しげな仕種で指先を片頬に当てた。

「待てよ、諫一。判官さまの家には、若い使用人などいないぞ」

そのことは、ついさっきも詮子から聞いている。

それがいったいだれでなんの悪戯だったのかは知らないが、龍雪を鬼門の方角にある座敷に連れ込んだのも、使用人を装った若い女だった。そこは詮子が父親から贈られたという木像を始末に困って押し込めていた座敷で、龍雪はその像に肝を潰して蔀を蹴破ってしまったのである。

「おや、おや。それでは龍雪さまはわたしが嘘を申しているとでも」

諫一は、言葉に反して楽しげである。

「それとも、あのお女中は三尸の虫の化けて出たものだったのかも知れませぬなあ」

庚申の夜は、三尸の虫が体から抜け出して、天帝に宿主の悪行を告げ口する。虫が出歩けないよう夜明かしをするという庚申待ちは、平安時代から続く風習だ。

「馬鹿なことをいうな」

「なんにせよ、兼平のお殿さまは庚申の宵に眠ってしまうとは、きっと三尸の虫に告げ口されてしまいましょう。わたしの芸をないがしろにした罰です」

「おまえも執念深い芸人だね」

龍雪は呆れた。

「おれは平曲をまともに聴いたのは今夜が初めてだが、とても心を打たれたよ。まるで、自分が熊谷次郎直実になったような心地がして涙が出そうだった」

検非違使が悪党を追うときは、自分の使命を善と心得ることができるから迷いは生じない。しかし、いくさの敵味方というのは善と悪とで括ることができない、各々の立場が異なるだけの間柄なのだ。単なる賞金稼ぎだった直実にしろ、ひとかどの武将にしろ、敵と命の遣り取りをするのはさぞかし辛かろう。

龍雪がそういうと、盲目の若者はにこにこと笑った。

「ああ、龍雪さまは良き聞き手でいらっしゃる。おかげで、今宵の憂さが晴れました」

首を斜めに傾げるような独特の会釈をよこすと、諫一は大路を左に折れて宵闇の中に消えて行った。

その不自由ない足取りを見送った後、龍雪は鴨川の土手に沿ってふたたび歩き出した。

風には雨の気配がある。

その風に波立つ川面が、視界の右端にあった。

厄封じにかこつけて遊び歩く手合いを目当てに、酒場も遊里も普段より賑わっていた。

川沿いに点在するそうした場所から、輪郭の定まらない灯りがにじんでいる。

（諫一を呼びに行ったのも、おれを化かしたあの女中だな――）

彼女が兼平の使用人ではないことは、確からしい。

（ことによると、田楽一座に横槍を入れて今宵の興行を断らせたのも、あの女の仕業なのではないのか。そこまでしておれに平曲を聴かせたいとは、いったいどういう了見なのだ）

龍雪は河原に居並ぶ酒場に寄り、酔客たちの浮かれ騒ぐいい加減な謡と踊りの中に腰を落ち着けた。

ろれつの回らない酔っ払いも、おしろいのはがれかけた浮かれ女も、立て続く混乱に翻弄されている龍雪には、なんとも平和に映る。

「九ツここなる悪所が御殿、大路のかたより呼ぶ声よ――」

安酒をあおりながら鬼殿で聞いた歌を大声でうたううち、龍雪もまた庚申の夜だというのにぐっすりと眠りこんでしまった。

＊

ひどく熱い風が吹いていた。風には、金属めいた腐臭が混じっている。

勝敗の決した戦場には、戦う者の姿はすでになかった。

折り重なるしかばねと、縫うように降り注いだ矢が、ここで起こったことの非情さを見せている。

むき出しの刃が針山のように連なる中、猪四郎は手負いの味方を背負い、怯えた足取りで逃げていた。

「……血のにおいが――」

猪四郎は漠然と、尻切れの言葉を発する。

それに答えるように、背負われた者がわずかに身じろぎをした。

ただ血のにおいがするといいたかったのか、それがいやだといいたかったのか、猪四郎自身もよくわからなかった。

逃げる二人は、極限の疲労のため意識が朦朧としていた。

遠く近くに、悲鳴と怒声が響き続けている。

まるで岩や石が転がるように、大勢の人が倒れていた。その全ては壮年の男で、盗む価値もない安造りな鎧を着けた者を除けば、ほとんどが裸にむかれていた。

死人の山に埋もれるようにして、深手を負った者が苦悶の声を上げている。

死んだ者やまだ死に切れない者の体から、鎧や着物をはぎ取ってゆく小鬼のような者たちの姿も、あちこちに見えた。死人の身包みをはぐ盗賊たちだ。

猪四郎は逃げ回りながら、とうに方角も目的も失っていた。ようやくそのことに気付いたとき、絶望のあまり呼吸が乱れて彼はひどく咳き込んだ。

その弾みで、背負われている者の傷が開いたのだろう、鎧の合わせ目から流れる血が伝ってくる。

（この御方を連れて、いまさら、どこへ逃げられるというのだ）

猪四郎が背負っていたのは、彼のいた軍勢の総大将である。ほんの二年前までは、天朝から日本の東半分の平定を任されていた稀世の英雄だった。

しかし勝利が敵の手に落ちた今となっては、この敗将の逃げ落ちる場所などこの世のどこにもない。

自分のような末端の兵卒が、なんの因果でこの高貴な大将の最後の供になってしまったのか。もはや弓も刀も握ることのできないこの重傷者に、死の淵まで付き従わなければならないのか。

そう思うと、猪四郎の首筋に冷たい汗が浮いた。

彼は単なる足手まといでしかない道連れに対して焼けるような嫌悪を覚え、同時にそんな自分の浅ましさに全身が震え出した。

「申しわけありませぬ。申しわけありませぬ」

互いの体温が伝わるように、猪四郎は自分の卑しい心持ちを読まれたような気がして、ただおろおろと詫びた。

「猪四郎」

背負われた武将はまだ少年の声で彼の名を呼び、腕を伸ばす。

「あそこで、休もう」

かざす手の先は、わずかに窪んだ草地になっていた。

「はい」

行く先を指示されたことで、猪四郎の心はふたたび忠実な一人の兵にもどる。

深手の武将の身を庇うように窪地に運び、その身をゆっくりと地面に横たわらせた。

鎧ごとつらぬかれた傷からは、まだ新しい血が流れている。今日の今日まで神の化身だとさえ信じていた若い武将が、まるで瀕死の子どものように頼りなく見えた。その姿を見ているうちに、猪四郎は改めてこのいくさの負けを実感した。

(もはや、死ぬより他に選ぶべき運命はない)

そう心に決めてしまうと、混濁していた意識も不思議と晴れ、生き延びることへの渇望も消えた。

（この御方を連れて三途の川を渡れば、死に損なった者たちはさぞやおれを羨んで、ほぞを噛むことだろうよ）

しんみりとした心地になって見おろした先、若い武将は不意ににこにこと笑った。どこか甘えたようにも見える仕種でまだ動く方の腕を差し伸べてくる。

「――猪四郎」

若い武将の手には、みやびやかな腰刀が握られていた。柄と燧袋に、割菱の紋章がある。

「おまえは伊賀国の生まれだとか。伊賀より出て、ようも奥州までわたしに付き従って来てくれた。思えば全ての戦場でおまえはわたしの味方をして命をかけてくれたのに、わたしは事ここに至るまでおまえの名すらも知らなかった。同様、わたしの下で命を落としてきた多くの者の名を知らぬまま、こうして自分も死んでゆこうとしている。なんと不実なことだ」

「大将さまは、下々のことなど思いわずらうものではありません」

猪四郎があわてたようにいうと、相手の顔には力のない微笑が浮かんだ。

その唇は動かなかったが、猪四郎にはこの瀕死の若者の胸に浮かんだ気持ちをなぜか正確に読むことができた。

――天下の争乱の中で、主上《おかみ》はこの顕家の身を思いわずろうてくれたことがあったろうか。

顕家が一途に後醍醐帝の復権のみを祈念してきたように、彼の奉じる帝もおのれの信じる理想の天下を仰ぎ、配下のたどった運命にまで心をかけることはなかっただろう。

「なんと不実なことだ」

武将は繰り返し、腰刀を猪四郎に差し出した。

「これを売って、身内に孝行をせよ」

「出来ませぬ」

配下の命を十把一絡げに使い捨ててきた者の最後の贖罪であると察しても、猪四郎はそれを受け取ることができなかった。彼には、それが主人の生命そのものであるかのように思えた。

死んでいった味方たちの魂魄が風に乗り、自分たちのしかばねの腐臭を運んでくる。猪四郎は確かに彼らの気配を感じた。

嫉妬と羨望。

諦念と期待。

遠く奥州からいくさに馳せ参じた南部家の味方の数は、人の煩悩の数と同じ百八人。その全てが戦死し、今、無力な亡霊となって猪四郎の周囲を取り囲んでいる。だからこそ、これほど熱風の吹く中でも、背筋は凍るように寒いのだ。

「かたじけのうございます」

猪四郎は、割菱の家紋を刻んだ佩刀を受け取った。

風が、なぐ。

しかし、草の揺らぐ音がする。

それが次第に大きくなって人の足音とわかると、窪んだ草地にいる猪四郎たちは緊張に身を強張らせた。

「これは、これは。陸奥守さまにあらせられるか」

声と同時に、抜き身の切っ先が高い草むらを薙ぎ払った。

続いて現れた男たちは、味方ではなかった。

「武蔵国の越生四郎左ヱ門、丹後の武藤右京進。天命により陸奥守顕家卿の御首級《みしるし》をちょうだいつかまつる」

おどけた響きさえ込めて、二人の敵は名乗りを上げた。

「しかし、敗残の姿となってさえ、うわさに負けぬ美丈夫ではないか。その美しい首をねじ斬るのは、いかにも惜しいな」

勝ちいくさの帰りに思わぬ大将首を発見して、男たちは有頂天だった。

戦闘の興奮に加え一日分の疲労も手伝って、酒が回ったような酷薄さでゆらりと猪四郎に視線を移す。

「下藹。今賜ったその太刀で、主の首を落として見せろ。さすれば、おまえばかりは見逃してやらぬでもない。下﨟の首を取ったとて、おれらにゃなんの足しにもならぬからな」

越生、武藤のいずれかが、嘲るように声を大きくする。

血糊の付いた切っ先を猪四郎の鼻先に突き出すと、ことさらに高く言葉を足した。

「主を殺して見せろ」

「ば——馬鹿な」

猪四郎は、顕家を背中に隠すようにして立ちはだかり、同様に顕家の刀も穢れから守るように帯の後ろに仕舞った。刃先の欠けた自分の刀を両手で構えると、硬直した動作で二人の敵に視線ばかりを走らせる。

「おいおい。負けた者をいたずらになぶるのはよせ。大将首なら、おまえが取れば良いだろう」

片方が呆れたようにいうと、それを聞く方の顔色が変わった。

「冗談じゃないぜ。この公家餓鬼のせいで、おれたちとてさんざんに仲間を失ったのだ。なにをいまさら、仏心を出す必要がある。せいぜい楽しまねば、死んだ者たちへの供養にならぬ」

噛みつくような怒気は、すぐに猪四郎へと方向を変えた。

「さあ、その大層な剣で主の首を落として見せろ。さもなくば、おまえもその美しい御仁も、寸刻みにしてくれるぞ」

振り上げた剣が、猪四郎の手から貧しい刀を叩き落とした。そのまま切っ先を眉間に突き付けてくる。

じりじりと接近する刃物の光に、猪四郎は後ずさる。

その足が、守るべき人の体を踏み、平衡を崩して倒れ込んだ。

「太刀を抜け、下﨟。負けいくさで分別すら失ったか。おれとその死に損ないの、いずれが恐ろしいのだ」

「――――！」

獣の咆吼に似た高い悲鳴が、猪四郎の口をついた。

たった今背中に隠したばかりの美しい刀を、むしるようにして手に取る。

振り上げた剣の鞘を頭上で抜き放ち、返り向きざまに猪四郎は刃を振り下ろした。

首を落とされる刹那、手傷で逃げることのできない若者は、彼にささやいた。

「おまえを助けるために死ぬのならば、末期の功徳というものだ。はやく、はやく首を取れ」

返り血が、猪四郎に降る。

全身を鮮血で染め、猪四郎はただ叫んだ。

猪四郎の体を吹き倒そうとでもするように、突風が吹く。

しかし、戦場の腐臭を乗せた風はいくら吹いてもなにごともなせず、猪四郎と共に泣くばかりである。

「——なんぢがためにはよい敵ぞ。たゞ疾《と》く疾く首を取れ……」

＊

目覚めた猪四郎の目から、ぽろぽろと涙がこぼれた。

「許してくれ、着草。顕家さまを殺めたこのおれが、どうして奥州の地にもどれたというのだ」

彼は殺した主人と捨てた妻の名を呼びながら、文机に突っ伏して泣いていた。

どれだけ眠っていたものか。

破れた蔀から強風が吹き込んでいる。

庭木の揺れる音が、まるで怒号のように響き渡る。

——猪四郎さん。

飽かず泣く猪四郎は、彼を呼ぶ細い声でわれに返った。

——猪四郎さん。

文机の上に広げられた風景画を目にして、猪四郎は愕然と身を強張らせた。

いつからこの絵が目前にあったのか、どう考えても思い出せない。なんにせよ、彼の元にはあるはずのないものなのだ。

「どうして、これが――」

その絵は、遠国に残してきた妻に贈るため、絵師に描かせたものである。

東風に吹かれた花弁が舞い、太陽と月が同時に浮かんだ空の下、幸福そうな雑踏の中央に描かれているのは離れ難く寄り添う彼と妻の姿だった。しかし今、二人の肖像は水ににじみ、あいまいな影法師のように消えかかっている。

「おれが泣いたせいで、大事な絵を汚してしまった」

そう思ったとたん、この絵がなぜ今自分の手元にあるのかも、なぜ泣いていたのかも、どうでもいいことのように思えてくる。猪四郎はただ、絵を台無しにしてしまったことに、胸のつぶれるような悲しみと悔恨を覚えた。

――猪四郎さん。

声が近くなる。

蔀の向こう、光に溶けるようにして、彼の妻がたたずんでいた。

＊

九条東の片すみから川沿いの市に沿い、着草は蝶か羽虫のように取りとめのない歩調で、北の方角へと上っていた。

遠い稜線は影絵のように黒ずみ、朝陽が赤くふくらんで見える。

朝焼けに照らされた街に、雪片がちらついていた。金や銀の箔のように雪粒が光る。

毬杖《ぎっちょう》で遊ぶ子どもたちが、雪を見て喜び騒ぎ、一日の始まりの仕度をする大人たちの足を、悪気もなくとめていた。

(まるで、東風の吹く根城の町のようだ)

着草の後ろ姿に追いすがりながら、猪四郎はうっとりとそう思った。

記憶に残る懐かしい奥州の地と、京洛の雑踏が瞼の前で重なる。

その二重写しの風景に心が慣れるにつれて、いるはずのない女の姿を追っていることにさえ、なんの不思議も感じなくなってゆく。

子どもたちの歓声が、こだまのようにあちこちから一斉に上がった。

忙しない朝の往来で、その小さな者たちにぶつからないようにしきりと足下を確認しなければならない。

そうしながらも、猪四郎は女の姿を見失うまいと眼を凝らした。

着草は紅地に飛鶴模様の派手な小袖を着ているので、町方の人混みには決して紛れない。

（あれは、おれが買ってやった着物だ。あの小袖を最初に羽織ったときの着草の喜びようときたら――。あいつの可愛いらしさときたら――）

猪四郎は記憶を手繰り、われ知らずほほえむ。そのほほえむ目に涙があふれてまたたきをするたびに、猪四郎の視界から着草が消えた。華奢な後ろ姿が人とすれちがうと、その陰にすっぽりと隠れてしまうのだ。

不思議なことには、消えた次の瞬間、その場所よりいつも二、三間先から着草の姿が現れる。だから、いくら急いで歩を進めても、風に吹かれるようにふらふら歩く着草との距離は狭まらない。そのもどかしさに、猪四郎は幸福と落胆がない交ぜになった心地で、両手でなん度も空を掻いた。

雪にはしゃぐ童子の声と同じほど、往来の大人たちのかけ合いのような会話が大きく響いている。それを掻き消すほど一際大きな声が、猪四郎の意識を捉えた。

――かくしてその美女は、虚空蔵菩薩の化身であったのじゃ。

道端で仏法を説く勧進聖が高らかに結ぶと、集まった諸衆の感嘆の声が上がった。見たことのある僧だ、と猪四郎は思うのだが、どこで会っただれなのかどうしても思い出せない。

法師の声と往来の人の声に吹き渡る風が重なり、まるで別の音のように聞こえた。猪四郎の耳には、それが戦場の怒号と喧噪のように響く。

一瞬の錯覚だった。

いつの間にか俯いていた顔を上げる。

擦れちがう人が肩にぶつかり文句をいいかけては、猪四郎の憔悴した容貌に気付いて啞然と彼を見上げた。

陽が昇り、雪に浮かれていた子どもたちは、いつの間にかどこかへ行ってしまった。朝焼けに染まっていた空は、今はただ無限に高い青空に変わっている。見ていれば、まるで体も魂も吸い込まれてしまいそうで、猪四郎は恐ろしげに視線を地上にもどした。

遠く前方を歩く着草は、橋を渡っている。

その歩調は風に吹かれるうす衣のように、右へ左へと揺れて取り留めがない。人家が途切れた後は、冷たい秋の日差しと細い道があるばかりだ。

風にさらわれた衣をつかむのが難しいのと同じに、着草の姿もともすればこのあふれるばかりの光の中に溶け込んでしまいそうになる。

(着草――。どこまで行くのだ)

衣服に付いた雪粒が溶けていないことで、猪四郎は自分の体も冷えきっていることを知った。それでいて、寒さを感じない。

まるでむくろにでもなったようだと考えていると、奇しくもそのまま死者のすみかへと足を進めることとなってしまった。

着草が向かった先は、広大な墓地である。

東山の裾野、古来から都人の埋葬地とされてきた鳥辺野だった。

＊

龍雪が遅くになって出仕した使庁では、なにごとかを書き込んだ紙の山を一面に広げて、看督長の繁遠が放免たちに盛んに命令を下していた。

その中に先日から行方をくらましていた清輔の姿を見つけると、龍雪は怖い顔で目配せをする。

調べたいことがあると告げて清輔が京を離れたのは、河原御殿の殺人があった直後のことだった。この理屈屋の不在で、龍雪は随分と苦手な推理に頭を絞らねばならなかったのだ。挙げ句、遊女殺しの一件はいまだなに一つ解決していない。

清輔を呼びつけようとした横合いから、初老の看督長のしかつめらしい顔が龍雪を見上げる。

「龍雪さま、厄介なことになってきましたぞ」

「どうしたのだ」

厄介事がなにをさすのかも気になるが、目前に積み上げられた書類の山もただ事ではない。

そう思って警戒する龍雪に、繁遠はさも深刻げに眉根を寄せて見せた。

「厄介というのは、他でもない。五条の遊女殺しの一件です」

「うむ」

「黒刀自という年嵩の妓がいたことは、ご記憶でしょうか」

「ああ。あの妓は、新入りの着草こそが笙を殺した張本人だといっていたな。――あまり当てになる話ではないが……」

実際、黒刀自の説には、龍雪は困っていた。

彼は着草に行方不明の連れ合いを捜してくれと懇願されていたし、その一途さから察するに、たかが客の取り合いなどで着草が仲間を殺すなど到底考えられなかったのだ。

「全くでございますよ、龍雪さま」

龍雪が黒刀自の証言のほころびを探していたことを知っている繁遠は、それが見つかったのだといって目を輝かせる。

「あの妓、侍所に引っくくられたようです」

「黒刀自が下手人だったのか」

龍雪は頓狂な声を上げた。

「下手人とは決まったわけではありませんが、身内の弔いに行ったというのは、どうやら嘘だったらしいのですよ」

事件当夜、黒刀自は身内の葬儀のために、いとまをもらっていた。奈落ヶ辻という掃き溜めのような界隈に暮らす実父が、亡くなった。自分の娘を遊女にさせてその稼ぎをせびり取るような老人だったと、詮議を受ける中で黒刀自は悪しざまに死者に毒づいていたものだ。

「黒刀自の父親は加蔵という悪党で、確かにあの前日にぽっくり逝ったのですが、黒刀自は弔いになど出ていなかった。少なくとも、問題の夜の九ツ頃にはどこにいたかわからない。いくら責めても、頑として口を割らんのだそうです」

これは侍所の知り合いから聞き出した情報だといって、繁遠は心なしか得意そうに声を大きくした。

「それは確かに怪しいが――」

それだけでは、下手人と決めつけるわけにはゆくまい。龍雪がそういうと、看督長は頭を横に振って見せた。

「わたしが懸念しておりますのは黒刀自のことよりも、侍所の動きなのですよ」

「どういうことだ」

「この件に関して侍所の力の入れようは普通ではない。いつもわれらの先手先手を取っている。全くのところ、くやしいことはなはだしいではありませんか」

「そうだなあ」

凶事のあった河原御殿の捜査でも、着草と縁のある悲田院の詮議でも、龍雪は侍所に先を越されていた。

「五条の笙は評判の美姫だった。手を下した者を捕らえれば、やはり評判が上がるだろう」

この遊女殺しの一件が侍所と検非違使の追捕合戦の様相を呈してきていることに、龍雪としては当初から呆れ半分なのだが、看督長はいよいよ身を乗り出してくる。

「そこで検非違使としては割菱紋から糸口をつかもうと、別当さまがわざわざ治部省と民部省に手を回してお借りした文献の写しが、こちらなのです」

治部省と民部省は、いずれも人口や戸籍を管理している役所である。双方併せて公卿から庶民まで、出生、跡継ぎ、婚姻など、人口のいっさい合切を掌握していた。

目前の書類の山は、五条の殺人現場にいたかもしれない割菱の君をあぶり出すため、割菱紋を持つ京中の貴族を書き留めた資料だという。

「しかし――」

以前、兼平判官も指摘したとおり、貴族の家紋など売り買いのできる商品のようなものだ。割菱の君の素性が真に公家なのかもさだかではないのだから、家紋を頼りに人物を特定するなど雲をつかむような話だ。そう口を挟みかける龍雪の袖を、後ろから引っ張るのは清輔だった。

「龍雪さま。ちょっと、こちらへ」

割菱紋の人名録を相手に奮闘する看督長の目を盗むようにして、清輔は官衙の外へと龍雪を連れ出した。

「おまえ、どこへ行っていたんだ」

声を荒らげかけた龍雪は、門のかたわらに置いた土車の陰からこちらをうかがってい る者の気配に気付く。なんの気なしに振り返ると、放免の蚕児が拗ねたような顔で龍雪たちのやり取りを見ていた。龍雪が手を振ってやったのに、蚕児はいじけた一瞥を残したまま土車を押して立ち去ってしまう。

「蚕児のやつ、どうしたのだ」

「昨夜の庚申でどこぞの酔客が川にはまったらしく、そのなきがらを引き上げに行くのです」

「そんなことを訊いているのではない。あいつは、なにを拗ねているのだ」

加えて、おまえはどうしておれの訊くことをはぐらかしてばかりいるのか。そうただすと、清輔は後の方の問いに「わたしは捻くれた性分ですから」といっておかしくもなさそうに笑った。

「蚕児はむかしの悪癖が出ましたので、少し叱ってやったのです」

「また他人の懐から銭でもくすねたのか」

「なに、一度きりのことです。きつくいっておきましたから、この先は二度といたしますまい。——それより、龍雪さまに会わせたい御仁がいるのですが」

「それは、だれだ」

「陰陽寮の憑きもの騒ぎの下手人ですよ」

＊

清輔は、無遠慮に龍雪の腕をつかむと、すたすたと陽明門の中に入って行く。

帝の住まう内裏を中心にして、美々しいいらかの群れが整然と立ち並んでいた。

幕府という煩いを抱えてはいても、この外重の内こそ日本の政治の心臓部なのである。まさに陰陽師の使う「急急如律令」の呪文よろしく、律令の名のごとく粛然とした大内裏の光景を目にするたびに、龍雪はすがすがしくそのことを実感する。

前に煙に神経を冒された得業生がよじ昇ろうとした八省院の外壁も、今日はただ静かに聳えていた。

そのたたずまいを右手に見やって、ぐるりと朱雀門の前に出る。

正面に開いた治部省の門内に、放免は龍雪をいざなった。

「使部《つかいべ》の蛭井どのは、いずこに居られますか」

下級役人らしいくたびれた烏帽子の者をつかまえ、清輔は訊いた。

相手は迷惑そうに清輔をにらんだが、背後にいる龍雪の気配に気付くと、取りつくろうように居住まいを正す。そのよれ烏帽子がさし示すより先に、清輔が目的の男を見付けていた。

「龍雪さま、あちらのお方です」

指差す先、どこか病人じみて顔色の悪い男が、背を屈めるようにして書簡の束を運んでいる。

「あの方は蛭井小次郎さまといって、使部をなさっておられまして――」

六位以下の官人の子は、一定の年齢を越えると、官職を持たずとも宮城で勤務することがある。そのうち、優秀な者は大舎人、それに続く能力を認められた者は兵衛、判定の低い者は使部の職を与えられた。雑務や使い走りが、使部の任務だった。

そんな退屈な職務への憂さ晴らしにか、蛭井は悪党気取りの半端者となり、こちらの賭場あちらの遊里と借財を重ねていた。その取り立てに来たゴロツキに外重の辺りで待ち伏せされることもたびたびで、上司や同僚たちからも呆れられているのだという。

「そこをゆすり屋に付け込まれたらしいのですな」

「ゆすり屋とは」

「侍所の小舎人、望月一綱です」

「ほう」

龍雪は短く相槌を打つ。

「しかし、付け込むといっても、望月はなんのために……」

いいかけて、龍雪の言葉尻が萎んだ。額を挟むようにして頭を押さえる。

「陰陽寮の騒ぎがあった日、望月は宮城に来ている」

くだんの不祥事は折り悪しく侍所頭人の表敬訪問とかち合い、幕府ぎらいの兼平判官などは宮城の醜態を敵にさらしてしまったといってしきりにくやしがっていた。このとき、頭人の乗った馬の口を引いていた従者が、小舎人の望月一綱だった。

「陰陽寮の一件では、判官どのも望月が怪しいと指摘していたが……」

「ええ。麻の枯れ葉を仕かけたのは、恐らく望月の差し金でしょう。その騒ぎに乗じて、望月はなにかをしでかしたのだと思います」

「なにをしでかしたというのだ」

「それは、加担した者に訊いてみなくては」

小声で話し合う二人の視線と、こちらに振り返った蛭井小次郎の目がぶつかった。

＊

蛭井小次郎が検非違使少志の清原龍雪を見知っていたわけではないだろうが、その姿に気付いたと同時に正体をも察したらしい。

元より疚しいところはいくつもある身だった。

検非違使が来たとなれば、神妙に捕らえられるか逃げ出すかの二つの選択よりない。生来のくせなのだろう、蛭井小次郎は後者を選んだ。

しかし、宮城の中で捕もの騒ぎを起こすのは、追う側にも追われる側にも望ましいことではなかった。

逃げる蛭井はすぐに治部省の建物を抜けると、宮城の北西部分にある上西門に向かった。

上西門は荷物の出入りに使われる通用門で、飾りもなければ屋根もない。上位の貴族の出入りもなく、心疚しい者が宮城から抜け出すには、いかにもふさわしい出口に見える。外重にうがたれた十四の門の中で、蛭井は人目に付かずに逃げるために迷わずこの上西門を選んだ。

しかし、そのわずかばかりの分別は、追う側に完全に読まれていた。

検非違使の大男を撒いてたどり着いた殺風景な土門の向こう、いやな感じにうす笑いを浮かべた放免が待ち伏せしていた。

南中した秋の寒い光が、足の下に寸足らずな影を作る。その影を踏みつけるようにしてきびすを返すと、目前には遣り過したはずの検非違使少志が立ちはだかっていた。

蛭井小次郎は検非違使たちを相手に居直るべきかしらばっくれるべきかを思案したが、

結局はどちらもやめた。

この男は負けることに関しては、ちょっとした眼識があった。

居直れば、偉丈夫の方を怒らせて手が付けられなくなる。しらばっくれれば、今度は陰気な顔の放免に、根掘り葉掘り問い詰められることになるだろう。

自分には、そのどちらからも逃れるだけの才覚がない。小次郎はほんの一瞬でそれを悟り、ヤケ半分に両手を広げて降参の意思表示をした。

「それで、なにを白状したら宜しいのですか」

蛭井小次郎の予想外に従順な態度に、追いかけてきた龍雪たちは拍子抜けして顔を見合わせた。

「望月一綱に、なにを頼まれた。陰陽寮で騒ぎの起こった日、おまえは望月のためになにをしたんだ」

「ああ」

元より血色の良くない肌が、貧血を起こしたようにさらに青黒くなる。これから証言することで失うものの重さを、勘定してでもいる様子だった。

「あの男は、素性を調べていたんですよ」

「だれの素性を調べていたというのだ」

「そちらの判官さま。――兼平頼貴さまの生まれに関することを」

「判官どのの素性が、どうしたというのだ。しかも、それが望月などになんの関係がある――」

龍雪は面食らってまくし立てるが、清輔の方はいたって冷静である。軌道を修正するように、龍雪のいった最初の問いを繰り返した。

「それで、蛭井さまは望月にどんな手助けをなさったのでしょう」

「騒ぎを起こして注意を逸らすすきに、兼平判官の素性に関する書類を見せろと――。望月は、そんなことをいうのです。もちろん、なん度も断りましたよ。しかし、やつはわたしの金回りの問題やらなにやら、父や上官にいうと脅すんです。それでもわたしは断わった。そしたら、やつは、周りの注意を逸らしてやるからといって――」

「注意を逸らすとは、焚き火の中に麻の枯れ葉を仕込んでおいたこととか」

「誓っていうが、やつがなにをするかなんて、わたしゃ知らなかった」

「知らぬで済むか」

聞き取れないほど語尾をにごらせたしゃべり方によけい腹が立ち、龍雪は危うく相手を張り倒しそうになる。

つっかえ棒のように両腕を伸ばして龍雪をとめる清輔の姿はなんとも滑稽だったが、実際のところ清輔は渾身の力を振り絞らねばならなかった。

「そ――それで、望月は目当てのものを手に入れたのですか」

猛獣のような龍雪を懸命に食いとめながらも、清輔が気丈に質問を継いだ。

はたから見ればおかしな眺めだが、今にもつかみかかられそうな蛭井にしてみれば、身も世もない恐ろしさだったに違いない。血色の悪い男は、乙女のようにぺたりと地面に座り込んでしまった。腰が抜けたのだ。

「確かに、望月は――」

覚悟を決めて開きかけた蛭井の口は、血相を変えて駆け込んで来た看督長の勢いに飲まれてふたたび凝固してしまった。

座ったまま失神したような蛭井小次郎に代わって、看督長の繁遠が裏返った声で龍雪の名を呼んでいる。

「一大事でございますぞ、龍雪さま」

繁遠はくしゃくしゃに握りしめた紙片をかざして叫んだ。

「望月一綱と思しき男が、かようなものを町中に撒いて歩いているとのことで――」

相手の勢いに引き込まれ、龍雪もそれをひったくるようにして受け取ると、しわを伸ばすのもそこそこに問題の紙片に見入った。

「なんだ、これは」

そこには、酩酊して書き殴ったような乱暴な筆で、短い一文だけが記されていた。

――検非違使判官兼平頼貴の正体は、伊賀国住人猪四郎なる下賤のやからなり。

＊

落書を撒いているのは、三十歳前後に見える武官風の美丈夫であるという。

流行りの婆娑羅な風合いの直垂姿と整った顔立ちに、往来の者は悪い夢に吸い込まれるように、男の配る紙片に集まった。

落書の内容に目を輝かせる者も多いが、その美貌に見惚れる者も少なからずいたらしい。

反面で、美しい姿形の底には、退廃的な悪意がうかがい知れた。

「いかにも望月一綱らしい風采だな。しかし、確かにやつだと面割りをしたわけではないのだろう」

問題の落書を根拠のない中傷と決めて怒り立つ検非違使の官人たちを、龍雪は横目で眺めた。

「もちろん、早速に追捕の手を放っております」

張り切る繁遠は、上官たちの行動をまるで自分の采配であるかのようにいってのける。その僭越さを叱るでもなく、龍雪はただあいまいにうなずいた。

（なるほど、落書の中身は望月が求めていた情報そのものだ。しかし、おかしな具合に話がつながってしまったぞ）

乱入してきた繁遠に遮られなければ、治部省の蛭井小次郎も同じことを告白しようとしていたらしい。

望月一綱は、わざわざ宮城中を揺るがすような大騒ぎを仕立ててまで、兼平判官の前身を調べ上げたのだという。

望月がなんの意図でそのようなことを探っていたのかは不明なままだが、結果として飛び出して来たのは、着草の夫の名だった。

――検非違使判官兼平頼貴の正体は、伊賀国住人猪四郎なる下賤のやからなり。

着草の夫猪四郎は、伊賀国黒田荘で生まれた。

幼いころから腕っ節が強く、身を立てるならば戦場へ行くという発想しかないまま成人したという。

やがて陸奥守北畠顕家の軍に加わり、遠く奥州まで下る。

敗戦後、京に上るが体を悪くして悲田院に収容された。

これが、行方知れずの夫に関して、着草が語った内容である。

一方、判官の兼平頼貴は、つい昨年まで丹後にある荘園の荘司を務めていた。

しかも、荘園は父祖伝来の土地である。

その兼平家の嫡男が、どうして伊賀の荒くれ者と同一人物に成り得るのか。

落書は短い文言の中にも、わざわざ「下賤のやから」とののしりの文句を入れているが、兼平判官は源九郎義経の再来のごとしとほめられるほどの好漢だ。

しかし――、と、龍雪は胸の内に兼平判官の姿を思い浮かべた。

（しかし、確かに判官は、田舎の荘司をしていたにしてはいくさの知恵に長けている。そしてなにより、吉野の亡き帝に一方ならぬ思い入れをお持ちだ――）

兼平判官は常から足利幕府ぎらいを標榜していた。

その足利将軍と戦った後醍醐帝配下の武将たちへの憧憬を、ことあるごとに語るくせもある。

仮に、兼平判官が吉野の帝のもとに参戦し、足利軍とのいくさに明け暮れた過去を持つ身なら、やはり後醍醐帝を愛し、帝の麾下にあった武将たちを思慕するだろう。

もしも度重なるいくさを戦い抜いてきた経験があるとするなら、陰陽寮の憑きもの騒動のときのように、危機に直面すれば頭よりもまず先に体が反応して事件のただなかに飛び込んで行くことも不思議ではない。

判官の不可解な個性を最も雄弁に説明するのは、望月が調べ上げ、撒き歩いているという この落書の中身なのである。

＊

「お殿さまは昼頃から外出をなされて、奥方さまもわたし共も、お役目に向かわれたとばかり思っていたのですが」

落書は町のあちこちに撒かれていたらしく、それを読んだ兼平家の郎党がすぐさま使庁に駆け付けて来た。

「判官どのは、今日はまだ使庁にお見えではないよ」

「ならば、どこぞで一人、これを目にしておられるのでしょうか。それにつけても、どうしてこんな根も葉もないことを――」

老いた郎党は落書を読んだ詮子の傷心の様子を訴え、この悪戯の主への恨みごとを並べ始める。

「どうして望月が、このようなことをするのだ」

兼平家の郎党と似たような口調でつぶやきながらも、龍雪は納得のゆかない顔を清輔に向けた。

「落書とは子どもじみた真似をしたものではないか。こんなことをして、望月になんの得があるんだ」

「望月を捕らえてみましょうか」

落書の中傷をわがことのように怒って騒ぎ立てる官衙の中で、どうしたわけか清輔は一歩引いた態度でいる。

「望月がどこにいるか、おまえは知っているのか」

「あの男は大概、奈落ヶ辻で寝起きしていますよ」

＊

青く冴え渡った空の下、京の町の中でひしゃげたように横たわる一隅に足を踏み入れながら、龍雪はひちりごちた。

「奈落ヶ辻とは、また――」

奈落ヶ辻は、汚れた造花のような街である。

京洛の南端、宮城から見て奈良の方角にあるので通り名は《奈良ヶ辻》だが、市中の者にはもっぱら《奈落ヶ辻》というかげ口で呼ばれていた。文字通り、都の底の意味だ。

「せっせと脅し歩いて小金も貯まったろうに。望月め、なんだってこんなところで、とぐろを巻いているんだ」

「あこぎな真似を重ねる分だけ、だれに寝首を掻かれるか知れたものじゃない。こんなごちゃごちゃと汚い処の方が、気が休まるのでしょう。銭を節約して官位でも買おうとしているのかも知れませんね」

「あり得ないことではないな」

放置された牛車のくびきに危うくつまずきそうになりながら、龍雪はおかしくもなさそうに笑った。朽ちたくびきのかたわらには、なぜか高級な高麗縁の畳も置き捨てられ、これも同じように腐りかけている。

「こちらから」

筵ばかりを垂らした戸口から、穴蔵のような小屋の軒をくぐる。

小屋は土間から先が半壊していて、同じような路地に続いていた。

「わあ」

道端に人の頭が転がっているように見えて龍雪を驚かせたのは、伎楽に用いる治道《ちどう》と呉女《ごじょ》の仮面だった。この頃では伎楽を演じる者もないので、それだけでも相当な年代を経ているとわかる。軒下に打ち捨てられるべきものにも思えず持ち上げた裏には、わらじ虫の群れがぞろりとへばり付いていた。

顔をしかめて元にもどしながら、龍雪は全くいやな気持ちになった。

こうした陰気さは、苦手である。

ここに較べれば、薙王の遊里など貴人の住まいにすら思える。

(なにが目的なのだ。あんなことをして、やつになんの得があるのだ)

望月はゆすり屋である。

外重の内で騒ぎを起こしてまで兼平判官の身辺を探り、それを書き連ねて町中に配り歩くなど――確かに、検非違使庁をあわてさせるとしても――全く望月らしからぬ遣り口だった。

「あの男は、身の内に闇を飼っているのです。普段の悪事からしても、金を稼いでいるのではなく、人をむさぼっているように見えます」

「人をもてあそぶのが面白くて、あのようなことをしているというのか」

龍雪はまるで望月当人と話しているような気がして声を荒らげたが、目指す場所が近いことに気付いて口を閉ざした。

同じような格子窓の並ぶ軒の一つ、貝合せの彩色を施した蛤が割れて転がっている。戸口に揺れる緋色の垂れ幕が、風であえぐように舞い上がる様子が、毒々しくも哀れにも見えた。

清輔はその軒下に立ち、自分は裏へ回ると手振りで示した。うなずく龍雪は、少し離れてせまい戸口のかたわらに立つ。

上空で、風の音が高く鳴った。

それを合図にしたように、龍雪は緋色の幕を引きはがしてためらいもなく踏み込んだ。せまい土間を抜けて板戸を無造作に蹴破った先、鼻を突く香が煙る向こうに、目当ての者がいた。

ひどく血色の悪い白拍子の膝に頭をのせて、望月一綱はまどろんでいるところだった。

普段どおりの青色の地味な直垂の上に、黄蘗《きはだ》地に紅葉の枝葉を織り込んだ、女ものの袿がかかっている。

その上から骨張った指を食い込ませるようにして、白拍子が望月の肩を揺らした。女の陰気に見開いた目は、不意の侵入者の正体も目的も見通しているかのようだった。

しかし、こちらがもどかしく思うほど、望月は寝ぼけている。うすい膝の上で寝返りを打ち、女の腰に手を回した。

望月を引き起こそうと、龍雪が後ろから襟首に手を伸ばす。

不意に、弛緩していた望月の体軀が、猫のように飛び上がった。

龍雪の鼻先を、刃物の切っ先がかすめる。

すんでのことでさけざま、龍雪はわずかに平衡を崩した相手の肩を、両手で叩きつけた。

望月の体は打ち損なった釘のように、床の上にくずおれる。

手からは、からりと剃刀が落ちた。

「これは、これは、検非違使の清原龍雪さまですか。それがしのような下﨟になんのご用でございますやら」

引き起こされた望月一綱は、ため息混じりの声でいまさらのような口上を述べた。

折れた前歯を血の混じった唾と一緒に吐き捨て、にらみ上げる三白眼はどうしたわけか彼を殴った龍雪ではなく清輔に向いている。

「善人面して、ご苦労なことだな」

望月の片眉がふと吊り上がって、いやな微笑を作った。

それを見た龍雪の胸に、同僚たちと同じ怒りが湧いた。

「きさま、なんの恨みで兼平判官を中傷して回るのだ」

「なんのことやら」

居直る相手の目前に、龍雪はしわくちゃに握りしめていた落書を突きつけて見せる。

しかし、望月は呆れたような顔をしただけだった。

「そこに書かれてあるのは確かに事実のようですが、さような阿呆な紙きれを配って回るほど、それがしは能なしではございませぬ。――大方、死んだ女房の幽霊に化かされた、猪四郎当人の仕業でございましょう」

「おのれに不利な素性をばらして回る阿呆が、どこにいるか」

「いかにも。――分別のある者なら、さような真似はいたしますまい」

そういう望月は、やはり視線を清輔に定めていた。

＊

落書を撒いたのが兼平判官自身であろうという望月の主張は、意外なほどあっさりと判官当人によって明かされた。

陰陽寮で起きた騒動の張本人として連行した望月の詮議を進めていた矢先、青褪めた顔で蚕児がもどって来た。むかしの悪癖が出て清輔に叱られたばかりという若い放免だが、その清輔にすがるように駆け寄ってなにごとかを耳打ちする。

「どうした、どうした。判官どのが見つかったのか」

すかさず横合いから望月が茶々を入れた。

その横柄さに龍雪は怖い顔をして見せるが、清輔の表情にはそれが図星だと書いてある。

「こちらへ」

龍雪の袖をつかむようにして回廊に出た清輔は、色を無くした顔で蚕児に告げられたことを報告した。

「判官さまは、鳥辺野におわしたそうです」

*

鳥辺野と聞いて龍雪は兼平判官が亡くなったものと早合点し大いにあわてたが、実際には判官は怪我の一つもなく無事でいた。しかし、その様子は昨日までの判官を知る者には目を疑うありさまであるという。

そんな判官を発見したのは、無縁仏を埋葬に行った放免たちだった。

「どうして、すぐに連れてもどらなかったのだ」

鳥辺野から駆けて来たという蚕児にそう訊いても、若い放免はえもいわれぬ複雑な顔をして「ともかく、判官さまを助けに行ってください」と懇願するばかりである。

果たして、都人が死後行き着く場所に、確かに兼平判官はいた。

しかし、彼は落書に記されたとおり、兼平判官の肉を着た別の男に変わり果てていた。まだ幾分新しいと思われる死者の墓を掘り返し、腐り始めた女のなきがらを抱いて、判官はその墓穴にすっぽりとはまっていたのである。

判官は女がするように紅色の小袖を頭から被り、掘り返した穴の周辺には町中に撒かれていたと同じ落書が、落ち葉のように広がっていた。

「龍雪さま。あれは、秋分の夜にわたしが河原で見つけたむくろです。その翌朝、ここに埋葬したむくろですよ。――判官さまが被っているのも、あの女と親しかった者が供養のためにと、わざわざ墓にかけてやった小袖です」

そう耳打ちする清輔の声を聞きながら、龍雪はわれ知らずこの放免の腕をしがみ付くように強く握った。

土饅頭の上に置き捨ててあったという小袖はなぜか汚れもせず、まるでそれ自体が生前の姿を残した幽霊のように鮮やかに、暮れ方の風にはためいている。

「判官どの――そのむくろは――」

たずねる龍雪の声は、隠しようもなく震えていた。

遺体は土にまみれた上にすでに腐爛していたが、目鼻立ちばかりは不思議なほど生前の様子をとどめていた。

その華奢に整った美しい細面の女と、龍雪は確かに出会ったことがあった。笙が殺害された翌日、詮議のために向かった河原御殿で彼を出迎え案内してくれたのが、紛れもなくこの女だった。判官が頭から被っている飛鶴模様の小袖もまた、そのときに彼女が着ていたものに違いない。

(兼平判官が猪四郎ならば——これが女房の着草なのか)

しかし、この遺体が河原御殿で龍雪を迎えた女と同一人であるはずはないのだ。龍雪が河原御殿に詮議に行くより半月前に、女はその遊廓近くの野末で死んでいるのである。

加えて奇妙なことには、この遺体が着草だとしても、検非違使庁に龍雪を訪ねてきた女とは似ても似つかなかった。

「判官どの、その女はだれなのですか」

龍雪は繰り返し訊くが、その声は判官の耳に届かなかったものか、返答はなかった。

＊

墓穴から引きずり出され、女のしかばねから腕をほどかれている間、兼平判官は抗いもしなかったが、自ら進んでは身じろぎ一つもしなかった。

はたから見れば、まるで魂のない木偶である。

検非違使庁に連れ帰るまで終始無言で、刑場に向かう罪人のような陰々滅々とした諦念を漂わせていた。

検非違使庁で待っていた兼平家の郎党は、主人の無事に安堵の息をついたものの、近くまで寄って屍臭と泥にまみれた姿を見たとたん、腰を抜かしてしまった。その老人の代わりに蚕児が兼平家へ遣いにはしった。

判官は介抱しようとする老いた家臣を遠ざけて、暗い庭先にぺたりと腰をおろした。

「いまさら、おれを兼平の家に連れもどしてどうなる」

墓穴で発見されて以来初めて発する言葉は、捨て鉢で無気力だった。昨日までの兼平頼貴の声とは響きが違ってしまっている。

「あの落書は、判官どのご自身がお書きになったのですか」

人変わりしてしまった相手にどう対応していいのか迷いながら、龍雪ははれものにでも触るようにおずおずとたずねた。

――三十歳前後に見える武官風の美丈夫。流行りの婆娑羅な風合いの直垂と整った顔立ちに、人々は吸い寄せられるような魅力を感じ、あるいは退廃的な毒気を感じとって恐れをなしていた。

落書を撒いていた者の人相から望月一綱ばかりを連想していた龍雪は、その落書を護符のように敷いた墓穴の中に兼平判官を見つけて以来、ただ唖然とするばかりだった。

――猪四郎というのは、気に入らなければ、地獄の鬼でも打ちのめすような恐ろしい男だ。そればかりか、心根の腐った卑怯で人情のうすっぺらな穀潰しの役立たずの――。

笑って聞いた勧進聖の悪口を思い出すが、今はとうてい笑う気になどなれない。その言葉のままの男が目前にいるのだ。

「あの落書を、ご自身で撒いたのですか」

龍雪は繰り返す。

判官は長い間をおいて龍雪を見つめ、ようやくわれに返ったように顔の表情を取りもどした。

「そうだよ」

「どうして、そんなことを」

「あれは嘘でもなんでもない。真実を世に知らしめて悪いという法は、あるまい」

軒下ではぜるかがり火に照らされ、ぎらりとした白目の光が、龍雪に本能的な警戒心を起こさせた。それは検非違使判官というよりは、捕縛された悪党の目の色だ。

確かに、兼平判官は龍雪の目前で、刻一刻と別人に変わってゆく。

龍雪は今、鬼殿の妖怪よりも乱心した得業生の狼藉よりも、もっと奇異な現象を目の当たりにしている気がした。

「おれは貴族の息子などではない。親に付けられた本当の名は、猪四郎だ。親といっても、兼平の大殿ではないよ。伊賀の百姓さ」

「猪四郎とは――」

着草が検非違使庁に来たとき、彼女が捜し求めている連れ合いの名を、そう呼んでいた。

けれど、あのときに現れた着草は墓から掘り起こされたなきがらとは似ていなかったし、彼女はその場に居合わせた兼平判官を見てもなんの反応も見せなかった。

龍雪がそう指摘すると、判官はうなだれた頭を横に振り「あれは着草ではない。着草の恨みが凝り固まった化けものだ」とつぶやいた。

「化けものが――」

やはりそんなものが跋扈しているのか。

そういって龍雪が顔色を変えたことなど意にもかけず、判官は無気力な口調で続ける。

「おれは伊賀の田舎で生まれ、暴れるより他に能もない悪たれだった。あそこは元々剣呑な土地だが、とりわけおれは鼻つまみ者でね。そのくせいさかいが起きればおれは真っ先に駆り出された。もっとも、こっちも喜んで駆け付けたものだ。

刀を持って戦うのが楽しくてたまらなかった。身内たちは、こんなおれなどいっそのこと侍にでも斬られて死んで欲しいと思っていたらしいが、おれはいつもそんな期待を裏切ってばかりいたものさ」

まだ少年だった猪四郎は、とうとう親兄弟との折り合いが付かなくなり、故郷を出奔した。

彼は手の付けられない暴れ者のくせに、不思議と志は真っ直ぐだった。悪党ゴロツキの類におちぶれる気など毛頭なく、戦場こそ自分の身を立てる場所だと確信して疑わなかった。

「おれはね、伊賀にいたころから、いくさで大将首を取ることが夢だったんだ。その気持ちが天に通じたのか地獄に通じたのか知らないが、運良く陸奥守さまの軍の雑兵として雇われ、奥州にまで行ったのさ」

猪四郎にしてみれば、戦場に出られるならどこの軍にいても不満はない。とりわけ、陸奥守顕家は敵には事欠かず、加えて敵にも味方にも容赦がなかった。だから、この大将の下に居れば、存分に暴れることができた。

見知らぬ北辺の土地まで行って、もの珍しいこともいろいろ見聞した。思いもかけず、可愛い女房まで手に入れた。

自分は本当に運が良かった。

判官はそういって、地面に伸びる影を見た。

「おれがいたのは、陸奥守さまが平定して名付けた根城《ねじょう》という里だ」

「根城」

根の国——黄泉の国という意味かと龍雪が訊くと、判官は苦笑してかぶりを振る。

「後醍醐帝の政治を根付かせる、その根本となる城という意味だそうだよ。

根城は海からの冷たい東風《やませ》が吹いて、ひどく寒い。それに呆れるほど小さな里で、京のような面白いものはなに一つない辺境の地だ。

でも、おれはあそこにいた間が一番に良かった。あの里にいたときだけは、切った張ったのけんかをせずとも幸福だったんだ。着草という美しい女と出会って、すぐに一緒になった。

それまでは、あんな気持ちになったことは一度もなかった。おれは自分が腑抜けてしまったと思ったが、それは別にいやじゃなかった。このまま生涯、この小さくて退屈で寒い里でのんきな顔をして暮らすのもいいと、本気で思ったものだ。

けれど、結局は長くは居られなかったが——」

陸奥守顕家は後醍醐天皇の唱える建武の新政を世に至らしめるため奥州に下ったが、足利尊氏の謀叛を討つため、奥州統治の事業なかばで中央へと取って返した。

「それからは実際、天下を駆けめぐっていくさに明け暮れたよ。だけど、むかしほどはいくさが楽しいとは感じられなくなっていた。戦場にいてもときたま、奥州のことを思い出すんだ」

着草や彼女の身内の者たちと一緒に焚き火を囲んで、他愛もない話をしたい。

着草と二人、東風の吹く往来に並ぶ貧しげな露店をひやかして歩きたい。

そんなことを考えるたび、猪四郎は戦場にいる自分に違和感を覚えるようになっていった。

「それでも勝っているときは、楽しかったよ。とても、気持ちがおどったもんだ。そんなときには、胸の中が空っぽになるんだ。恩賞のことすら考えないのさ。着草のことも忘れていた」

判官は記憶が目に見えるかのように、視線を宙に浮かせてほほえみ、そして真顔にもどる。

「最後の戦いとなった泉州では、散々な負けいくさだった。それをなんとか生き延びて、おれは京まで逃げて来た。

いくさがなくなれば、おれなんかにできることなどなにもない。だけど、そのときはもう血を流す争いなど、こりごりだった。死ぬのもいやだが、殺すのもいやだ。おかしいだろう。あんなに楽しかったものが、いやでいやでたまらないんだから」

味方が全滅するほどの凄惨ないくさを経て、猪四郎はなんであれ、命の遣り取りなど耐えられなくなっていた。とき折発作的な恐怖に襲われ、そんなときは虫さえ殺すことも出来ず、鳥や魚も食えなかった。

出家でもしなければ、あとはもの乞いや悪党の真似ごとをするより生きる術はない。結局、猪四郎は無気力な小悪党となった。

「いくさで生き延びたのに、どうして着草のいる奥州にもどってやらなかったのです」

清輔が口を挟むと、判官は突然けらけらと笑い出した。

「なあ、龍雪。おまえは知らないだろうが、おれとこの清輔はむかしからの朋友なんだよ。こいつはおれの正体が擦れ枯らしのゴロツキだと知っているくせに、律儀というか親切というか、今日までだれにも黙っていてくれたんだ」

「わたしは、判官さまの今のお幸せを壊すつもりなど毛頭ありませんので」

「壊すも壊さぬもおまえの勝手だが、それは余計な気遣いだったのかも知れんぞ」

そういって、むしろにらむように清輔を見上げる。

「おまえと出会ったのは、博打場だったなあ、清輔。

おれは博打など好きでもなかったが、あそこに集まる連中が好きだった。皆、どこかおれに似たところがある根無し草で、けんかっ早いが臆病な馬鹿者たちだ。おれを責めるような利口なやつなどいないから、気持ちが落ち着くんだよ。

しかし、この清輔は違っていた。頭も良ければ、その頭に血が上ることもなく、けんかなどしない。全く気に食わないやつなんだが、そのくせこいつは博打はからきし下手でね。そこがご愛嬌で、結局、おれはこいつが大好きになったのさ。よく一緒に素寒貧になったよなあ、清輔」

墓穴からの道中とはうって変わって、判官は堰を切ったようにしゃべっている。猪四郎として語りだしてからは、むしろ楽しげでさえあった。

「しかも、こいつは天賦の腕を持つ絵師だ。龍雪、おまえは清輔の描いた絵を見たことがあるか」

追捕に使う絵図を描くのは清輔の役目だし、自分をおどかそうと戯れに鬼の絵などよく描く。

龍雪がそう答えると、判官は吹き出すように笑い出した。

つくづくおまえもおめでたい男だねとつぶやいてから、判官は真顔にもどって話を続ける。

「おれは奥州へもどれない代わりに、清輔に絵を描いてもらった。

おれはね、本当は着草のいる根城にもどりたかったんだよ。けれど、どうしてもそれができなかったんだ。だからせめてあの里の絵の中におれと着草を描かせ、それを旅の勧進聖に託して、根城にいる着草に贈ったんだ」

そういって、懐中から軸に仕立てた風景画を取り出す。

屍臭の染みついた紙本を見ると、清輔は憮然として判官をにらんだ。

「奥州に送ったものが、どうしてふたたびあなたの手の中にあるのでしょうな」

「ああ。どうしてなんだろうな。鼠が届けてくれたのかな」

「鼠ですか」

「道をたがえた者には、森羅万象が敵になるんだ。鼠までがおれを懲らしめようとする」

長い息と一緒に言葉を吐いて、兼平判官はしゃべり疲れたように両手で眉間を押さえた。

門の辺りからにわかに車の音と気忙しい問答が響き始める。

おずおずと顔を見せた蚕児は、「奥方さまが迎えに来ました」と告げて気遣わしげに判官の顔色をうかがった。

「すぐに参ると伝えてくれ。蚕児、おまえにも苦労をかけてすまぬことをした」

若い放免をねぎらう表情は、常の兼平判官の顔である。

安堵したようにいそいそと立ち去る蚕児の後ろ姿を見送り、判官はくるりと龍雪に振り返った。

「どうして奥州に帰らなかったのかと、おまえたちは訊いたな」

挑むような視線で龍雪を見据える判官は、墓穴から出されたときの暗い顔付きにもどっている。

「泉州のいくさの最後の最後、どうした僥倖かおれは陸奥守顕家卿のたった一人の配下となってしまったんだ。ひどい負けいくさでね。味方は散り散りにはぐれ、残った者たちも次々討ち死にして、気が付くとあの方を守っているのはおれ一人となっていたって具合だ。

今日この戦場で確実に死ぬと、おれは思った。

だけど不思議とそのときは怖いという気はなかったよ。むしろ、陸奥守さまを守る最後の一人となったことが、誇らしかった。この身はどれほどむごい目に遭おうと、陸奥守さまをお守りしよう。そう思うと楽しい気にすらなって、かの人を助けて戦場を逃げ回っていたんだ。

それでも敵に追い詰められ、もはや逃げ場もなくなったとき、おれは急に怖くなった。敵に殺されるのが、怖くてたまらなくなったのだ。だから、おれは顕家卿を裏切った。わが身を守るために、顕家卿の御首級《みしるし》を取り、敵に差し出したのだ。

おまえと一緒に聞いた平曲の熊谷次郎直実と同じだ。どこに刃を立てられようかと困るほど美しい顔を胴体からねじ切って、おれはこの身を救う代償にした」

だからこそ、陸奥守が平定した根城には、どうしてももどることができない。

着草に絵と共に書き送った手紙には、そうした自分の所行を余さず白状した。

だから、根城に住むあの女はこの身を見限ってくれると思ったのに――。

兼平判官はそういって、詮子の待つ門前へと向かう。

「お待ち下さい」

「どうした。詮議は終わりではないのか。まだ聞きたいことでもあるのか」

判官はおどけて手枷をされた罪人の身振りをして見せた。

その様子を禍々しいものでも見るようににらみ、龍雪は最初の問いを蒸し返した。

「あの落書は、本当に自身でお書きになったのですか。わたしたちは、てっきり――」

「望月なにがしの仕業にでもさせておく気か。馬鹿だね、おまえも」

判官は甲高く裏返った声で笑う。

「ゆすり屋が、せっかく暴いた他人の恥をただで配り歩いてなんの得がある。陰陽寮の騒ぎがあった後、望月は早速にゆすりに来たものだ。詮子がなにやら施しをくれてやっていたよ」

「それならば、どうして――」

どうして被害を黙認したのだと口に出しかけ、龍雪はその間の抜けた問いに思わず額を押えた。

「望月のような男を見ていると、気持ちが楽になるよ。実に愉快なやつだ。おれが陰陽寮で乱心騒ぎの絵解きをしたのも、あいつから聞いた種明かしをそのまましゃべったまでだ。お陰で皆から喝采を浴びて、いい気分になれた」

「けれど、どうしてご自分で落書など書いたのですか。わざわざ墓の中になど埋まっていたのですか」

兼平判官の顔から、すっと表情が消える。

「それには、さっきも答えたじゃないか。おれはこう見えて嘘はきらいなんだ、と」

かがり火の向こうに立ち去る判官の後ろ姿を、龍雪は幽霊でも見るような目で見送った。

＊

龍雪はただ放心して、判官の消えた暗い門を眺めている。

その様子を同情気味に見守っていた清輔が、やぶから棒に話題を転じた。

「ところで、龍雪さまは摂津戌丸という者をご存知ですか」

「稀代の贋作師だと聞いたことがある」

気持ちを現実に引きもどされ、龍雪は救われたように冗談などいう。

「もしまだ存命だとしたら、おれも一つ奈良の大仏でも造って貰いたいものだ」

「そうですか」

神業と称えられる名工の彫刻も絵も、この男はすっかりそのまま複製をこしらえてしまう。摂津戌丸とは、そんなものをいくつも造り、無邪気にも自分の銘を刻んで世間に二束三文でばらまく、おかしな悪党である。

近ごろではその名は聞かないが、薙王が自慢気に飾っていた木像も、この手練れの贋作師の作ということだった。

「他ならぬ龍雪さまの頼みなら、奈良の大仏は無理としても龍雪さまそっくりの不動明王像でもお造りいたしましょうか」

「え」

虚をつかれたように大きな眼を瞬かせる龍雪に向かい、清輔は照れたように首を傾げて折烏帽子を直した。

「兼平判官さまもおのれの素性をお明かしになったのですから、わたしもそろそろ白状することといたします。わたしはむかしからの道楽で、絵師や仏師の真似事などするくせがございました。その折には、生意気に号など用いまして。その名が――」

摂津戊丸。

清輔がそう名乗りを上げたので、龍雪も蚕児もそろって頓狂な声を出した。

「以前は調子に乗って贋作造りをいたしたものですから検非違使に捕らえられ、こうして放免として働くことでおゆるしをいただいたのです。

近ごろでも是非にと請われれば、仕事もいたしますが、前科に懲りてもう人真似はやめました。余計なことを申し上げれば、鬼殿で龍雪さまをおどろかした顔のない鬼……あれはわたしの仕業なのです」

「なんだと」

「あれは、わたしが作りかけだった木像なのですよ」

「そんなものを、どうして鬼殿になど置いたのだ」

「かつては絵筆や鑿《のみ》のせいで凶状持ちだった身ですからね、今もこれを捨てていないことが知れ渡るのはさすがにはばかられまして――。そこで人の決して近付かない場所を作業場に選んだのです」

ところが灯りや鑿の音が外に漏れ、鬼殿が不穏な連中の隠れ家となっていると、隣家の町尻惟久卿が騒いだ。

兼平詮子の実父でもあるこの人物は、宮城でもただならぬ権勢を持つ上に、評判のやかまし屋だ。実際にその悪評に負けない勢いで検非違使の出動を要請し、その結果として龍雪が一人で鬼殿探索に向かうこととなったのである。

してみれば、当時の清輔は使庁の仕事もそっちのけでなにやらせわしない様子をしていたし、そのくせ白虹の夜は思いがけず鬼殿に現れたことを、龍雪は思い出した。

「どうして今まで黙っていたのだ」

「わたしの良からぬ前歴を龍雪さまに知られたくなかったのです。加えて、いまだにそんなことを続けていることも恥じてはおりました」

「贋作造りならともかく、おのれの力量でする仕事なら別に恥じることもあるまい。それに、そこまでして隠し通したいというのなら、そんな依頼など断れば良かったではないか」

「ところが、これがまた、簡単にお断り出来ぬ相手でございまして――」

そういって、清輔はにやにやと笑った。

「その木像の依頼主というのが、当の町尻卿だったのですよ。どこで聞き知ったのかわたしのむかしの素性を探り当て、なにがなんでも自分のために仕事をしてくれとお頼みになる。その押しの強さときたら……」

精力のみなぎるずんぐりとした姿を脳裡に思い浮かべると、影の薄い清輔などまるで蝦蟇に捕らえられた羽虫のように見えてきて、龍雪はつい吹き出した。

「実をいえば、隠れて仕事をするなら鬼殿がよいとこっそり教えてくれたのは、娘御の詮子さまなのでして――」

「なんだ。おまえが鬼殿にいることを知っていたなら、蝦蟇卿はあの場所に曲者在りなどと検非違使を呼び付けることもあるまいに」

「いや、町尻の大殿さまはご存知なかったはずです。父ぎみにはくれぐれも内緒にと、詮子さまは仰せでしたから」

鬼殿などで仕事をするくらいなら自分の屋敷内で作業をせよと、町尻卿はいい出すだろう。その申し出に甘えたが最後、像が完成するまで清輔は屋敷に幽閉されてしまうにちがいない。詮子は、そう案じたらしい。

「あり得ることだ」

「兼平家のお庭先でも貸して頂ければ良かったのですが、詮子さまもさすがにそれはお申し出になりませんでしたな――」

「阿呆らしい」

清輔が皮肉な調子でにごした言葉尻を気にする余裕もなく、龍雪は憤然とうめいた。

「おれは、なんのためにあんな恐ろしい場所に一人で駆り出されたというのだ。蝦蟇卿の都合に振り回されていただけではないか」

鬼殿がやかましいと苦情をいって来た当人が、そこで仕事をしていた清輔の依頼主だったとは、龍雪としてはなんとも気の治まらない話ではある。

「まあ、まあ。町尻の大殿さまも、それはご存知なかったのですから」

清輔は笑って、町尻卿をかばった。

「鬼殿に生身の人間が出入りしているなど、普通ならばだれも考えますまい。あそこは、隠れた悪巧みには実に都合の良い場所なのです」

「しかし、あの蝦蟇卿の木像とはおかしなものを造らされたものだな」

「いいえ。わたしがこしらえたのは町尻卿ではなく、娘御の詮子さまの像ですよ。町尻さまときたら、あれで大変に子煩悩なお方でして――」

おかしなものという点では父親の町尻卿に負けず劣らぬ形ではありますが、と無礼なことをいう清輔の声を遮って、龍雪は両手を叩きつつ感心した声を上げた。

「そうか、そうか。それが、兼平家にあった奥方の像というわけか」

以前に鬼殿で見たのは、造りかけの未完成品だった。

鬼殿の化けもの騒動の後で、龍雪がやたらと同じ面立ちに取り憑かれているような錯覚に囚われたのは、それが詮子の顔だったからというわけである。

「龍雪さまは完成した像もご覧になったのですか」

「昨夜、庚申の宵にな」

当人と寸分違わない詮子の木像に、龍雪は肝を冷やしたものだ。

それを思い出し、龍雪は改めて清輔の並はずれた才能をほめた。

「不世出の贋作師といわれただけのことはある。あれも、確かに生身の人間そのものの贋作だな。おれはあの像を見て、判官の奥方と信じて疑わなかったぞ」

「過分なおほめの言葉、痛み入ります。――この身のこと、龍雪さまにはどういった機会に白状したものかと、以前より迷っておりました」

清輔は深々と頭を下げて、これで肩の荷が下りたと小さくつぶやいた。

「ところで、昨夜の庚申のことです。龍雪さまは、判官さまと共に平曲の『敦盛』を鑑賞されたそうですね」

清輔は普段通りの事務的な調子にもどり、そんなことを訊いてくる。

「ああ。なんとも釈然としない夜だったな」

兼平の屋敷の中に正体のわからない女が現れたこと。

当人と瓜二つな詮子の木像に驚いたこと。

余興の芸人が田楽舞いから、急に琵琶法師に代わったこと。

その琵琶法師の諫一は平曲など初めて聞く龍雪を実に感動させたが、兼平判官は夜明かしの約束事を破って諫一の語り終えぬ間に眠ってしまったこと。

詮子までが休んでしまったものか、中座したままついに客間にはもどらなかったこと。

思い返されるのは、まとまりの付かない事実の羅列だった。

「判官が眠り込んでしまったので、うたげはお開きになってしまったんだ」

「前もって頼んであった田楽一座にすっぽかしを食らい、折良く通りかかった琵琶法師が、よりにもよって兼平判官の古傷を裂くような『敦盛』を語って聞かせたわけですか。

――それであれば、判官は居眠りではなく卒倒したのかも知れませんよ」

そういって、清輔はさっきの判官の告白で受けた衝撃を思い返すように、少しの間を置く。

「そこへもって、家人の覚えのない女が屋敷に忍び込んでいる。挙げ句、遠国に捨てて来た妻の持ちものである絵が出てくる。しかも、その妻が自分を慕ってわざわざ奥州から探したずねて来た挙げ句に野垂れ死んだとなると――」

「おれが判官の屋敷で見た怪しい女というのは、やはり幽霊なのだろうか」

「そうですねえ」

清輔はあいまいに答える。

「幽霊ぎらいの龍雪さまには、お気の毒なことです。しかし、それ以上に判官さまにとっては大変な一夜となったわけですな」

それだけ責め立てられては、おかしくなる気持ちもわかる。

清輔はそういって口をすぼめた。

「子細ありげないい方ではないか。まるで、判官をはめた者でもいるような」

「ええ。兼平判官をはめた者は、確かにいるのですよ。判官さまは、ご自分でも気が付かれていたではありませんか」

「望月一綱か」

「いいえ。望月は判官さまをゆすったんです。罠に陥れたわけじゃない」

「どういうことだ」

「幽霊ですよ。着草の恨みが凝り固まった化けものが付きまとっていると、そう仰せだったでしょう」

「おれが判官の屋敷で見たのも、その化けものか」

なるほど、着草が捨てられた恨みに化けて出ているに違いない。龍雪がそういうと、清輔はおかしそうに手を振った。

「化けものといったのは、ただのたとえです。昨今の短い間で、治部省に忍び込んで判官の素性を調べ上げげたり、兼平のお屋敷に訪ねて行く芸人たちに手を回して演目を変更させたり、判官の古傷に確実に作用するような絵を忍ばせたり——そんなことをした者がいる。だけど、それは、化けものなどではなく生身の人のやり口でしょう」

「治部省に忍び込んで判官の素性を探っていたのは、望月一綱ではないか。やはり、一連の騒ぎはあの望月が——」

そういいかけて、当の望月の詮議が済んでいなかったことを思い出す。

あの悪人はどこに捕らえてあるのだ、といい放って立ち上がる龍雪を、清輔はとめた。

「すでに解き放ったそうです」

「なんだと」

「幕府侍所から要請があったようですな」

「侍所が、身内の咎人を無理遣り検非違使の手の内から取り返したというのか。そんな理不尽な真似が許されるのか。

昨日今日できたような幕府などを相手に、内裏はなぜこうまで及び腰になってしまうのだ。そもそも、われらのお仕えする天朝は遠く神代のむかしより日の本を治め——」

宮城に勤める者の日頃の鬱憤を吐き出すように、龍雪はついまくし立てる。

清輔はそれを遮って、自分の言葉を続けた。

「望月の件ですが、陰陽寮の焚火に麻の葉を仕かけたり治部省の官衙を探り回ったのは、確かに怪しからぬことです。

しかし、それも判官のいう化けものに操られてのこと。このたびの騒ぎに関しては、望月をたたいてもこれ以上の埃は出ますまい」

「だから、その化けものとはいったい――」

「その正体を特定する前に、話を少しもどしましょう。

あの秋分の夜のことです。わたしはここで、もう一つ自分の悪行を白状しなければなりません。それというのは、河原で女の死骸を見つけたとき、わたしは女の懐から絵を盗んでしまったのです。そう、このたびの騒ぎで問題となっている東風《こち》の桃源郷の絵ですよ。

さっき兼平判官のいわれたとおり、あれはわたしが描いたものでした。泉州のいくさから猪四郎が逃げ延びて間もなくだから、十年近くも前のことです」

今は心を入れ替えて検非違使の下働きをしている清輔も、どうしたわけか判官にまで上りつめた猪四郎も、かつては同じく裏町の小悪党だった。

「当時は、わたしも摂津戌丸などという悪名を気取る不良でございました。同じく賭場と酒場に巣くう害虫のような男が、わたしに一枚の絵を所望しました。払う銭など持ち合わせていないと、刃物ずくで開き直ってくるような手合いです。その手の付けられない悪党こそ、伊賀の猪四郎でございました」

清輔は旧友をことさらにひどくこきおろしてから、言葉とは違って懐かしそうにまなじりを下げた。

「猪四郎の注文した絵とは、こんな具合です。東に海、西に山。東風に吹かれて花弁が舞い、牛馬は立派に育ち作物が豊富で人は皆優しく争うこともない。だから、剣呑な刃傷沙汰で人が死ぬことなど決してない。そんな風景の中に、自分と自分の大切な女を描き込んで欲しいのだ、と。

猪四郎は、こちらがうるさいと思うほど同じ注文をなん度も唱え、描く間は片ときも離れずわたしの筆の先を見つめておりました」

この男は、少し気が違っている。

清輔はそう思ったが、怒らせるとすぐに刃物を持ち出すような猪四郎の性癖も恐ろしく、黙って好きにさせておいた。

「景色の中央に描いたのは、猪四郎とその妻の似姿でした。ご存知のとおり猪四郎も比類のない美々しい男ですが、彼の連れ合いの可憐な美しさは描きながらもまるで目の前にその女がいるようで、こちらまで楽しい心地になりました」

その女に、清輔は十年も経ってから巡り会った。

しかし、実際に目の前にした女は、水がひたひたと寄せる真夜中の川縁で、彼女の死骸を食おうとする野犬の他にはだれに看取られることもなく、こと切れていた。

「その女が、わたしの描いた東風の桃源郷の絵を持っていたのです。わたしはつい、死骸から絵を取り上げてしまいました。かつて猪四郎が狂気じみてあの絵に執着していたように、わたしも自分がこの世に生み出したいくつかの絵や像の中で、あの絵には一等ひかれていたのですから。

それにしても、わたしは自分の手を離れ二度と巡り会うはずのなかった絵に加え、そこに描いたのと同じ顔をした女のむくろを前にして、すっかり混乱いたしました」

実のところ清輔は、兼平判官が猪四郎だということには、彼の赴任当初から気付いていた。

そして、絵の中心に睦まじく描いた女のことは、かつて少なからず常軌を逸していた若い猪四郎が、空想の中に捻り出した架空の存在だとばかり思っていたのだ。

「むかしから猪四郎の語るいっさい合切はでたらめだと疑っておりましたが、なにせよ、こちらには関わりのないことだと決めつけて、深く思い巡らすことすらございませんでした。

ところが、その空想だとばかり思っていた女が、わたしの描いた絵を握って目の前で死んでいるのです。あるいはこの女は東風の桃源郷から猪四郎をたずねて来たのではないか。その無理な旅のせいで命を落としたのではないか。そう察しつつ、わたしは非道にも女から絵を盗んでしまったのです」

瀕死の女が、川の水に濡れた手でなでさすったのだろう。絵の中央に描かれた猪四郎とその妻の顔の辺りだけが、輪郭をにじませている。それが哀れだったと、清輔は自分の行いを悔いるように口許を歪めた。

遺体を預けた悲田院で形ばかりの弔いをする中、清輔は女の素性が想像したとおりの者だったことを知る。亡くなった女は連れ合いを捜し求めて遠国から旅をして来たこと、病に罹り一年も前から悲田院で養生を続けていたことを、居合わせた若い白拍子から聞いた。

「それを教えてくれたのは、ひおむしという名の白拍子です」

その名を唱える声に特に力を入れ、念を押すように清輔は蚕児に振り返った。

「ひおむしは愛嬌のある娘でね、外法頭など持ち歩いているから占いの方は本格的に見えましたが」

「外法頭とは、てっぺんのでかい髑髏のことか」

「ええ。歩き巫女や白拍子の中には、それで占いをする者も居ます。ひおむしも、外法頭を後生大事に懐に入れていました。だから白拍子とはいっても本業は占いで、歌舞の方はさほど期待できる方でもないだろうと思ったら、案外と謡もうまい。新古今の歌を、情緒のある節で披露してくれました」

そういって、清輔は口の中で低く唱えてみる。

――秋風になびく浅茅のするゑごとに置く白露のあはれ世の中。

それは薙王の遊里で凶事があった夜、割菱の君が謡っていたのと同じ歌である。

事件直後には他の様々なことに気を取られて失念していたが、今夜の龍雪はこの符合が胸にひっかかった。

けれど、清輔の絵解きは龍雪の考えには構わず、先に進んでゆく。

「ひおむしは、埋葬が済むまで着草のそばを離れませんでした。そして、なきがらを埋めた土饅頭の上に、被っていた紅色の小袖をかけてやったのです。

実に思い遣りのある仕種でしたが、それにしても着物をたむけるなら死者に着せるかあるいは一緒に土に埋めてやるものではないか。そう思ったので、ここに置いても盗人に取られるだけだとわたしはいさめたのですが……」

――死人に盗みを働く人など、きっと罰が当たるんですよ。

ひおむしは、責めるような真顔でそういった。

「今思えば、あれは死者から絵を盗んだわたしへの当てこすりだったのでしょう。東風の桃源郷の絵に関しては、猪四郎ばかりではなく、このわたしもどうやら冷静さを欠いてしまうようです。女の弔いの最中、わたしはついあの絵を紐解いて眺めていましたから、そこをあの娘に見咎められたに違いありません。

そこで、ひおむしはスリ上がりの蚕児をそそのかして、わたしから絵を取り上げたというわけです。わたしは、ずっと後になるまで大事な絵を盗られたことに気付きもしなかった。まあ、ここは蚕児が一枚上手だったというべきでしょう。足を洗ったとはいえ、さすがに玄人の仕事ですよ」

皮肉ではなく、清輔は本心からほめるように蚕児を見た。

「ひおむしに絵を渡したのは、いつなんだ。おれが留守の間か」

「……だって、アニキだってあれを死人から盗んだじゃないか――」

蚕児は困り果てたように顔を赤らめて、弁解とも居直りとも付かない言葉をつぶやく。

(そういえば。兼平判官が憑きもの騒ぎの絵解きをしていたとき、蚕児は女が訪ねて来たといって中座した)

ひとつ蚕児の頭を殴ってやろうとする龍雪を制止して、清輔は話を続けた。

「ひおむしという娘は、着草とは本当に仲が良かったようです。あの娘自身、罪人だった母親から生まれ、赤ん坊のころから孤児として悲田院で育ったといいますから。着草のひとかたならぬ苦労に共感し同情もしたのでしょう。

それで、亡くなった女に代わって、彼女を奥州に捨て置いた猪四郎に思い知らせてやろうとしたのだと思います」

「そのひおむしが、着草の名をかたり、ここにおれを訪ねて来たのか。薤王の遊里にいたのも、ひおむしだったのか」

それが着草ではなく、彼女の恨みが凝り固まった化けものだとは、ついさっき兼平判官がいった言葉である。確かに、ひおむしは着草の執念を引き継いでいた。

「ええ。ひおむしは検非違使庁を訪ね、着草ここに在りと声高に名乗りを上げた。自分が着草に似ていないことなど問題ではなく、その名自体が猪四郎――すなわち兼平判官に向けた果たし状だったわけです」

「確かに使庁に現れた着草は、やたらと騒いでいたな。

それに、おれを訪ねて来たという割には、判官どのの顔ばかり見ていた。

あの男ぶりに見惚れてのことと思っていたが、こうして種明かしをしてしまえばうなずけることばかりだ。着草と聞いて、珍しい名だと判官どのがひとり言をいったのをおれも覚えているよ」

「ひおむしは、そこで仇である兼平判官の注意を自分に引きつけることに成功しました。無論、判官はかつての恋女房の顔を忘れてはいなかったでしょう。しかし、彼を信じて待っている女のいること自体は、忘れかけていたに違いありません。

ひおむしは、着草と名乗ることでそれを思い出させたわけです」

「ひおむしは、どうやって兼平判官と猪四郎が同じ男だと知り得たのだ。まさか、外法頭の占いというわけでもあるまい」

身を乗り出す龍雪の気迫を静めるように、清輔は難しい顔付きで地面に視線を落とした。

「これは、わたしの憶測ですが――」

ひおむしが形見の絵に固執したのは、それが着草にとってどれほど大切な品物だったかを理解してのことに違いない。

つまり、生前の着草は気心の知れたひおむしに、身の上を語ったと同時に絵も見せていたはずである。

あるいは、旅稼業の白拍子であるひおむしに、猪四郎の人相の詳細を告げて、彼を見かけたことはないかとたずねたかもしれない。

「ひおむしは、猪四郎という男について着草との馴れ初めから人となりまで知っていたわけです。加えて、猪四郎の姿も絵によって見覚えていた。

秋分の夜、亡くなった着草がどこへ行こうとしていたかを考えれば、その目前にあった薙王の遊里だとはすぐに思い当たる。だから着草がそうしたように、ひおむしも河原御殿の辺りを見張っていたのでしょう」

狙いは的中した。

ひおむしは思い描いていたと同じ姿の男を、遊客の中に見出す。

家路につくのを待ってあとをつけた結果、兼平の屋敷にたどり着いた。

男は、けんか好きの不良どころか、れっきとした検非違使判官である。

しかし、ひおむしはそこで行き詰まることなどなかった。

悪名高い小舎人の望月一綱を使って、判官の正体を洗い出させた。

「おい、おい。望月という男は、検非違使ですら手を焼いている相手だぞ。そんな悪党を、白拍子の娘が小手先で操っていたというのか。大体、あいつがゆすり屋だと知っているのは、強請られている当人と使庁の者くらいだ」

「わたしたちが教えてしまったのです。着草の弔いで鳥辺野へ行く途中」

清輔の言葉に、蚕児は「あ」と短い声を上げた。

五条大橋から偶然に見おろした河原の博打小屋で、望月一綱と治部省の使部をしている蛭井小次郎を見つけた。

悪党への警戒の意味で望月の素性を口にした蚕児に、ひおむしは無邪気な問いを重ねていたものだ。

「どうやらあの娘は、人を動かす要領を心得ているらしい。蚕児に絵をすり盗らせ、今度はあの望月一綱までたぶらかしてしまったのですから。そういえば、龍雪さまにも猪四郎を探し出すと約束させてしまった。――詮子さま顔負けの女傑ではありませんか」

「蚕児や望月と違って、おれだけはあの女との約束は果たせてないぞ」

自慢にならないことをいって、龍雪は憤然と腕組みをする。

「さて、望月のことにもどります。

ひおむしが餌に使ったのは、やはり判官さまの正体そのものでしょう。調べ上げた後は、どうぞご勝手にゆすりでもなんでもしてください、と。まあ、そんな具合に話を持ちかけたのでしょうな。望月が強請ってくれれば、判官の苦しみも増すのですから。

結果は知ってのとおりです。望月は有能に働き、ひおむしの期待したとおりの答えを見つけ出しました」

「あざとい娘だなあ。着草と名乗って使庁に現れたのは、陰陽寮の騒ぎの直後だぞ。欲しい情報を得てすぐに攻めに出たってわけか。まるで歴戦の武将だ」

龍雪が感心した声を出すと、二人の放免も心なしか情けない表情で互いの顔を見た。

「それから先、ひおむしとしては、揺さぶりをかけるだけです。猪四郎を探し当て、主君を裏切り妻を捨てたという古傷を巧みに利用して、その化けの皮をはいだのです」

「つまり、着草の幽霊などどこにもいなかったということだ」

幽霊ぎらいの龍雪には、実に嬉しい結論だ。

「ところで、清輔。おまえときたら肝心なときに行方をくらましていたが、いったいどこでなにをしていたんだ。よもや絵や彫刻の仕事に精を出していたのではあるまいな」

「いいえ」

贋作師だった男は苦笑いをして首を振った。

「やはり着草のことでどうにも気が済みませぬので――」

着草が猪四郎の妄想の産物などではないことにも驚いたが、その死の無念さを思いやると、常は冷静な清輔もさすがに胸の潰れる心地がした。

「伊賀と丹後に足を延ばして来ました。猪四郎が生まれた土地と、兼平頼貴として荘司を務めていた土地です。猪四郎がどうして兼平頼貴となったのか、そのからくりを突きとめれば、死んだ女への供養になりはしまいかと。

いいえ、それだけじゃありませんな。わたし自身の胸の内に折り合いを付けるにも、ころ合いだと思ったんですよ。かつての不良仲間が、片や検非違使判官、こちらは凶状を隠した放免ですからね。ねたみが湧くのも無理ないことでしょう。しかし、なんとも要領の悪いことで――」

同じようなことを望月一綱とひおむしは京にいて一時《いちどき》に調べ上げてしまったのだから、自分は随分と無駄な時間を費やしたものだと、清輔は皮肉ないい方をした。

「しかし、その無駄な時間のおかげで、罪のない学生たちを乱心させることもなく、なんとか目的の答えを見つけることが出来ましたよ。十年前、猪四郎はどうやら、詮子さまに見初められたらしいのですな」

「見初められたって……」

「いわゆる、一目惚れです」

「おいおい。あの奥方は町尻惟久卿の娘だぞ。そんなやんごとない姫が街のゴロツキに一目惚れして、自分の夫にしてしまったというのか」

「簡単にいうと、まさにそのとおりです。

かつて宿無しの瘋癲だった猪四郎は、とうとう手に負えないありさまとなり、救護所に運び込まれたらしい。詮子さまもよく出入りする救護所と聞きましたから、二条の悲田院でしょう」

「ああ。着草……ひおむしがここに来たときにもいっていたよ。猪四郎の消息をたどって京まで来たが、随分と以前に病気で悲田院に運び込まれたといううわさを最後に、その消息はふつりと途絶えてしまったそうだ」

「そりゃ、途絶えましょう。詮子さまが口どめなさったでしょうから」

清輔は、あっさりといった。

「詮子さまはむかしからよく貧者に施しをなさっているそうですが、かつて病人として寺に来ていた猪四郎に一目惚れをした。しかしいくら惚れたところで、猪四郎は裏街の不良です。そして、その本性はといえばもっと悪い、天下分け目のいくさで陸奥守さまを殺めた主殺しだ」

「よくも、そのような者を夫にする気になったものだな」

今まで親しく付き合っていた判官の姿をつい失念し、龍雪は呆れたような声を出した。

「少なくとも詮子さまには、猪四郎の欠点など気にもならなかったのでしょう」

あの銭姫にしてみれば、一世一代の恋だったに違いない。

清輔は同情と呆れの混ざった顔で、そうつぶやく。

「ただし、町尻家の体面を思えば、そのような者を家に入れるなど論外です。そこで、工作が必要だった」

「工作……」

「ええ。夫とする男のために世間の通念に適うような立場を用意し、猪四郎そのものも自分の婿に見合った男として仕立て直す必要があった。そのからくりとは、簡単にいうと、こうです。

猪四郎を、町尻家の遠縁である兼平家の養子にさせる。それから、丹後の田舎で荘園の司という新しい身分を与え、官位を持つにふさわしい者としてしつけた。そうしておいて、詮子さまは兼平家にお輿入れなさったというわけです」

一方、かつて土地の問題で町尻卿に助けられたことのある兼平頼胤とて、その姿の良い若者を養子とすることに難色は示さなかった。町尻卿が一人娘を当家に輿入れさせるとなれば、なおさらのことである。

猪四郎にしてみても、陸奥守を手にかけた良心の呵責から、奥州へもどって着草と暮らすことなど望めない身だった。京の片すみにいて蝕まれた暮らしで命を削るのに較べ、なんの罪も汚れもない別人になって生き直すことの魅力は大きかった。なおかつ、土地と地位に加え官位まで手に入るのである。

こうして、だれにもなんの強制をすることもなく伊賀国住人猪四郎という男はこの世から消え、兼平頼貴という若い貴族が出現した。

同時に、着草の悲劇は完結した。

六　うわなり打ち

しゃべり疲れた清輔と聞き疲れた龍雪と蚕児が帰宅することも忘れ、真っ暗闇の庭に向かって放心していたときである。

なにかをどこかに置き忘れたようなもどかしさを覚え始めた龍雪を、現実に引きもどす知らせが届いた。

「五条河原で、女のなきがらが見つかりました」

駆け付けて来たのは、看督長の繁遠だった。

宿直《とのい》の者が出払っているので遺体を運ぶ手を貸してくれと二人の放免に命じつつ、龍雪に報告する。

「そのむくろというのが、薙王の遊里にいた黒刀自なのです」

「なんだと」

龍雪は、つい大きな声を上げた。

目下その行方が知れないとされている着草の正体こそわかったが、割菱の君のことはいまだ繁遠たちが格闘している書類の山に埋もれたままだ。笙を殺めた者については一向に見当もつかないままなのである。

そんなさなか、事件の背景を知る黒刀自の訃報は、不意討ちに近かった。

「どうやら、鴨川に身を投げたらしいのです」

今日、黒刀自が侍所の者たちに連行されたとは、やはりこの看督長の仕入れて来た情報だった。

「侍所によほどひどい詮議をされ、それを恨んで身投げしたとしか思えませぬ」

「おまえの推測のとおりだとすれば、侍所も罪作りなことをしたものだ」

「ええ――」

看督長はうなずき、ふと考え込むように黙った。

「どうしたのだ」

「その黒刀自のなきがらなのですが――。なにしろ河原は暗くてようは見えなかったのですが、どうもおかしいのです」

「おかしいとは」

龍雪は、いらいらと年嵩の部下の顔をのぞき込む。

先に立って門に向かった放免たちも、足をとめて繁遠の言葉の先を待っていた。

その視線の強さを感じたのか、繁遠はたじろいだように三人の顔を順繰りに見回し、ようやく先を続ける。

「あれは元々稀なる色黒な女なのですが——なんというのでしょうか」

「だから、なんだ」

龍雪は、口ごもる看督長をうながした。

「黒刀自の体のあちこちに紫の斑が浮いていましてな。かといって、殴る蹴るといった乱暴をされた気配はないのです。水に溺れてああいった紫斑の浮くのは、いまだかつて見たこともなく——」

「河原にうち捨てられた紫斑のあるなきがらとは、着草のときと同じじゃないか」

清輔はぼそりとつぶやくと、蚕児を連れて現場へと向かった。

＊

看督長の言葉どおり、宿直の者たちは別件ですっかり出払っていた。

河原で発見されたという黒刀自の遺骸は、寒かった秋分の夜に清輔が見つけた着草と状態が似ているらしい。留守番を余儀なくされた龍雪はいらいらと放免たちのもどるのを待ったが、あるいはまた侍所と遺体の取り合いを演じてでもいるものか、なかなか帰ってくる気配がない。

代わりに龍雪を呼びに来たのは、町尻卿の雑色だった。

「鬼殿でまたしても怪しい気配がするのです。ただちにお調べにお出まし願いますよう、主人よりきつく申しつかってまいりました。検非違使が動かぬなら、幕府侍所にでも通報してしまおうか。侍所に手柄を立てさせるぞ、とまで申しております」

この雑色は、いつぞやと同じ者である。名うての気難しい主人を持つだけあって、人を動かす術を心得ている。

「そればかりではありません。あれだけお願いしたのに、どうして検非違使さまではあのあばら屋を放置なさるのかと、主人はもはや帝への奏上も辞さない覚悟でございます」

恐ろしい脅しをかけられ、龍雪はたった一人で否応もなく出動することとなった。

(白虹の夜と、すっかり同じではないか)

鬼殿の荒れ果てた庭、苔でぬるぬると滑る古い飛び石を踏みながら、龍雪は意識して大股に進んで行く。

(いっそ本当に町尻卿がこのあばら屋の苦情を、帝に奏上してくれればよいものを。帝より鬼殿取り壊しの詔《みことのり》をちょうだいして、真っ昼間に大勢で壊しに来ればよいのだ)

龍雪は大真面目に、そんなことを考えていた。

(だいたい、今夜は蝦蟇卿になど付き合っている場合ではないだろうが)

龍雪の脳裡にあるのは、黒刀自の死の事実である。

黒刀自は水死したかに見えて、実際には毒殺の可能性があった。そのありさまは、遊里の殺人事件と少なからぬ関わりを持つ着草と似ているという。

（つまり、着草と黒刀自は同じ者に殺められたということか。黒刀自の死は、笙が殺められたことと関係があるのだろうか）

同じ遊里にいる妓が殺されたのだから、二つの事件に関連のないはずはない。

すなわち、笙を殺めた者を早急に見つけ出してさえいれば、黒刀自は命を落とすことがなかったかもしれないのだ。

そう考えるにつけ、高官のわがままに振り回され、またしてもこうして空しく廃屋を探索している自分が歯がゆくてたまらない。

とはいえ、怖がり屋の龍雪は鬼殿へ一歩一歩踏み込みながら、やはりひどく怯えていた。

殺人事件の詮議にかこつけて、実はこの鬼殿探索から逃れたいだけなのだろうか。常の臆病癖にわれながら辟易し、自分自身にそんな疑念まで浮かんでくる。

背後になにかがいるような気にとらわれ、なん度となく振り返りつつ、前方の闇も足を進めるごとに濃くなってゆくような気がした。

（――あ）

緊張のせいで刃物のように研ぎ澄まされた龍雪の神経は、視界のすみをよぎった赤い球形の光を見逃さなかった。

(鬼火だ)

と、思ったとたん、体が動かなくなる。

(馬鹿なことを——)

前にここで見た顔のない女は、造りかけの詮子の木像だったという種明かしを、清輔から聞いたばかりである。鬼殿に来て怯える理由など、もうなにもないのだ。

そう胸の内に唱え、龍雪は母屋《もや》に突進した。

破れかけた舞良戸《まいらど》を次々と乱暴に開け放ち、どんよりと濃い闇の中心に向かって息をつめるようにして進んでゆく。

最後の妻戸を蹴破り恐ろしい顔で仁王立ちになった龍雪は、そこで待ち構えていた者の姿を両眼に捉え、長く大きな悲鳴を上げた。

ところが、龍雪を驚かせた相手もまた、猛然と近付いてくる恐ろしい顔の男に怯え、かたわらにいるもう一人の胸にすがり付く。

それは、龍雪が以前ここで妖怪と見紛ったものと同じ輪郭の女だった。

「せ——詮子さま」

長い悲鳴の後、龍雪は唐突にわれに返る。

眼前にいたのは兼平判官と妻の詮子なのだ。

「ああ、おどろいた。よもや、鬼殿で本当に怖い目に遭おうとは思いませんでした」

詮子も、引きつった作り笑顔を浮かべている。

「お二方とも、どうしてこのような場所に――」

「お恥ずかしや、龍雪どの。これはわたしの子どもじみた思いつきのせいなのです」

兼平判官のひどいふさぎようを見かねて、詮子が実家のとなりにあるお化け屋敷の見物をしようといい出したのだ、とか。使庁の若い者たちがよくするような、肝試しである。

しかし、魔所と呼ばれる鬼殿に入ってみたはいいが、とてつもなく凶暴な気配の者がまっすぐに近付いて来たため、詮子は身も世もなく、すくみ上がってしまったのだという。

「わたしの気配におどろかれた、と――」

龍雪は、啞然とした。

「それにしても、鬼殿で肝試しとは酔狂な」

「酔狂。そう酔狂なのです、ねえ、殿」

詮子は判官を気遣うように見上げてから、龍雪に視線をもどして困ったように笑った。

兼平判官は墓穴から助け出されたときと同じ無表情にもどっていて、龍雪の出現にさえこれといった反応を見せない。

「なにしろここのとなりが、わたしの実家《さと》ですから。父の顔を見に来たついでに、気晴らしにお化け屋敷の見物でもしてみようと……。つまらぬことをいたしました」

「今さっき、ここで人の気配がするから調べてくれと検非違使に使いをよこしたのは、父ぎみの町尻卿なのですよ」

「まあ、まあ。お父さまも困ったお人じゃ。なにを思い違いしているのやら。わたしが申し開きして差し上げようほどに、龍雪どのもこんな気味悪い所から一緒に早う帰りましょう」

そう笑ってから、詮子は急に真顔になる。

「でも、こんなあばら屋だと、本当に盗賊や人殺しなどが巣くっているのかも知れませんね。わたしとしたことが、肝試しなど迂闊なことを思い付きました」

「詮子はお転婆だからね」

判官がようやく言葉を発したため、詮子の頬に明るさがもどった。

その健気な笑顔を見て龍雪もふと気持ちが和み、帰り道を開けるように妻戸から離れる。

「判官さまもお疲れでしょう。今宵はゆっくりとなさいませ」

そういって送り出す龍雪の前を、外見の不釣り合いな夫婦は睦まじい様子で通り過ぎる。

（着草は気の毒だったが、やはりこの二人は真に似合いの夫婦なのだ）

詮子が照らす雪洞の灯りを目で追いながら、龍雪はしみじみとそう思った。

しかし、その赤く丸い灯りが無造作に置かれた大きな唐櫃の前にかかったとき、龍雪は不意に違和感を覚える。

黒漆も蒔絵もはがれかけたその巨大な櫃は、以前来たときにはもっと片すみに置いてあった。この上に、清輔が作りかけだった像が乗っていたのである。

ところが今、唐櫃が置かれている場所は、龍雪が踏み抜いた穴の上だった。

「御方さま、ちょっと灯りを拝借いたします」

相手が差し出す前に、龍雪は詮子の手から小さな雪洞を取り上げた。

「龍雪どの、どうなされました。われらはもう帰りますよ。あなたも、お調べならば明日になさい」

「今しばし――」

おぼつかない小さな灯りが照らし出したのは、頭頂部の異様に発達した人の頭の骨だった。

「外法頭だ」

龍雪は目を瞬かせ、それをゆっくりとした仕種で拾う。詮子が小さな悲鳴を上げた。

「気持ちが悪い。龍雪どの、どうかそんなものはお捨てになって。わたしはもう怖くてたまりませぬ。早く皆で、こんな所から出ましょう」

　すっかり怯えた詮子を振り返る龍雪だが、それでも彼女の言葉は聞き入れなかった。

「これは、いつからここにあるのでしょう」

「さあ、そのようなこと——」

「外法頭は、人にものを告げるといいます」

　雪洞の赤い灯に照らされた古い髑髏を見ながら、龍雪は胸に浮かんだ印象を口に出しては、不気味さに背筋をぞくぞくとさせる。しかし、両手に髑髏を抱くうちに、龍雪の中で蠢く矛盾した事実の数々が、ふっとつながった気がした。

「こいつは、ひおむしの占い道具です。御方さまも、ご存知でしょう。悲田院で育った白拍子の娘ですよ」

　兼平頼貴の前妻の名を騙っていた白拍子である。

「もちろん、知っておりますとも。でも、ひおむしなら今は旅の仕事に出ています。ですから、その髑髏は他の白拍子が置き忘れたものかも知れません。さあ、そのままにして行きましょう。持って帰ったりしたら、取り返しに来た人が悲しみますよ」

　気味悪そうに顔を背ける詮子の言葉を、龍雪は常の彼らしからぬ頑固さで否定した。

「外法頭は、占い師には貴重な宝です。芸人はこれを置き忘れたりなどいたしません」

「中には、うっかり屋だっているでしょう。そんなもの、どうだっていいではありませぬか」

「いいえ。なにもかも、どうでもいいことなど一つもない。お二人とも、今宵は町尻卿にはお会いになっていませんね。今宵ここにあなた方が来ていると知っていたら、町尻卿は鬼殿の気配を怪しむことも、わたしを出張らせることもないのです。では、お二人は別のわけがあって、ここに来たのでしょう」

「あなたの申していることは意味がわかりませぬ、龍雪どの」

灯りを取りもどすことを断念した詮子は、夫をうながすようにして、真っ暗な回廊の向こうへと立ち去ろうとしている。龍雪はその背中に向けて怒鳴った。

「二人で仲良く、ここに白拍子のなきがらを捨てに来たのではないんですか。黒刀自を毒で殺したのも、御方さまではないのですか。黒刀自は身投げ、ひおむしは旅に出たままもどらず。それが、御方さまの決めた幕引きの筋書きではないのですか」

考える前に、口が動いていた。

前方で判官夫妻の気配が立ちどまるのがわかったが、龍雪はもはやその方には目をくれなかった。雪洞と髑髏をかたわらに置くと、朽ちて足場の悪い床板を慎重に踏みしめ、唐櫃を持ち上げる。

龍雪の目方と唐櫃の重量で悲鳴を上げる床板の中央、かつて彼が踏み抜いて落ちた床の穴が出現した。

その黒い壺のような穴に、確かに、ひおむしはいた。

「なんと愚かなことだ」

叫びざま、龍雪は持ち上げた唐櫃を力任せに背後に放り投げる。

唐櫃は柱に当たって大音響を上げ、粉々になって床に降った。

龍雪はその破壊のありさまには振り向きもせず、穴の中に倒れている者を抱き上げる。

少女のぐったりと弛緩した体は、それでも龍雪の腕の中でわずかに身じろぎをした。

「ひおむし、ひおむし、しっかりしろ」

着草と名乗って検非違使庁に現れたときとは似ても似つかないやつれたありさまだが、ひおむしはかろうじて生きている。安堵のためか、怒気のためか、龍雪は全身が震え出した。

「河原御殿で遊女の笙が殺された夜、その場にいた一人の客と、遊里で働いていたひおむしは、忽然と消えてしまった。聞けば、笙は新参のひおむしに情夫《まぶ》を盗られたとひどく恨んでいたそうです」

「ならば、この女が同胞を殺めて逃げたのでしょう」

「逃げたのが怪しいというなら、客の方も同じだ。その客の呼び名は割菱の君――」

龍雪は河原御殿の殺人現場で拾った燧袋を、懐から取り出して見せた。

小さな錦の巾着には、割菱の文様が鮮やかに織り込まれている。

「逃げた客の落としものですよ。これが、割菱の君という通称のゆえんです。ところが、問題の夜、ひおむしが会っていたのは他ならぬ伊賀の猪四郎。つまり、そこなる兼平判官なのです」

割菱の君は兼平頼貴である。

龍雪は無意識にも異形の髑髏をてのひらに載せ、そう宣言した。

非難がましく口を開きかけた詮子だが、言葉を探しあぐねたようにただ憤然と長い息をつく。

「割菱は陸奥守顕家卿の家紋――北畠家の家紋でしたね。かつて猪四郎は戦場で顕家卿から腰刀を賜ったとか」

その名刀で主の陸奥守を斬ったとは、判官自身が告白したことだ。

同じ刀を持ち歩き、家紋を冠した名で呼び慣わされていたとは、猪四郎なりの自責と諧謔の裏返しだったものか。

「知恵を使い、策を弄《ろう》し、結局のところ一番に愚かだったのは、あなた方だったのです」

「わたしたちのどこが愚かだというのです」

「寒露の宵にぞ、出てござる。九ツここなる悪所が御殿、大路のかたより呼ぶ声よ、天狗の踊るを見参らせ」

龍雪はひおむしの息のあるのを確認しながら、厳しい顔でその戯れ歌を唱えた。

「この歌を聞いたのは、寒露の節句の前夜、やはり鬼殿でのことでした。仕上がり直前の御方さまの木像を見て、わたしはてっきりここに住む鬼だとおどろいて――いえ、お気を悪くなさらないでいただきたい。わたしは検非違使の中でも臆病者としてよく笑われている情けない男なのですから――」

ひおむしの頭上を塞いでいた唐櫃の重量は、腐りかけた床板などいつ破って落ちても不思議ではなかった。たとえ息の根をとめていなかったとしても、身の毛のよだつような仕打ちだ。

龍雪はそう思って、立ち去りかけたまま足をとめている判官夫妻を、はすかいににらんだ。

「寒露の日。時刻は夜中の九ツ。場所はここなる悪所。あのときに聞いた奇怪な歌は、確かにわたしに向かって日時を指定して、ふたたび鬼殿に来るようにと命じていました」

「それは、鬼殿の鬼がうたった歌なのですか」

困惑したような声で、詮子が小さく問う。

龍雪がうなずくと、詮子は気遣わしげに夫の歩をうながした。

しかし、判官は気が散った駄馬のように動かない。

「ええ。確かに、鬼のうたった歌ですよ」

「それは、それは。恐ろしいこともあるものじゃ。ともあれ、わたし共は退散いたします。その者を介抱する助けも呼ばねばなりませんからね——さあ、殿、行きましょう」

「いいえ、帰ることはなりません。お二人共、今ここでわたしの話を聞かねばならないのです。なにしろ、判官どのは遊女殺しの証人ですし、御方さまもわたしに恩がありますからね」

失神したひおむしは、細い手足を紐で縛められ、たとえ意識があっても動くことのできないありさまだった。龍雪はそれをほどきつつ、詮子に向かって話している。

「女捕《めと》りの賊を追い払った礼が欲しいのですか。ならば後日、屋敷にでも来やれ。好きなだけ金子《きんす》をあげましょう」

「そんなことじゃありませんよ。わたしがいうのは御方さまの遊女殺しのとがを隠して差し上げたという、大きな恩だ」

「なんの冗談なのですか、龍雪どの」

詮子はあわてた素振りは見せない。ただ、いつもは甲高い声が別人のようにしゃがれていた。

「白虹の夜、すなわち寒露の前夜。五条河原で遊女殺しが起こる前の晩です。

父ぎみの町尻卿が鬼殿の騒音がひどいと申されて、検非違使の者を呼び付けました。

そこでたまたま居合わせたわたしが、このあばら屋に曲者の在りや無しやを見極めにまいりました。

あのとき、検非違使を呼んだのは、きっとあなたさまが父ぎみに頼んでさせたことなのでしょう。有力者である町尻卿の依頼を、検非違使が無下にするわけがありませんから。知恵者である御方さまは、父ぎみを鬼殿に検非違使を呼ぶための道具としてお使いになった。そして二つ目の道具は、呼び出された検非違使のわたしです」

助け出した女の縛めを解き終え、龍雪は改めて詮子に向き直った。

「御方さまは、わたしをここで待ち受けておられましたね。わたしに鬼を見せ、暗示をかけるために」

白虹の夜、詮子は鬼殿のものかげに隠れ、検非違使の侍が来るのを待っていた。現れた侍は見かけに反して存外に臆病者だったが、彼をおどかす目的で隠れている詮子にとっては、はなはだ好都合だった。

偶然に現れた白虹という凶兆までもが、詮子の計画の助けとなった。

父親の町尻卿も、思惑どおりに動いてくれた。

詮子が清輔に対してこの鬼殿を作業場として使うように勧めたことも、今にして思えば作為的である。清輔が鑿や槌で不審なもの音を立てることや、顔を彫る前の自分の彫像までも、詮子は利用したのだ。

「あるいは、子煩悩な父ぎみを焚きつけて、御方さま自身がご自分の像を所望したのかも知れませぬな。存外に頭の切れる摂津戍丸——清輔をごまかすためには、町尻卿の気紛れの後ろに隠れるのはうまい方法です」

「われら夫婦のみか、父までも愚弄するとは、ただでは済みませぬぞ、龍雪どの」

詮子は押し殺した声を出す。龍雪はそれを遮って大声で続けた。

「そして、わたしは鬼を見たし、鬼の歌も聞いた。

清輔が駆け付けたことは予想外だったのかもしれないが、それも御方さまにはかえって好都合でしたね。鬼のうわさを使庁に広めて、肝心の寒露の宵にわたしを動かす役目を果たしてくれましたから」

——寒露の宵にぞ、出てござる。九ツここなる悪所が御殿、大路のかたより呼ぶ声よ、天狗の踊るを見参らせ。

これをうたって聞かせたのは、詮子だった。

他の時刻に他の場所で聞いたのならなんのこともない戯れ歌だが、真夜中の鬼殿で不自然に甲高い裏声でうたわれると身のすくむような、それでいて暗示的な歌だ。

日時を指定して再度鬼殿に来いと、歌の文句は告げていた。

寒露の日、夜の九ツに鬼殿に来て、大路の方角を見るように、と。

こうして翌日となる寒露の夜、龍雪は詮子の思惑のままにふたたびやって来た。

鬼殿を調べる気ではいたのだが、歌のとおりに大路を見れば今しも賊に襲われつつある牛車が見える。

「わたしは御方さまをお助けして、九条のお屋敷までお送り申し上げました」

「ええ、そうでしたね。それが、どうかしたのですか」

「御方さまはあらかじめわたしを鬼殿の付近に呼び出しておいて、ここから近い大路で起こった騒ぎにわたしを巻き込んだのです。いいえ、あの騒ぎそのものが、御方さまの故意に起こしたものでした」

「さっきから、突拍子もないことばかり。今度は、あの悪党騒ぎがわたしの仕組んだことだというのですか」

「ええ。なにもかも、御方さまの思惑のままでした」

「なんのために、わたしがそのようなことをしなくてはならないのでしょう」

「われわれが通り過ぎた薙王の遊里では、そのときまさに一人の遊女が御方さまの手にかかって殺されていました」

龍雪は、吐き出すようにいう。

聞く詮子は、下がり気味のまなじりを引きつらせて、笑顔に似た表情を浮かべた。

「馬鹿なことを。そのときまさにとあなたはいうが、そのときまさにあなたはわたしと共に九条の屋敷に向かっていたのですよ。あなた、車の御簾からのぞいたわたしをご覧になったでしょう」

「いいえ。わたしが見たのは御方さまではなく、御方さまによく似た人形です。摂津戌丸にこしらえさせたあの木像ですよ。全く良くできた代物ではありませんか。庚申の宵にも間違えましたが、実はまだ作りかけで目鼻のないときでもすでに、わたしは御方さまと像の区別が付いておりませんでした」

だから、鬼殿にあった顔のない像も、寒露の夜に牛車からのぞいた顔も、同じく龍雪をおどろかせた。

「あの夜、わたしは御方さまに似せたただの木像の御供をして、九条の屋敷まで付いて行ったというわけです。御方さまはというと、また別の者に化けて居られました。牛車を襲った女捕りの賊です」

賊は覆面をした小男だった。

並の体格の女ならばすぐに変装とわかっただろうが、詮子は体が大きいため、小柄な男くらいならば難なく化けられる。

「わたしが、検非違使随一の強者であるあなたを、打ち負かしたというのですか」

確かに、男に変装した詮子など、体格においても腕力においても龍雪一人に捕らえられない相手ではなかった。それでも、龍雪は取り逃がしてしまった。

「賊は、これまた鬼殿の顔のない魔物とそっくりな輪郭をしていたのです。いいや、御方さま、そのお目の形が同じなのですよ。

わたしときたら、あのときは本当に鬼にたたられたと思って身が竦んでしまいました。だから、賊に化けた御方さまに不覚にも逃げられてしまった。この龍雪が臆病者だったせいで、助かったというわけですな」

「とんだ世迷いごとですよ、龍雪どの。しかし、今の無礼は聞かなかったことにして、ゆるしてあげましょう。今宵は殿がお世話をおかけして、あなたも随分とお疲れのようですからね。気の迷いも間違いもだれにでもあることです。――さあ、灯りを返してたもれ」

「いいえ。わたしは検非違使の侍ですから、詮議を続けなくてはなりません」

「検非違使と申すならば、わが殿はあなたの上官なるぞ。さあ、早う灯りを返しや」

詮子はようやく声を張り上げる。

その太く粘ついた声に、龍雪は覚えがあった。

「ああ、そっくりだ。女捕りの賊に銭の束を投げつけたときの剣幕も、そんな具合でしたね」

「それ見なさい。語るに落ちるとはこのことじゃ。あなたとわたしは屋敷までの道中、あれこれと話をしました。わたしが悲田院に届けものをした帰り道だと説明したこと、あなたが五条の遊里をもの欲しそうに眺めていたこと。わたしはこの声で、あなたと話したではありませぬか。すっかり覚えておりますよ」

「ええ、わたしもすっかり覚えています。しかし、わたしが話した相手は、御方さまではありませぬ。声ばかりはよく似た女が、御方さまの真似をしていたのです。御方さまは後になって、その女から道中に交わした話の内容を聞き取ったまでのことでしょう」

「つまらぬことをいいやるな。それがまことならば、わたしに似た声の女とやらを、ここに連れて来やれ」

「それは、できません」

「ほう、いかがしたことか。いいがかりを付けておいて、証人も連れて来られぬのか」

「さきほど、鴨川からその女の死骸が上がりました。御方さまの代理を務めたのは、黒刀自という遊女です」

「ああ、龍雪どの。そういえば、さっきはその者をもわたしが殺めたのだと申していたな。可哀相に。あなた、恐ろしい思いばかりで気の病に罹ってしまったのであろう。一緒に屋敷まで来やれ。良い薬を差し上げましょう」

詮子は優しい声を出す。

「黒刀自は、寒露の晩には身内の弔いに出かけるからといっていとまを取っていましたが、実際には葬儀には出ておりませんでした」

龍雪の態度に変化がないことで、詮子は癇癪を起こしたように声を荒らげた。

「だからといって、わたしの替え玉になって働いていたと申すのか。笑止千万。理屈にもなにもなっていない。

仮にあなたのいったとおりとして、替え玉がいたのなら賊に会うたと一人芝居をすればよいではないか。一人で騒いでいたらよいであろうに。あなたのような大男に、どうしてわたしがわざわざ立ち向かわなければならないのじゃ」

「替え玉一人ならばそんな芝居で済みましょうが、あのときには牛車をひく郎党とその妻が居りました。あなたさまは父ぎみを一味に引き込むことをしなかったと同じく、この老いた夫婦に悪事の片棒を担がせるつもりなど毛頭なかった。

だから、あの場にはどうしても賊は必要だったのです。気丈なあなたさまは、ご自分でそれを演じきられた」

「なんの酔狂で、わたしがそのような阿呆なことをせねばならぬ」

雪洞を龍雪から手渡されるのを諦めた詮子は、自らそれを拾うために近付いて来る。

「京洛一の美姫を殺すため。夫君の浮気相手を殺すために」

「馬鹿な。浮気は浮気に過ぎぬ。妻が夫の遊び女をいちいち殺していたら、ちまたは死人だらけじゃ」

と、勢いよく進んでくる詮子の足首を、ぎしりとつかんだ者がある。

詮子の足にしがみついたのは、気を失っていたはずのひおむしだった。すっかり憔悴した女は、渾身の力を込めて詮子のすねを薙ぎ払った。

ひどい音を上げて詮子は仰向けに転び、弾みで破れた床板に腰の辺りから折れるようにして埋もれてしまう。

「――」

両の手足だけを床の縁にかけて、詮子は言葉にならない声を上げた。

とたん、弾けるような哄笑が上がった。

それまで言葉も表情も無くしていた兼平判官が、かつての本性がうかがえるような野卑な大声で笑い出したのだ。

「蛸だ、蛸だ。おかしいぞ、詮子。おまえのその恰好ときたら、まるでぬるぬるの蛸だ」

龍雪も、詮子を転ばせたひおむし自身も啞然としたが、詮子の顔色の変化は無惨だった。

「殿、助けてくださいませ。この無礼な者たちが、詮子をいじめます」

懸命に手を伸ばすが、判官は笑いをやめない。

一同の中で最初にわれに返ったひおむしは、今にも飛びかかって行きそうな具合に両手の関節をぎりぎりと折り曲げていたが、かたわらに転がる外法頭に気付くと獣のような素早さで、それを拾い上げた。

「龍雪さま、笙ねえさんを殺したのは、この女ですよ」

「落ち着け、ひおむし。たった今、その話をしていたのだ」

子どもの癇癪を抑えるような調子で、龍雪は低くいった。

その声を聞くひおむしは、気味悪げに龍雪を見上げる。

「どうしてあたしの名を知ってなさるんですか。あたしの素性、ばれちまってんですか」

「すまぬ。実は、そうなのだ」

いまさらながらそんなことを驚くひおむしを見て、龍雪はちぐはぐな調子で謝った。

「いいえ、別に謝らなくてもいいんですけどね――」

ぶつぶつとつぶやいた後、ひおむしはこわれた車のように笑い続ける判官に向かって
「黙れ」と叫んだ。

「そうそう、お静まりな。おまえの逃げる場所なんか、もうどこにもないんだから。いざまだ、これで、死んだ人たちも浮かばれるってもんだ」

「ひおむし、おまえはどうして着草の名などかたっていたのだ。いったい、なにがあってこんな目に遭わされたのだ」

「あたしがなぜ、着草ねえさんの名を名乗って歩いたかっておたずねかえ。それはもちろん、着草ねえさんに代わって、あの女から亭主を取りもどすためさ」

後妻《うわなり》打ちだといって前妻が後妻を懲らしめる話はよく聞くが、代理を立てて仇の家庭をぶち壊すという手もあるのだ。そういって、ひおむしは怒った仔犬のように鼻梁にしわを寄せた。

＊

「あたしはずっと悲田院で育ったから、十年前に猪四郎が転がり込んで来たのも知っていたんですよ。だけど猪四郎が姿を隠したときから、そいつのことはなにひとつ口外してはいけないと、尼僧さまたちからいいつけられてきました。けど、そもそも悲田院は浮世の吹き溜まりだもの、行方をくらましたいやつがいたって別におかしくもなんともない。聞かれもしないのに、わざわざ吹いて回るほど、こちらもひまじゃない。だから、猪四郎なんてやつのことも忘れてしまっていたのに」

旅の途中で病みついた女が担ぎ込まれ、まるでうわごとのように猪四郎、猪四郎と名を唱えた。

聞けば、女は十年程前に悲田院に来た猪四郎の妻であるらしい。

ひおむしはかつて悲田院にいた猪四郎のことを思い出し、同時にその存在について口どめされていた事実も思い出した。

「遠国からこれほど苦労して訪ねて来たのだからと、あたしは尼僧さまや世話人さまに頼みました。あの約束は、そろそろ破ってもいいだろうって。

ところが、いつもは優しい尼僧さまたちが頑として駄目だというのです。

理由を訊けば、口どめしているのは詮子姫だから、あの女房には気の毒だがおまえも決して話してくれるなと、さとされました。それでてっきり、十年前に詮子姫が猪四郎に新しい連れ合いを世話してやったんだろうなんて、あたしは一人合点してたんですよ」

穴から這い出ようと力む詮子と、侮蔑したようににらむひおむしの視線が合った。

がちりと金属音がしたように、龍雪には見えた。

「詮子姫が着草ねえさんに親切だったのは、そんなむかしのお節介の罪滅ぼしに違いないと、あたしは勝手に思い込みました。

実際、詮子姫はねえさんの様子をあれこれと聞いては、さも心配げな顔をする。特別に食事や薬を持って来ては、着草ねえさんに飲ませて欲しい、とあたしに渡すんです。

だけど、あれは薬なんかじゃなかったんだ」

詮子が日ごと夜ごと病の治療にと着草に与えた薬は、実は薬ではなく毒だった。

それでも猛毒を致死量飲ませてしまうことは、さすがに気が引けたらしい。詮子は、着草が体調を崩して外出ができない程度の分量の毒を、与え続けたのである。

それを病人に飲ませる役目を、ひおむしは知らずに引き受けてしまっていた。

その結果、着草は猪四郎を探すために京の街を出歩くことなどできなくなる。

少しずつ少しずつ、着草は衰弱していった。

それでいて、詮子はなおも親身になって着草の世話を焼いた。足繁く悲田院に通っては、この気の毒な女を見舞っていた。

従って、着草の病が詮子の悪意によるものだなどとは、その悪意を抱く本人の他にはだれも気付く者がなかった。死の瀬戸際まで追いつめられながら、着草もひおむしも詮子の親切を信じ続けていたのである。

「ねえさんが亡くなったときもまだ、あたしは詮子姫のことは疑いもしていなかったんです。あの手くせの悪い放免から、ねえさんが死んだのは病気じゃなく毒のせいだって聞かされても、下手人の見当すらつかなかった。

あたしにわかったのは、たった一人で死んだねえさんのくやしさだけさ。くやしいくやしいって、その言葉だけが胸の中でぐるぐる回るんだもの」

手くせの悪い放免とは、着草から絵をくすねた清輔のことをいっているらしい。

「このくやしさを猪四郎に伝えなきゃ気が済みませんよ。あたしがねえさんに代わって、なにがなんでも捜し出してやると決めました。

だけどね、猪四郎を見つけるのは難しいことじゃない。

こっちはむかし、当人を見たことがあるし、着草ねえさんからは似顔を描いた絵も見せて貰ってた。第一、どこを捜せばいいのか、ねえさんが最期に教えてくれたようなものでしょ」

ひおむしのとった行動は、つい先刻に清輔が推測したとおりだったらしい。死の直前、着草が向かおうとした場所をひおむしは想像してみた。五条河原一帯にあるのは、薙王の遊里である。

思惑は当たった。

夜になって待ち伏せしていたひおむしの前に現れたのは、記憶のとおりの猪四郎だった。

ただし、猪四郎は廃人同然の不良ではなく、高位の官人か武士のような恰好をしていた。

着草の悲惨な死の直後だけにひおむしはすっかり呆れたが、挙げ句の果てに猪四郎の敵娼をつとめるのは京洛一の美姫と評判の筆なのである。

それから、ひおむしは続けざまに度肝を抜かれることとなる。

遊興が果てて帰宅した先、そこは詮子姫の輿入れ先だった。猪四郎は詮子の夫となっていた。

ひおむしは、そのときにようやく、着草をおとしいれた悪意の正体を悟ったのである。

「だから、あたしはどんなことしたって、ねえさんに代わって意趣返ししようと決めました。この恐ろしい女を、あたしの手で退治しなくちゃならなかったんですよ」

金切り声でいい放ったそばから、ひおむしは外法頭を抱いてにやにや笑う。

「それも大して難しいこととは思いませんでした。

着草ねえさんが猪四郎を慕って奥州から来たこと。銭姫が着草ねえさんにした仕打ち。これを猪四郎に明かしてしまったら、万事が片付くとたかをくっていたんです。

けれど、こちらの猪四郎さまにはそんなちょっとやそっとじゃ近付けないのさ。

だから、腹をくくって薙王の色里に女郎稼業で潜り込んだってわけですよ」

「しかし、近付けない、とは――」

「実際、お気の毒な殿さまですよ、この猪四郎さまは。屋敷に居れば銭姫がべったり。役所にいるときには、あんた方ごっつい連中が取り巻きよろしく始終そばに侍っている。ようやく息がつけるのは五条の遊里なんだけど、ここも大変なんだ。

この男は、着草ねえさんに面影の似た笙に夢中になっていましたけどね。ところが、笙って妓ときたら、これまたとんでもない性悪なんだもの」

廓随一の上客である割菱の君に対する笙の独占欲は、この世の女という女を敵に回して恫喝するようなものだった。

笙は割菱の君が廓に現れるなり、袂にぶら下がるようにして離さない。

ちょっと意見をしてやる気で廓を訪ねて行った素人女などが、割り込むすきなどないのである。

「だけどね、いざ遊里に入り込んだら、もっと気味の悪いやつがいたんですよ」

兼平判官は、だれよりもまず妻の詮子に知られないために、廓では本名を隠していた。

そのため、身に付けていた腰刀を見て、敵娼の笙からは割菱の君と呼ばれている。

ところが、詮子の方はとっくに夫の悪癖を把握していたのである。知った上で、廓通い程度のことならば男の必要悪であろうと諦め、見て見ぬ振りをしていた。

あるいは、詮子は夫の廓遊びに目くじらを立てる気概が持てなかったのかもしれない。人間一人を造り替えるほどの才覚を持つ詮子だが、自分の見目形の悪さを暗い諦念と彼女らしからぬ気弱さを持って認めていたのだろう。

そのため、詮子のとった手段は回りくどく、陰険だった。

「黒刀自ってばあさんがいたでしょ。あの妓は、こちらの御方さまの間者だったんですよ。

黒刀自は笙ねえさんと割菱の君の逢瀬の世話をする素振りで、実は御方さまの言い付けを守って二人を見張ってましたのさ。二人の睦言も閨の様子もいちいちね、この御方さまにご注進してたってわけですよ」

若い白拍子は、その様子を想像させようとでもいうのか、たっぷりとした間を置いた。

ひおむしの期待どおり、沈黙の中で一同の胸には同じ浅ましいありさまが浮かび、その屈辱に耐えかねた詮子が、半身を床の破れに埋めたまま吠えるような声を上げた。

「御方さまの恰好ときたら。ああ、本当に蛸みたいだ。おかしい、おかしい」

ひおむしは可愛い声を上げて笑った。

その小さな唇からは、毒に満ちた物語が続く。

「龍雪さまにほめられるか叱られるかは、わからないけどね。あたしは、猪四郎とこちらの兼平判官とが同じ人だってことの裏付けをきちんと調べ上げてから、自分の企みに取りかかったんですよ。ちょっとした、詮議の名人みたいでしょう」

侍所の評判の悪い小舎人に頼んで判官の素性を探らせたと、ひおむしはむしろ自慢げに白状した。

「なにが詮議の名人だ。宮城中が引っ繰り返るような騒ぎになったんだぞ」

陰陽寮で騒ぎのあった直後、ひおむしは声高に自分は着草だと名乗り、龍雪を訪ねて来た。

「おまえは使庁まで来て、着草という名を餌に、判官を釣ったのか。あのとき、おまえが会いに来た本当の相手はおれじゃない。兼平判官だったんだな」

ひおむしの狙いは、的を正確に射た。

その夜、割菱の君は薙王の色里に現れ、笙ではなく着草を敵娼として選んだのである。

「こっちは元々、割菱の君を寝取る気なんかありませんでしたから、笙ねえさんをあんなにも怒らせるとは思いませんでしたよ。あのときに河原御殿にねじ込んで来なきゃ、笙ねえさんは命を落とすこともなかった。

あたしは、笙ねえさんの気持ちも、この奥方の本性も甘く見過ぎていたんです」

ひおむしが詮子の悪事のいっさい合切を判官に説き聞かせようと画策していた一方、詮子もまた別の意図で着々と行動を進めていた。

半月前、着草が悲田院から逃げたのは、詮子にとって最も恐れていた事態だったのだ。

その翌朝、着草が死んで埋葬されてしまったことを詮子は知らなかった。

そんなとき、薤王の遊里に着草と名乗る新参妓が来たと、黒刀自から注進が来る。

――まだ山出しの素人女ですが、どうにも割菱の君さまにちょっかいを出そうとするんですよ。

黒刀自からの報告を胸中に反復するだけで、詮子は燃えるような憎悪と嫉妬を覚えた。

――遊女にまでなってわが殿を奪おうとは、なんという浅ましさかな。

詮子は常に夫の全てを支配していた。

それでも彼女は嫉妬し、なにより着草という女を恐れた。

着草と会えば夫は別人にもどり、あの半病人の女の元に行ってしまう。

滑稽なことに、詮子は自分の悪巧みから着草に毒を盛りつつも、そのひっそりとやつれてはかなげに見える姿にすら嫉妬していた。

どれほどやつれても着草は美しさを増し、男じみてたくましく頑強な自分とはますますかけ離れてゆくのだ。

効かない毒などではなく、今度こそもっとうってつけの方法で前妻を始末することを、詮子は決意する。

しかし、遊女にまでなって兼平判官に会おうとしていたのは、ひおむしなのだ。着草本人ではなかったのである。

「その先の顚末は、龍雪さまもよくご存知でしょう」

奇しくも、ひおむしが割菱の君と差し向かいで話ができるまで漕ぎ着けた晩が、詮子の企みの決行日でもあった。

龍雪を騙し女捕りの賊に化けて暴れた詮子は、自作自演の騒動から逃げたその足で河原御殿に直行した。おのれの替え玉を、牛車の中の黒刀自と自身の木像に演じさせて――。

詮子は、悲田院から逃げおおせた着草の息の根をとめるつもりだった。

「着草はとうに死んでいたのに」

龍雪は暗い声でつぶやく。

詮子は河原御殿に忍び込み、そこにいる三人の男女を見た。

夫のかたわらには、おしろいを塗ってなおも稚い顔付きのひおむしがいる。着草に続いて失踪した悲田院の白拍子である。

その二人に対峙して表情を硬くしている妓こそが、着草だった。

以前から黒刀自という手先を使って見張らせておきながらも、詮子はこれまで夫が執心している遊女の顔など見たこともなかった。

夜のおぼつかない灯りのせいもあり、元より着草の面影を求めて兼平判官が通いつめた妓の姿は、詮子の目には着草当人に見えたのである。

夫の頼貴と着草とひおむし。

なぜ、この三人がそろってここにいるのか。

自分に隠れて、なにを企んでいるのか。

その疑念が、闇雲な憤怒に変わるまで刹那の間すら要さなかった。

賊が侵入したといって怯える筆のはかない美しさが、詮子の怒りを増幅させた。

ひおむしもまた侵入者に気付くとともに、即座にその正体を見抜いて詮子をののしった。

――さっさとお帰り。おまえなんか、この人の女房じゃない。

ひおむしにそうののしられ、詮子の怒りはきわまった。

（着草を必ず殺さなければならない）

元よりそのつもりで検非違使をだまし、ここまで忍び込んで来たのだ。

詮子は夫に刀を貸せと強要した。

どんな因縁の代物かは知らないが、それは夫が苦痛さえにじませるほどの愛情と畏怖を寄せている割菱紋の名刀だった。

「この腑抜けた男は、最初のうちこそあたしの語る着草ねえさんの苦労を神妙に聞いていましたけどね。銭姫が現れたとたん、竦み上がっちまうんだから、呆れちまいますよ。むかし、お殿さまから拝領したとかいう大切な刀をさ、あっさりと渡してしまったんですもの」

(殿さまを殺した刀でもある)

龍雪が見やった先、兼平判官は、戌丸の造る木像よりも表情を消している。

「奥方は、それは嬉しそうに刀を抜きましたよ」

夫から刀を取り上げることに成功し、詮子はすでに勝ったも同然だった。

夫の目の前で、前妻を斬ってやるのだ。

事態は最悪に近いところまで来たものの、前妻を自分の手で抹殺するのは詮子にとってこの十年望み続けてきたことでもある。

——おやめよ。女同士で殺し合うなんて、浅ましい。

着草は、哀願するような声で泣き叫んでいる。

詮子には、この期に及んでその可憐で小賢しい態度が憎くてたまらない。

詮子は着草と思い違いした美しい遊女を斬り殺し、その遺体を引きずり上げて、戦場で武将がするように首を切り落とした。

――やめなさい、詮子。いくさの真似など、見たくもない。

笙の首級をぶら下げて喜ぶ詮子に向かって、ようやく夫が口を開く。

詮子は両眼を見開いて笑った形相のまま、ぼろぼろと涙をこぼし、血の中にくずおれた。

「そうして、この腰抜けの判官さまは、人殺しの奥方を連れて逃げちまったんですよ。あたしも肝を潰していましたが、なにしろこの奥方を向こうに回しちまったんですからね。この女、ちょっと気持ちが落ち着いたら、笙ねえさんを殺めた咎をあたしになすり付けるなんて、朝飯前でしょうよ。だから、せめて笙ねえさんのなきがらを臥所に寝かせて、あたしも逃げたんですよ」

自分が着草と名乗って色里に来たため、その名を追って来た詮子が面立ちの似通った笙を着草当人と間違えた。

ひおむしは笙が殺害された後で、ようやくそのことを悟った。

「笙は、人違いで殺されたというのか」

龍雪は愕然と一同の顔を眺め渡す。

「あたしが薙王の遊里にさえ行かなければ、着草と名乗らなければ、笙ねえさんはあんなむごいことにならなかったんです。

こうなるなんてわかっていたのなら、使庁に訪ねて行ったとき、いっそ龍雪さまにではなくこの殿さま本人にいっちまえばよかった。おまえの正体は不良で謀叛人の猪四郎だろうって。皆の前で、そうばらしてやればよかった」

「馬鹿。そんなことしたら、間違いなく牢屋行きだったぞ」

突然に押しかけてきた遊女の讒言と兼平判官の人望を秤にかければ、ひおむしの負けは目に見えている。得業生を酔わせて探り当てた証拠を突きつけようにも、外重の内で騒ぎを起こした罪ばかりがとがめられたに違いない。

龍雪はそう指摘するが、ひおむしにしてみればいわずもがなである。

そんなことは、官位のある役人などに説明されるまでもないことだ。

ひおむしは目を細くして、暗がりの一点を見つめた。

「あたしもまた、引き返せないところまで来ちまった。笙ねえさんのなきがらを見ながら、そう思いました」

そういって、ひおむしは奇妙な目つきで一同を眺め回す。

「ねえ、奥方さま。あんた方の前から消えたあたしが、どこに隠れていたかご存知かえ」

「あなた、まさか」

「そう。兼平判官さまのお屋敷さ。あたしは、ずっとあんた方の家にいたんですよ」

ひおむしは、得意げに声を出して笑った。

詮子と同ように面食らった龍雪は、兼平家の天井で騒ぐという鼠の足音や、庚申の宵に彼を案内に出た若い女のことを思い出す。

「なにせこちらは筋目の良くないたちなんで、そんな泥棒みたいな真似は得意中の得意でね。がらんどうの大きな屋敷に忍び込むのは、わけもありませんのさ。あんた方夫婦や年寄りの家来たちの目を盗んで、つまみ食いをしたり天井裏で昼寝したり。気持ち良く過ごさせて貰いましたよ。

もっとも、暗がりの中であの不気味な木像を見たときには、さすがに肝を冷やしましたけどね」

黒刀自が訪ねて来て、問題の木像を間に詮子と算段するのを聞いたとき、侵入者であるひおむしは遊女殺しのからくりを知ってしまった。

詮子当人と見紛うばかりにそっくりな木像の役割も、そのときにわかった。

「あたしは、放免の蚕児さんに頼んで着草ねえさんの絵を手に入れて貰い、判官さまの文机の上に置いてやりました。

もののの怪のふりして龍雪さまを化かしたのも、木像の部屋に案内したのも、このあたし。琵琶法師に頼んで、判官さまの古傷に塩擦り込むような演目を語らせたのも全部あたしの仕業ってわけです。そこでちょっと調子に乗ってしまって、このありさまですけどね――」

庚申待ちの昨夜、兼平邸に忍び込んでいたひおむしは、侵入者の気配に怪しむ詮子によって捕らえられてしまった。

諌一が平曲を語る最中に中座した詮子は、休んでいたのではなく、ひおむしを追っていたのだ。

ひおむしは小柄ですばしこい少女だが、体格の大きな詮子に捕えられると逃れようがなかった。

夫が鳥辺野で発見されたときの哀れなありさまを知った詮子は、その怒りの帳尻合わせに、ひおむしを生きたまま墓穴に埋めることを思い付く。

ひおむしは鬼殿まで連れて来られて、いつ落ちるかしれない唐櫃で頭上に蓋をされ、床下に押し込まれたのである。

「おまえの仕業でないのなら、だれがおれを鳥辺野に連れて行ったのだ」

ひおむしの言葉を遮るように、兼平判官が茫然と口を挟んだ。

「着草の赤い小袖を着て、堀川沿いの市を通り、五条の橋を越えて、おれを鳥辺野までいざなったのはだれだというのだ」

なにをいっているのか、という問いはだれも口にしなかった。

諌一の語った『敦盛』や、目前に差し出された着草ゆかりの絵によっていかに心神喪失におちいったとしても、洛外の鳥辺野でよりにもよって着草の墓穴をあばき、死骸を抱いて一緒に穴に納まるなど、尋常な経緯で起こるはずもない。

「そうだ。あの日、薤王の遊里でおれを河原御殿に案内した妓は――」

龍雪も、慄然とつぶやいた。

笙が殺された翌日の詮議のときのことである。飛鶴模様の赤い小袖を着た妓が、龍雪を差し招いて世間話まで交わした。

――兼平判官さまは、いくさ下手ですよ。

どういった内容の末の言葉かは忘れてしまったが、妓のいったその一言だけはやけに耳に残っていた。色里の妓にしては化粧もせず、しかし殺された笙にも少し似て美しい女だった。

(あれは……)

あれこそ、着草の怨霊ではなかったのか。

そう言葉にしかけた龍雪はふと、ひおむしが妻戸の前に立つ判官を凍りつくような目で見つめていることに気付いた。

「あ」

ひおむしの小さな口許が声にならないまま、驚嘆の表情を作った。

そのおどろく眼は、判官よりも少し後ろの闇の中に焦点が合っている。

それを怪訝な目で追う龍雪が、暗がりの中に人の形を認めたとき、当の人影は魔物じみた素早さで一同の前におどり出ていた。

「判官どの、後ろを」

龍雪は甲高く叫び、いまだ立ち呆けたままの判官は視線だけを上げてかたわらを見た。

「――」

判官が振り返る視界一杯に、白髪の垂髪を振り乱した老人が覆い被さってくる。

それでも判官は動けず、とっさに飛びかかった龍雪がその巨軀を突き飛ばした。

「おまえは、坊門の小父か」

龍雪は怨霊を祓う陰陽師のような大音声で、その名を怒鳴った。

白髪の老人は、龍雪が呼んだとおり、大江義時の住まい近くにいた宿無しの古武士だった。往来で町衆からかばってやって以来、時折跡をつけて来ていたのは龍雪も知っていた。しかし、この鬼殿にまで尾行されていたとは、気付かなかった。

「坊門の小父とはだれだ」

呼ばれた当人は、しゃがれ声でそう叫びながら太刀を抜く。

往来にいたときには持ち合わせていなかった、立派な剣である。

とめようと飛び出す龍雪の姿など目にさえ入っていないように、坊門の小父は兼平判官に向かって真正面から斬りつけた。

木偶同然に立ったままの判官をすんでのところで助け、龍雪も自分の刀を抜く。

刃が、鼻先でぶつかった。

坊門の小父の太刀筋は鈍いが、ひどく重い。

それを渾身の力で薙ぎ払うと、双方の刀が汗で滑り、まるで示し合わせたように一緒に飛んだ。

坊門の小父は蛙のような恰好で仰向けにひっくり返り、龍雪もよろめいて膝を突く。

「不埒な検非違使め、きさまもこの逆賊の手下か」

坊門の小父は、耳を聾するような胴間声で龍雪を怒鳴りつけた。

同時に、そのたくましい体軀が蛇の舌のような素早さで跳ね起きる。

節くれ立った手が、龍雪の太い首を鷲づかみにした。

息がとまる。

龍雪は、両手で相手の丸太のような手首をつかまえ、振り払おうとした。だが、逃れるどころかのど首をつかまれたまま、体ごと片手で持ち上げられてしまう。

かつて一度たりと対峙する敵に後れを取ったことのない龍雪は、苦しさの中に新鮮な感動まで覚えつつ、もがいた。

「おまえには恩があるが、容赦は出来ぬ。わしは役目が済めば、今度は死ぬこともいとわぬのだ」

「役目、だと――」

ふうっと意識を失いかけ、耳の端で遠く近くに上がる怒号と悲鳴を聞いた気がした。

「龍雪さま――龍雪さま――」

裂くような声で呼ばれ、われに返る。

悲鳴の主はひおむしで、床板の破れ目からようやく這い上がった詮子が、小柄な白拍子を捕まえてぎりぎりと締め上げていた。

龍雪は窒息しかけて顔を赤くしたまま、苦し紛れに相手の腹を肘で殴りつける。

みぞおちに命中して、坊門の小父はようやくひるんだ。

それでもなおしがみついてくる長い腕と格闘している間に、詮子は龍雪たちの放った太刀を拾い、捕らえた女に切っ先を向けている。

しかし、出し抜けに詮子の背中が不自然によじれた。

背後から、兼平判官が斬りつけたのである。

詮子は捕らえていた娘から手を離し、猪首をきしませるようにして夫を振り返った。

よろめいた足が雪洞を蹴り、丸い灯りは輪郭を崩すようにして乾いた床に広がる。

「頼貴どの、わが君――。わたしに逆らい、このような女を助けるのですか」

「おれの名は兼平頼貴ではない。おれが親から貰った名は猪四郎。着草も……」

「あの死に損ないの名など、あなたの口からいわせてなるものか」

人声とはかけ離れた高い音が、詮子の口からほとばしった。

だれがとめる間も空けず、詮子は夫ののど笛に嚙み付く。

のどから鮮血を噴き上げて、猪四郎はがくりと膝を突いて倒れた。

動かなくなった猪四郎ののどに嚙み付いたまま、詮子はがりがりと歯を鳴らす。

倒れた雪洞から広がった炎が、詮子の裳裾に這い上がった。

炎は見る間に大柄な全身を覆い、詮子は事切れた夫の体を抱いたまま倒れ、転げ回った。

火の粉が血しぶきのように赤く散る。

その様子に仰天して腰を抜かしていたひおむしは、埃まみれの床をはしる炎に悲鳴を上げ、這うようにして妻戸の方に逃げる。龍雪や坊門の小父にしても、もはや争う余裕など完全に無くしていた。

炎が迫ってくる巨大な廃屋を、龍雪はひおむしの体を担ぎ上げ、放心した坊門の小父を引きずって逃げ惑った。

——龍雪さま、ご無事ですか。

炎上した鬼殿へは、検非違使と侍所から多人数の侍たちが駆けつけて来た。

皮肉なことに、鬼殿の騒ぎが一向に静まらないことに業を煮やした町尻卿が、今度は早急な調査を侍所に頼み込んだらしい。一方、検非違使の者たちは、単身で幽霊屋敷に乗り込んだ龍雪を案じてはせ参じたのである。

彼らは互いに牽制といさかいを繰り広げつつ、龍雪たちの救助と鬼殿の消火に取りかかる。

生還した三人は怯えて子どものように身を寄せ合い、炎の盛るさまを言葉もなく見つめた。

龍雪たちを追い立てた炎は、鬼殿の廃屋だけを焼き尽くし、隣家には火の粉一つ移すことなく、夜明け前に消えた。

七　拾遺

陽明門の地貫《じぬき》に腰をおろしながら、ひおむしは使庁から出て来る琵琶法師の一団を眺めていた。

先頭に立ち、良い声で騒いでいるのは、いが栗頭の諫一だった。

彼は、京随一の当道座という琵琶法師の惣中に所属している。

今年に入って、よそから来た同業者たちが縄張りを侵した。それを怒った当道座の一同が、徒党をなして使庁に訴訟の手続きに来ているのだ。

いずれも語りの名手揃いで、訴えの声色も言葉も見事である。

経緯を書き留めているお人好しの看督長は、ときたまもらい泣きしながら、彼らの言葉に耳を傾けていた。

「よう。怪我はもう治ったのか」

門の向こうから大股に近付いてきた検非違使の侍が、ひおむしのかたわらまで来るとそう声をかけた。

仁王のように怖い顔が、笑ったとたんに優しくなる。

ひおむしは、可愛い歯をむき出して、にやりと笑い返した。

「西下さまは無事に旅立たれましたか」

その日の門番を務めていた清輔も、片手を振って上司を迎えた。

「ああ、すっかり立派な侍にもどって、元気に帰って行ったよ」

そういうと、龍雪は懐紙に包んだ干し柿を取り出し、土産だといって二人に差し出した。

西下小兵とは、坊門の小父が自らも忘れていた彼の名である。

西下小兵は、奥州南部家の家人であった。

延元三年五月二十二日。奥州から陸奥守北畠顕家と共に戦い上って来た南部師行は、その日、ついに味方の武運の尽きたことを知る。

陸奥守を迎えたとき以来、南部家はこの戦神のような若い公卿の四肢として働くことを決めていた。その陸奥守が戦死した以上、南部師行には行く末の選択などなかった。

「西下さまは、遠い故郷である根城に、いくさの顚末を報せるという役目を仰せつかったと聞きました。それゆえ、決して死んではならなかった。死なないことが、あの坊門の小父の役目だったのですね」

「だから、あれほどまで臆病だったわけだ」

手の付けられないほど暴れたときでも、龍雪が捕らえて仕置きをするとおどしたとたんに、しゅんとしおたれて静かになった様子を思い出す。

「思えば、むごい役目です。そのときにはまだ生きている仲間たちの戦死を伝えるために、負けいくさの中を逃げ惑わねばならなかったのだから。そうして、自分の勇ましさを忘れ名まで忘れて、死ぬなという主君の命令ばかりをひたすら念じて生き延びたのですね」

なまじな者には勤まらないと見て、あの強靭な男が選ばれたのだろう。

その強さを逃げることのみに使うとは、残酷な使命だった。

戦場を背にした記憶が発作のように責めさいなみ、坊門の小父は自分をただの卑怯者と思い込んで、ついに気が触れた。

しかし、七条の通りで助けられたとき、坊門の小父は龍雪の懐から転がった割菱紋の燧袋を見たのだ。それは龍雪が遊女殺しの現場で発見した証拠の品であり、元々は南部家の武士たちを率いて来た北畠顕家の持ちものだった。

坊門の小父の内で、自分はかつて使命を帯びた武士であったという実感がよみがえった。

この検非違使の若者が割菱紋の燧袋を持っている理由を探り出そうと、坊門の小父は龍雪の尾行を始めたのである。

——仇は検非違使判官兼平頼貴。

かつて猪四郎と名乗っていた雑兵を、坊門の小父ははっきりと思い出した。

そして、彼は京洛の片すみにうずくまる物乞いから、南部家家臣西下小兵にもどったのだ。

しかし、彼はついに自分の手で仇を討ち取ることはできなかった。

西下小兵の仇は、妻となって彼を飼い馴らしてきた女に、のど笛を食い裂かれて死んだ。

鬼殿の火事は、兼平夫妻を骨までも焼き尽くし、後にはおかしな形の黒こげの髑髏が転がっているばかりだった。

それが、白拍子のひおむしが取り落とした占いの外法頭なのか、猪四郎か詮子いずれかのなきがらの残骸なのかは、だれも判別が付かなかった。

兼平夫妻の悲喜劇の終焉によって、西下小兵が背負ってきた使命も終わった。

彼はようやく故郷への旅路へと就くことができたのである。

それは、西下の仇である猪四郎が、懐かしんでやまなかった東風の桃源郷——根城への帰郷であった。

＊

正月五日に例年通りの叙位が行われ、検非違使庁には新しい判官がやって来た。

これもまた検非違使の荒くれ者には似つかわしくない歌詠みの名手で、歌集編纂の機会があれば選者にも抜擢されるほどの教養人だという。

もの腰の優しい様子が好かれ、検非違使の猛者たちはすぐに彼と打ち解けた。相変わらず減りもしない盗賊や博徒を追いかけながら、怖い顔の官人たちがみやびやかな歌を口ずさむ姿が、近ごろでは市中のうわさとなっている。

「あ」

干し柿を頬張るひおむしが、唐突な声を上げた。

彼女が無邪気に手を振り笑いかける道の向こう、地味な青い直垂を着た侍が近付いて来る。

侍所の望月一綱だった。

その美々しい姿に龍雪と清輔は反射的に表情を固くし、同様に先方も整った顔に冷ややかな色を浮かべた。

いまだ懲りずに彼の後ろを雑色のように付き従うのは、治部省で使部を務める蛭井小次郎である。このうらなりの青年に振り返ってなにごとかを命じたときに、望月の顔にわずかに愛嬌が生まれた。龍雪に折られた前歯が、望月の美貌に人間らしい親しみを加えたのはおかしな皮肉だった。

それでも、望月は会釈の一つもよこさずに、龍雪たちの前を通り過ぎる。

「さあ、あたしもそろそろ商いに出かけなくちゃならない」

占いに使う大切な外法頭をなくしたひおむしは、両袖でいかにも寒そうに懐を抱えて立ち上がった。

「清輔さん、役目が終わったら悲田院に訪ねて来るようにと、蚕ちゃんに伝えておくれ。今夜は辻説法の出羽坊が来るの。着草ねえさんの供養にお経を上げて貰うんだから、あんた方も来てくださいな。良かったら、義時さまにも声をおかけ下さいましよ。ただし、義時さまの女郎の扮装はなしですよ」

その姿がおかしくて、着草が成仏できないと困るから。

そういって立ち去る女の後ろ姿を見送りつつ、清輔は干し柿のへたを几帳面に懐紙に包んで袂に入れた。出羽坊の読経のつたなさについてひとくさり説明してから、清輔は門番らしく構えた杖の先で地面に着草の似顔を見事に描き、陽の落ちるのが遅くなった西の空をぼんやりと見上げた。

「近ごろ、子刻近くになると東京極大路を九条に向かって歩いてゆく女車を見たという者があるそうです。それが鬼殿で死んだ詮子さまの幽霊だとうわさする者もいる、とか」

そういってから、顔を蒼くする龍雪を見上げくすくすと笑った。

「なに、それもすぐに消えましょう」

うわさ話が消えるのか、それとも真夜中に歩く女車がやがて消えるというのか、清輔はあいまいなまま話題を転じる。

「せっかくですから、今宵は蚕児や義時さまをいざなって着草の供養にまいりますか。龍雪さまもいかがです」

「おう、東京極大路を通って肝試しだな」

そういうと、龍雪は二つ目の干し柿を頬張った。

「なあ、清輔。着草と猪四郎は、東風の桃源郷にもどることができたのかな」

「さあ」

それ以上、清輔の答えはない。

春にはまだ遠い風が小さな渦を作り、地面に描かれた着草の似顔を消し去っていった。

この作品は平成十八年十一月新潮社より刊行された。

堀川アサコ著　たましくる
—イタコ千歳のあやかし事件帖—

昭和6年の青森を舞台に、美しいイタコ千歳と、霊の声が聞えてしまう幸代のコンビが事件に挑む、傑作オカルティック・ミステリ。

堀川アサコ著　これはこの世のことならず
—たましくる—

亡くした夫に会いたい、とイタコになった美しい19歳の千歳は怪事件に遭遇し……恐ろしいのに、ほっと和む。新感覚ファンタジー！

あさのあつこ著　たまゆら
島清恋愛文学賞受賞

山と人里の境界に住む日名子。その家を訪れた十八歳の真帆子の存在が、山に隠した過去の罪を炙り出す。恐ろしくも美しい恋愛小説。

浅田次郎著　憑（つきがみ）神

別所彦四郎は、文武に秀でながら、出世に縁のない貧乏侍。つい、神頼みをしてみたが、あらわれたのは、神は神でも貧乏神だった！

小野不由美著　屍鬼（一〜五）

「村は死によって包囲されている」。一人、また一人、相次ぐ葬送。殺人か、疫病か、それとも……。超弩級の恐怖が音もなく忍び寄る。

恩田陸著　六番目の小夜子

ツムラサヨコ。奇妙なゲームが受け継がれる高校に、謎めいた生徒が転校してきた。青春のきらめきを放つ、伝説のモダン・ホラー。

香月日輪著
黒沼
—香月日輪のこわい話—

子供の心にも巣くう「闇」をまっすぐ見据えた身も凍る怪談と、日常と非日常の間に漂う世にも不思議な物語の数々。文庫初の短編集。

朱川湊人著
かたみ歌

東京の下町、アカシア商店街ではちょっと不思議なことが起きる。昭和の時代が残したメロディが彩る、心暖まる7つの奇蹟の物語。

新潮社ファンタジーセラー編集部編
Fantasy Seller

河童、雷神、四畳半王国、不可思議なバス……。実力派8人が描く、濃密かつ完璧なファンタジー世界。傑作アンソロジー。

篠原美季著
迷宮庭園
—華術師 宮籠彩人の謎解き—

宮籠彩人は、花の精と意思疎通できる能力を持つ。彼が広大な庭から選ぶ花は、その人の運命を何処へ導くのか。鎌倉奇譚帖開幕！

高橋由太著
もののけ、ぞろり

白狐となった弟を元の姿に戻すため、大坂夏の陣に挑んだ宮本伊織。死んだはずの織田信長が蘇って……。新感覚時代小説。

辻村深月著
ツナグ
吉川英治文学新人賞受賞

一度だけ、逝った人との再会を叶えてくれるとしたら、何を伝えますか——死者と生者の邂逅がもたらす奇跡。感動の連作長編小説。

法条　遥著　忘却のレーテ

記憶消去薬「レーテ」の臨床実験中、参加者が目にした死体の謎とは……忘却の彼方に隠された真実に戦慄走る記憶喪失ミステリ！

宮部みゆき著　幻色江戸ごよみ

江戸の市井を生きる人びとの哀歓と、巷の怪異を四季の移り変わりと共にたどる。〝時代小説作家〟宮部みゆきが新境地を開いた12編。

三國青葉著　かおばな剣士妖夏伝
―人の恋路を邪魔する怨霊―

将軍吉宗の世でバイオテロ発生！　ヘタレ剣士右京が活躍する日本ファンタジーノベル大賞優秀賞『かおばな憑依帖』改題文庫化！

森見登美彦著　きつねのはなし

古道具屋から品物を託された青年が訪れた奇妙な屋敷。彼はそこで魔に魅入られたのか。美しく怖しくて愛おしい、漆黒の京都奇譚集。

和田　竜著　忍びの国

時は戦国。伊賀攻略を狙う織田信雄軍。迎え撃つ伊賀忍び団。知略と武力の激突。圧倒的スリルと迫力の歴史エンターテインメント。

島田荘司著　写楽　閉じた国の幻（上・下）

「写楽」とは誰か――。美術史上最大の「迷宮事件」を、構想20年のロジックが打ち破る！　現実を超越する、究極のミステリ小説。

新潮文庫最新刊

葉室　麟著
春風伝
激動の幕末を疾風のように駆け抜けた高杉晋作。日本の未来を見据え、内外の敵を圧倒した男の短くも激しい生涯を描く歴史長編。

藤原緋沙子著
百年桜
―人情江戸彩時記―
新兵衛が幼馴染みの消息を追えば追うほど、お店に押し入って二百両を奪って逃げた賊に近づいていく……。感動の傑作時代小説五編。

諸田玲子著
来春まで　お鳥見女房
珠世、お鳥見女房を引退――!?　新しい家族の誕生に沸く矢島家に、またも次々と難題が降りかかり……。大人気シリーズ第七弾。

北原亞以子著
祭りの日　慶次郎縁側日記
江戸の華やぎは闇への入り口か。夢を汚す者らから若者を救う為、慶次郎は起つ。江戸の哀歓を今に伝える珠玉のシリーズ最新刊!

西條奈加著
閻魔の世直し
―善人長屋―
天誅を気取り、裏社会の頭衆を血祭りに上げる「閻魔組」。善人長屋の面々は裏稼業の技を尽し、その正体を暴けるか。本格時代小説。

青山文平著
伊賀の残光
旧友が殺された。伊賀衆の老武士は友の死を探る内、裏の隠密、伊賀衆再興、大火の気配を知る。老いて怯まず、江戸に澱む闇を斬る。

新潮文庫最新刊

梨木香歩著
不思議な羅針盤
慎ましく咲く花。ふと出会った本。見知らぬ人との会話。日常風景から生まれた様々な思いを、端正な言葉で紡いだエッセイ全28編。

山本博文著
日曜日の歴史学
猟師が大名を射殺!? 江戸時代は「鎖国」ではなかった!? 「鬼平」は優秀すぎた!? 歴史を学び、楽しむための知識満載の入門書。

関裕二著
古代史 50の秘密
古代日本の戦略と外交、氏族間の政争、天皇家と女帝。気鋭の歴史作家が埋もれた歴史の真相を鮮やかに解き明かす。文庫オリジナル。

小和田哲男著
名城と合戦の日本史
秀吉以前は、籠城の方が勝率がよかった！名城堅城を知謀を尽くして攻略する人間ドラマを知れば、城巡りがもっと有意義になる。

白石仁章著
杉原千畝
―情報に賭けた外交官―
六千人のユダヤ人を救った男は、類稀なる〈情報のプロフェッショナル〉だった。杉原研究25年の成果、圧巻のノンフィクション！

加藤三彦著
前進力
―自分と組織を強くする73のヒント―
元能代工業高校バスケット部の名監督が、現状から一歩前に進むヒントを伝授。結果を出すための、成功への最短距離が見えてくる。

デザイン　川谷康久（川谷デザイン）

ゆかし妖《あやか》し

新潮文庫　ほ－21－21

平成二十七年十月一日発行

著者　堀《ほり》川《かわ》アサコ

発行者　佐藤隆信

発行所　株式会社新潮社

郵便番号　一六二―八七一一
東京都新宿区矢来町七一
電話　編集部（〇三）三二六六―五四四〇
　　　読者係（〇三）三二六六―五一一一
http://www.shinchosha.co.jp

価格はカバーに表示してあります。

乱丁・落丁本は、ご面倒ですが小社読者係宛ご送付ください。送料小社負担にてお取替えいたします。

印刷・錦明印刷株式会社　製本・錦明印刷株式会社

ISBN978-4-10-180048-6 C0193